JN060720

アンと幸福

坂木司

光文社

アンと幸福

目次

装幀：石川絢士[the GARDEN]
石川早希[sunrise garden]
撮影：落合健人[sunrise garden]

江戸と長崎

Anne to Kofuku

椿店長が、東京デパートのみつ屋を去った。

それは退職とかじゃなくて、銀座にできたみつ屋の旗艦店の店長になったから。いわゆる「栄転」というものだ。だから会おうと思えばいつでも会いに行けるし、距離だってそんなに離れていない。

でもやっぱり、朝起きた瞬間に思ってしまった。

(今頃、どうしてるかな――)

ここ数年、毎日のように顔を合わせていた。だから寂しく感じてもしょうがない。ただ、気をつけなければいけないのは、その寂しさを大げさにしないこと。私は異動を知ったとき、自分の子供っぽくてわがままな気持ちから、椿店長の門出を素直に祝うことができなかったから。

(でももう、大丈夫)

椿店長に教えてもらったことを心に刻んで、ちゃんとお客さまに向き合おうと思っている。そして立花さんが店長代理となって応援の社員さんと共に過ごしたこの数日間は、きちんとやれていたはずだ。

　旗艦店のオープンは十月一日と聞いたから、あと二週間もない。きっと今は、色々準備の最中だろう。

（忙しいだろうな）

　できることなら応援という形でお手伝いがしたい。でも現実的に考えると私はきっと足手まといだろうし、東京デパートのお店も人手不足だ。

（きっとゴージャスで素敵なお店なんだろうなあ）

　地図で見ると、新しいお店は高級ブランド店の並ぶ大通りから一本入ったところにあった。画廊が多くて、洒落た通りらしい。ということは売る側だってそれ相応の雰囲気にしているはずで。

（――お客としても、ギリギリ行けるかどうか……）

　ちゃんとした服って持ってたっけ。いっそ制服で配達のフリをして行くとか？　そんなことを考えながら、着替えてリビングに下りた。

「杏子、起きたならお味噌汁持って行って」

　お母さんの声に呼ばれてキッチンに行く。何気なくお鍋を覗き込むと、細切りのミョウガと豚肉が浮かんでいた。

「ミョウガの豚汁！」

　大好物なので、思わず声を上げてしまう。

「もう、ミョウガの季節も終わりだからね」

だから最後の贅沢よ。そう言ってお母さんは鍋に追加のミョウガをわさっと加えた。

「てことはご飯は」

「もちろんおにぎりよ」

うわあ。嬉しくて子供のようなリアクションになってしまう。でもこの組み合わせは、本当においしいのだ。

我が家では、お味噌汁に豚肉が入ったものに野菜を一種類加えたものを「〜の豚汁」と呼んでいる。たいていの野菜は味噌と豚肉に合うのだけど、中でも私はミョウガのものが好きだ。

「ああ、いい匂い」

お椀から立ち上る湯気がすでにおいしい。ミョウガのシャキシャキとした食感に、豚肉のコク。ちょっと濃いめのお味噌がそれをまとめ上げて、もう。

(おにぎりが、止まらない……!)

一個でやめようと思っていたのに、つい二個目に手を伸ばす。中身は昆布の佃煮と、お醤油をちょっと垂らしたおかか。豚汁用だから海苔はなし。あっさりした味が、お味噌汁の味を邪魔しないからするする食べられてしまう。

箸休めというかお漬物の代わりには、オクラの煮浸し。冷蔵庫できんと冷えた出汁が、とろとろと喉を滑り降りてゆく。

夏の名残り。温暖化の影響か、まだ少し暑い九月。でも私の胃袋は通常営業どころか、むしろ調子がいい。

本来なら、緊張すべき日でも。

*

開店前の東京デパートに着いて、従業員用の入り口から中に入る。

華やかなガラスのドアからはちょっと離れた、無骨なコンクリートの階段。飾り気のない廊下。初めてのときは怖く感じたけど、今はもう慣れた道だ。その先にいる守衛さんのところで入館証を見せて、クリーニングのコーナーで制服を受け取る。

男女別のロッカー室の入り口には、お風呂屋さんの番台のような位置に座るおばさんが待っている。見るたび、アニメ映画のキャラクターを思い出すけどそれは失礼かもしれない。

自分のロッカーに着いて、制服に着替えていると話しかけられた。

「みつ屋さん、今日新しい店長来るんだって？」

声をかけてきたのは、同じ食品フロアのお惣菜(そうざい)屋さんにいる人。

「あ、はい。朝礼で挨拶するって聞きましたけど、まだ私もお会いしてないんです」

「そうなんだ。それはちょっとドキドキするね」

「はい」

うなずきながら、私は心の中で答える。ちょっと、じゃなくてかなりドキドキしています！

というのも、新しい店長さんは男性だからだ。

もともと私は、体型のコンプレックスから男性が少し苦手だ。特に若い男性だと、太っていることをからかわれたりした経験から敬遠してしまう。それでもお客さんのように明らかな他人なら大丈夫だけど、同僚、しかも狭いお店の中で背中合わせになるような相手だと気になる。

（優しそうな年配の人だといいなあ）

東京デパートのおっとりとした雰囲気に似合うような、穏やかな人。でなければおいしいものの好きそうな、私みたいな体型の人とか。

支度が終わると、今度は違う通路を歩き、階段を二階ぶん上ると売り場に着く。

（先に来てるかな）

恐る恐る、みつ屋の方をうかがいながらフロアを進む。早朝のこの時間は、ほとんどのお店がショーケースに布をかけていて、静かな雰囲気だ。

（――いない？）

みつ屋に着いても、それらしき人物は見えない。バックヤードに私物を置こうとしたところで、応援の社員さんと顔を合わせる。

「おはようございます」

挨拶をすると、「あ、梅本さん」と微笑んでくれた。

「今日で最後ですね。ちょっと残念」

「本当に」

私は心の底から同意する。落ち着いたお姉さんという感じの彼女は、とてもさわやかで一緒に働きやすい人だった。

「東京デパート、ゆったりした感じがすごく好きです」

いっそ異動願、出してみようかな？　彼女の言葉に私は激しくうなずく。ぜひそうしてほしいです。

「にしても藤代さん、どんな方でしょうね」

「男性とだけ、うかがってます」

「私は接客がとても上手い方だと」

そんなことを話していると、一人の男性がこちらに近づいてくるのが見えた。

「あ、あの人――？」

みつ屋の制服を着ているから、たぶん間違いはない。けれどなんというか、かなり予想とは違う人だった。

その上、巨大な段ボール箱を担いでるし。

大きい。太っているとかじゃなくて、背が高くて厚みのある、ラグビーとかやってたんじゃないかという体型。それをぴちっと二つ折りにして、頭を下げる。

「おはようございます！　今日からこちらの店長をやらせていただきます、藤代拓巳と申します」

慌てて私たちも頭を下げ、挨拶を返す。

「お店や皆さんのことは椿店長からの申し送りで勉強してきましたが、至らないところがあったらなんでも言ってください」

そう言って藤代店長はにこっと笑う。その笑顔がなんていうかこう、「ビッグスマイル！」って感じで外国っぽい。目や鼻や口といったパーツが全部大きいせいだろうか。

（――災害現場にいたら頼りになりそう）

ぼんやりと、そんなことを思った。

「さてと」

藤代店長は、自分の横に下ろした段ボール箱に手をかける。

「お二人は、開店準備をお願いします。私はこれを片付けますので」

びりびりとガムテープを剝（は）がし、箱の中から緩衝材に包まれた大きなものを取り出す。新しい什器（じゅうき）かと思って見ていると、いきなり小型の椅子が出てきた。それに続いて、テーブルも。

（――え？）

テーブルと椅子を設置するという以前に、それを一人で担いで来たことにびっくりした。

（いやどんだけ力持ちですか!?）

まじまじと見てしまったせいか、藤代店長がくるりとこちらを向く。

「急ですみません。先日こちらのお店を下見に来たとき、椅子とテーブルが置けるなと思ったもので」

「下見にいらっしゃってたんですか」

「はい。そうしたらこちらの店舗は、床面積が広くてゆとりがあったので」

確かに東京デパートのみつ屋は、壁際だし島タイプのお店と比べて敷地にゆとりがある。だから小さなテーブルと椅子くらい置いても大丈夫なんだけど。

(椅子とテーブルって、そんなに必要なのかな)

お中元やお歳暮の時期ならまだわかるんだけど。私は心の中で首を傾げた。

＊

「梅本さん」

声をかけられて、磨いていたショーケースから顔を上げる。

「忙しい時間に申し訳ありませんが、お釣りを受け取る場所や配送の動線など、軽く案内していただけませんか」

「はい」

今朝は応援の彼女と私しかいないから、こういう流れになることはわかっていた。わかってはいたけど、やっぱり緊張する。だってなんか、すごく、物理的な「圧」を感じる！

(だってなんか、「近い」から……)

身長の高さを自覚してのことなのか、藤代店長は話すときに顔をこちらに近づけてくる感じがする。それは不快ってほどじゃないんだけど、戸惑ってしまう。

そしてその「近さ」は物理的なことだけじゃなかった。

「梅本さんは、アルバイトが長いと伺いました」

「はい」

頑張って目を合わせつつ、藤代店長を見る。動きも話し方もキビキビしていて、すごく体育会系っぽい。

(やっぱり、苦手かも……)

ものすごい運動音痴でどんくさい私は、スポーティな人と相性が悪い。桐生(きりゅう)さんとの出会いを思い出し、軽くどんよりしかけた。

(いやいや、でもその後和解したし!)

まだ会ってすぐだし、人を苦手なタイプとか勝手に思ったら失礼だ。今までと同じ間違いは犯さないようにしよう。そう自分に言い聞かせて、私は再び顔を上げる。しかし次の瞬間、藤代店長は私に向かって言った。

「なんで正社員にならないんですか?」

「え……」

「椿店長から、梅本さんの勤務態度についても伺いました。お客様に寄り添う姿勢が素晴らしいとおっしゃっていました。そして梅本さん自身も、みつ屋の仕事に満足しているようだとも。なら、正社員になればいいと私は思います」

「椿店長が――」

素晴らしいと言ってくれていた。それはすごく嬉しい。そして確かにここでの仕事には満足している。でも、なんで初対面でここまで突っ込むのか。

(私だって、色々考えてます!!)

このままでいいとは思っていない。でも、こうだとも決めきれない。その一番痛いツボをぐいっと押されたようで、私はつい顔をしかめてしまった。すると藤代店長は「あ、すみません」と頭を下げる。

「不躾なことを言ってしまいました」

大きな体を、またぐいっと曲げているので慌てて「大丈夫です」と答えた。

「正社員のこと、ゆっくりですがちゃんと考えていますので」

そう答えると、藤代店長は「はい」と顔全体で笑う。嫌味がない。明るさ満開で、太陽のような人だ。

「いきなり、悪い癖が出てしまいました」

「え?」

「私は、貰えるはずのお金を手に入れていない人を見ると、つい口出ししたくなってしまうんです」

藤代店長は気まずそうな笑顔を浮かべる。

「貰えるはずのお金――ですか」

「はい。特にこういうお店では、社員とアルバイトの線引きが曖昧になりがちですから気をつけなければいけないと思っているんです。社員と交代で同じくらい働いているのに、保障も賃金も違うというのは残念ですから」

「保障と賃金――」

保障っていうのはたぶん、入れる保険とか有給休暇とかそういうもののことだろう。

「たとえすぐに辞めるとしても、時給より月給の方がいいし」

なにより失業保険がありますからね。そう言われて、私は思わず藤代店長を見上げた。

「あの、すぐに辞める人にすすめてしまってもいいんですか」

そういうやり方が会社の損になることくらい、社会経験の薄い私にもわかる。けれど藤代店長は、再びにっこりと笑う。

「使える制度を調べない、使わない、教えない。それは大人の怠慢ですから」

なんだかすごい人が来たのかもしれない。私はどう答えていいのかわからず、そのまま隣を歩き続けた。

フロア全体の朝礼で、藤代店長はやはりはきはきと挨拶をした。

「本日からみつ屋東京百貨店の店長をつとめさせていただきます、藤代と申します。どうぞよろしくお願いいたします！」

ぱっきり二つ折りのお辞儀をしたところで、私の隣に立っていた年配の販売員さんがこそりと囁(ささや)く。

「元気よすぎて、和菓子って感じがしないねあれは」

確かに。私は深くうなずく。

「まあ、人は悪くなさそうだけどさ。ただ」

「ただ?」

「あれだね。もう一人の——立花さんとの相性はどうなんだろうね」

「ああ、それは——」

私もちょっと、いやかなり不安です。

*

平日ということもあって、午前中は穏やかに時間が過ぎた。藤代店長は応援の社員さんと同じようにそつなく接客をこなし、笑顔を振りまいてお店を明るくしている。

(少し変わっているけど、いい人だな)

すごいと思ったのは、マイナスをすぐプラスに変えるところ。たとえば常連さんに「あれ?椿さんは?」と聞かれたとき、ただ「異動されたんです」とだけ答えたら「寂しいねえ」で終わる。でも藤代店長は「とはいえ異動先は銀座ですから、すぐにでも会いに行けますよ!」と答えて相手の笑顔を引き出している。

(接客がうまい、っていうのはこういうことか)

好みのお菓子がなかったお客さまにはまず「あー、それは申し訳ありません。あれ、おいしかったですよねえ」とうなずき、「ちなみに、それと似た感じのものがあるんですよ!」と新しいものをおすすめしていた。

椿店長とは真逆で、でも「これもいいな」と思える接客。その姿を目の当たりにして、私はかなりほっとする。だってずっと不安だったのだ。私は、新しい店長のことを好意的に受け入れられる自信がなかったから。

凜とした椿の花のような、椿店長。和菓子の知識が豊富で、にこやかで落ち着いた接客。そんな人の後に現れたのは。

(——藤っていうより、ハイビスカス?)

どかんと咲いた南国の花って感じの藤代店長。色々「近い」のは気になるけど、椿店長だって株で雄叫びを上げていたし、まあそれはそれかな。

ただ、静かで落ち着いたみつ屋が好きな人には——。


「なんですか、これは」

遅番でやってきた立花さんは、椅子とテーブルを見るなりこう言った。やっぱり。しかも、思い切り眉間に皺が寄ってる。

「あ、おはようございます」

立花さんですよね。藤代店長がにこにこと笑いながら挨拶をする。

「おはようございます、藤代店長。立花です。本日よりどうぞよろしくお願いいたします」

言葉は礼儀正しいけど、表情が能面。うわあ。

「このテーブルセット、気づかれましたか」

「気づくも何も、昨日はなかったものですし」

「そう、なかったんです。だから持ってきました！」

なかったから持ってきた、って。私が思わず噴き出すと、立花さんがちらりとこっちを見た。

「――あまり、床に物を増やさない方がいいのですが」

「消防法ですね。わかってます。フロア長にもお話ししましたので、その点はご心配なく！」

なるほど、と立花さんはうなずく。

「ところで、なぜテーブルセットが必要だと思われたのでしょうか」

それ、私も聞きたかった。思わず耳をそばだてると、藤代店長は「あると便利じゃないですか」と答えた。

「――あると便利」

ああ、立花さんが漫画の白目みたいな表情になっている。しかしそれにかまわず、藤代店長は続けた。

「デパートだし、ちょっと荷物を置けたら便利じゃないですか。それにこういう和風のお店って、よくこんな感じのセットを置いてませんか？」

ほら、あっちのお店とか。示された先にあったのは、最近入った有名なお出汁のお店。敷地内には囲炉裏っぽいテーブルを囲むように民芸調の椅子が何脚か置いてある。

「『こういう和風のお店』、ですか」

ああ、冷ややか。立花さんの背後に「一つに括るな」という台詞が見えるようだ。けれど藤代店長はひるまない。

「もしあれでしたら、試験運用みたいな感じではどうでしょう。一ヶ月くらい置いてみて、邪魔に感じるようであれば撤去します」

にこりと微笑まれて、立花さんは「わかりました」とだけ答える。

「相性、良くない感じですねえ」

お昼休憩から戻ってきた応援の社員さんは、笑いをこらえたような顔で言った。

ですよね。

水と油。月と太陽。静と動。あと、なんだっけ。とにかく正反対のもの。

「いらっしゃいませ」

すっとお辞儀をしてお客さまを見守る立花さんと、

「ああ、いらっしゃいませ！　今日は九月とは思えないくらいお暑いですねえ。ええ、デパ地下は夏でも涼しいですよね。ずっといると寒いくらいなんですけどね。はい、はい、どうぞ存分に涼んでいらっしゃってください」

ビッグスマイルで喋りまくる藤代店長。

見た目もそうだけど、動きの印象が、ホントに真逆。

（確かにデパートの「和菓子店」っぽくはないよね）

藤代店長はお惣菜とか青果コーナーとか、そっちの方が似合いそう。それにくらべて立花さんの「ザ・和菓子」な感じはすごい。このますぐにでもお茶席に出られそうというか、なんかこう「ちゃんと」している。

（足して二で割ったらちょうどいいのに）

そんな失礼なことを考えていたら、藤代店長から声をかけられた。

「梅本さん、休憩に入ってください」

「あ、はい」

「で、朝から同じお願いで申し訳ないのですが」

休憩場所や食堂の案内ですね。私はうなずく。応援の社員さんは先に休憩に出てしまったし、柏木さんや桐生さんを経て、なんだかこういう流れに慣れてきた。

食堂へ通じるエレベーターまで案内し、乗り込む。以前は男性と二人というだけで緊張したけど、藤代店長は明るい感じの人なので、そこまで固くならずにすんだ。とはいえ、物理的な「圧」と沈黙は気まずい。それは向こうも同じだったのか、藤代店長から話しかけてきてくれた。

「そういえば、梅本さんはどんなお菓子が好きですか」

「え？　お菓子ですか」

「あ、お菓子ってだけじゃジャンルが広すぎて悩みますよね。じゃあ好きな和菓子は？」

好きな和菓子。案外聞かれたことのない質問だ。

「うーん、そうですねえ……」

ぱっと思い浮かぶのは大福やお団子みたいな普段使いのもの。でも出来立てでフレッシュな上生菓子は、許されることなら毎日だって食べたい。けどしょっぱいおせんべいもないと困るし、栗蒸し羊羹を食べずに秋を迎えることはできないわけで。

（うーん――……）

答えが出せずに考え込んでいると、藤代店長が「ちなみに私は腹にたまるものです」と助け舟を出してくれる。

「食べ応えのある大福やどら焼き、団子ならみたらし、あ、草餅や柏餅も」

「餅菓子系がお好きなんですね」

そう言うと、藤代店長は「ああ」と声を上げた。

「そうか、餅菓子。確かに」

「どら焼きは違いますけど」

私が言うと、ははっと笑う。

「実は私も、最初に思い浮かんだのが大福でした」

「うまいですよね。夕方にしみる」

「ああ、晩ごはん前の」

「そうそう。仕事が一段落して、薄暗くなってきて、腹が減って、そういうときです」

わかりすぎる。私は心の中で首がちぎれそうな勢いでうなずく。

「たい焼きもありですか」

思わず聞くと、藤代店長は心の中の私のようにうなずいた。

「ありですね！　熱いあんこは、コンビニの中華まんと同じくらい好きです！」

それを聞いた瞬間、思った。

（いやもう絶対いい人！）

私は安心して、藤代店長を見上げる。

年齢はたぶん、四十代後半くらい。お兄ちゃんや立花さんより年上だけど、お父さんよりは若い。大きいけど、お腹が出てるわけじゃない。立花さんより少しだけ背が高い。腕や足が太い。

何気なく視線を下げると、左手に指輪がある。

比べてしまうような人じゃなくてよかった。似ているところがなくてよかった。そんなことを思う。

食堂と喫茶コーナーを案内すると、藤代店長は腕時計を見て言った。

「ありがとうございました。場所はわかったので、ここからは別行動にしましょう」

「あ、はい」

「よく休んでくださいね」

言い終わるとすぐに背中を向けて、食堂へ向かう。私はふと、ずっとついてきた柏木さんを思い出す。

（まあ、柏木さんは上京したてだったんだろうし、店長さんとかじゃなかったわけだけど）

きっとカツ丼とか食べるんだろうなあ。藤代店長の目立つ後ろ姿を見ながら、私はちょっとだけ笑った。

＊

休憩から戻ると、ちょうどお客さまがいらっしゃったところだった。大きめの紙袋と複数のビニール袋を下げた女性で、立花さんが「よろしければそちらをお使いください」とテーブルを示している。

「ありがとう、助かるわ」

女性は袋をテーブルに置くと、ショーケースに歩み寄った。

「梅本さん。テーブルを少しこちらに寄せておいていただけますか」

立花さんに言われて、私はうなずく。防犯的な意味で、目の届く範囲に置いておきたいということだろう。

落ち着いた様子でお菓子を選ぶお客さまを見て、私はようやくテーブルの存在意義がわかった。そういえば、お母さんと私もよくこんな状況に陥っていたからだ。

（デパ地下って、つい買っちゃうんだよねえ）

目当ての何かを買って、ついでに夜ごはんのおかずも買って、その時点で袋は二つ。そこにケーキでも買ったら箱と紙袋追加で、荷物が膨れ上がる。しかもほとんどが食品だから、リュックやバッグにぎゅうぎゅう入れられるものでもないし。

「――荷物置きは、盲点だったかもしれません」

お客さまが帰られた後、立花さんが少し悔しそうに言った。

「ですね」

「認めざるを得ません」

お客様目線で見たら、これは良いことです。そうつぶやく立花さん。そこに、発送品の梱包を終えた社員さんが戻ってきた。軽めの箱が三つ。

「これ、発送センターに持っていきますね」

あとこれ、と紐を切るために使っていたカッターをポケットから出そうとして、箱をひょいとテーブルに置いた。

（なるほど）

カウンターだと箱三つは高くて置きにくいし、見た目もよくない。でもテーブルなら「ちょっと置き」がおかしくない。

（従業員視点からも、便利だ）

私は感心して無言のままうなずく。

するとそこに、藤代店長が戻ってくる。

「お先に休憩いただきました。立花さんもどうぞ」

「はい」

立花さんがカウンターから出ると、藤代店長から声をかけられた。

「梅本さん、カウンターをお願いできますか」

「はい」

「私はそこで明日の注文をしています。手が足りなくなったら言ってください」

「わかりました」

今はまだ二時。おやつの時間にはちょっと早いせいか、ゆとりのある時間帯だ。私は正面に気を配りながら、ショーケースの中の生菓子を見つめる。今月のお菓子は秋の花である菊を象った『重陽』、うさぎの絵がついている『秋月』、里芋イメージの『芋の子』だ。

どれもおいしそうなんだけど、私のおすすめは一見地味な『芋の子』。これは練り切りの中に里芋を小さな角切りにしたものが入っていて、食感が楽しい。しかもその角切りには柚子の風味がついていて、食べると里芋の煮物を思い出す。お料理番組とかで、煮付けの上に柚子が散らしてある、そんな感じ。

もちろん、我が家ではそんなの載らないんだけども。

「いらっしゃいませ」

ちょうど立ち止まったお客さまが生菓子のところを見ていたので、私はお菓子の説明をした。

「へえ、柚子。いかにもあんこだけ、って感じの見た目なのに洒落てるねえ」

お客さまは年配の男性で、ご自宅用にと考えているらしい。

「『重陽』はさらっとした練り切りですが、はちみつの風味がつけてあります。『秋月』はかるかんのようなふかふかした軽い食べ心地のおまんじゅうで、黒糖風味の餡が入ってます。あ、あと『芋の子』は練り切りがちょっともちっとして食べ応えがあります」

「どれもおいしそうだね」

楽しそうに悩むお客さまを見守っていると、藤代店長がすっと横に立った。

「個人的には、『重陽』がおすすめですよ」

（え？）

なんで急に？　私は思わず隣を見上げる。すると藤代店長はにこりと笑う。

「菊の花の形からはちみつの香りがするなんて、まるで本物の花を食べているようで素敵だなあと思ったので」

「そう言われると、そうだねえ」

じゃあこれを二つ。そう言われて、私は箱を用意する。でもお菓子を詰めながら、どこか納得のいかない気分になった。

（――私がお話ししていたのにな）

横入りするように割り込まれた気分だった。

（でも純粋におすすめを伝えたかっただけかもしれないし）

私は疑念を振り払うように、立ち上がってお客さまに箱の中をお見せする。

そのあとは忙しいというほどではないけれど、ぽつぽつとお客さまがいらっしゃって切れ目のない時間が続いた。途中、応援の彼女が早帰りだったのでバックヤードで簡単な挨拶を交わす。

「またどこかのお店で会えたらいいね」

そう言われて、私はうなずく。そうか、社員になれば働く場所は変わっても、関係が切れる感じはしないのかも。

(だとしたら——)

社員になるのは、すごくいいことかもしれない。椿店長とも立花さんとも、確実につながっていられる。ちなみに桜井さんとはメールもLINEも交換済みだし、なんとなくいつでも会えるような安心感がある。これは歳が近いせいだろうか。

(社員、かあ)

推薦とはいえ、一応試験はあるらしい。内容はごく一般的なものだと聞いたけど、学校の成績が残念だった私は、受かる気がしない。

(もっと勉強、しておけばよかった……)

もう何度目になるかというこの後悔。軽く落ち込みながらお店に戻ると、藤代店長はごく普通に接客を続けていた。

さっきのは気のせいだったのかもしれない。でなければちょっとタイミングが合わなかっただけとか。

「戻りました」

私が告げるタイミングとほぼ同時に、立花さんも休憩から戻ってきた。するとお客さまを見送ったところで、藤代店長が私たちにたずねた。

「ところで、『重陽』ってどういう意味なのかな」

「え？」

立花さんと私は、揃って声を上げる。知らないで売っていたんですか。とはさすがに言えない。

「いやあ、私は和菓子の知識が薄くて。でもここのお店は詳しい人が多いと聞いていたから安心して、つい」

つい調べるのを忘れてしまいました。ははは、と声を上げて笑う。

（えええ）

素材や味についてはお客さまに説明していたし、知っているんだろう。でも。

「あの。重陽の節句、という秋の節句があるんです」

一応調べていたので、言ってみる。

「節句。ああ、桃の節句とか端午の節句とか」

「はい。五節句というくくりの中の一つらしいんですけど、旧暦の九月九日がそれで」

へえ、と声を上げる藤代店長を見る立花さんの視線が冷たい。そして冷たい表情のまま私の補足をするように、さらに詳細な説明をしてくれる。

「昔の中国――というかそこから伝わった陰陽思想では、偶数を『陰数』、奇数を『陽数』と呼び吉凶の区別をしていました。その中で陽数は吉、つまり奇数は縁起のいい数として扱われ、それが連なる三月三日や五月五日、七月七日と同じように九月九日も良き日として節句になったわけです」

「なるほど。言われてみれば、ひな祭りもこどもの日も奇数が重なってますね」

藤代店長がうなずく。でも私はふと、疑問に思った。

「あの、自分で言っておいてなんですけど。五節句には一つ足りないですね」

ああ確かに、と藤代店長が笑う。

「奇数なら、十一月十一日じゃないですか」

「違います」

立花さんがばっさり斬った。

「陰陽道においての奇数は一からカウントされ、九が最大とされていました」

「一月一日か。なるほど、元日はパワーがありそうですね」

「それも違います」

にこにこと話す藤代店長に対し、立花さんは二度目の刀を振り下ろす。

「元日は確かにパワーがあると考えられたのか、『別格』になるそうです。なので五節句の最後の一つは一月七日です」

「ええ？　元日を外すのはわかるけど、三日と五日の立場は？」

「そこは私にもわかりませんでした」

浅学で申し訳ありません。立花さんが頭を下げる。うわあ、なんていうかこれはあれだ。慇懃無礼。藤代店長はまだにこにこしているけど、間に立っている私はいたたまれない。

「あの、それで重陽の節句は九月九日なわけですけど、『菊の節句』とも呼ばれてるんです」

この空気感をなんとかしたくて、明るめに喋ってみる。

「平安時代の貴族は菊の花を眺めながら、菊の花びらを浮かべたお酒を飲んだそうですよ」

「だから菊なんですね」

うなずく藤代店長の隣で、立花さんが絶対零度の表情を浮かべている。なんかもう、目からビームとか出そうだし。

*

『見た見た。新店長。ヤバイね』

夜、桜井さんからLINEが届いた。桜井さんは最近大学が忙しいので夕方から閉店までのヘルプとして入っているから、私とはすれ違いだった。

『ヤバイですよね。立花さんとタイプが違いすぎて』

嫌とか不快とかそういう問題じゃなくて、これから先が不安というか。そこで私は立花さんに聞けなかったことを聞いてみる。

『お客さまと話してるとき、藤代店長が割り込んできたりしましたか？』

すると疑問符を浮かべたスタンプが送られてきた。

『私はなかったな。梅本さんはそんなんされたの？』

『いえ。一回だけなので気のせいかなって』

『りょ。気にしとく。でも続いたら言いなよ。私がギッタギタにするか、立花さん越しに本社に報告って手もあるし』

できれば後者がいいような。私は苦笑いを浮かべる。

『ていうかさ。あの人、絶対夜職（よるしょく）経験者だと思うんだけど』

夜職？　一瞬悩んで水商売系のことかと思う。

『なんでそう思ったんですか？』

あの藤代店長から、水商売はイメージしづらい。

『あの人、ものすごく自然に跪（ひざまず）いたんだよ。相手は小さい女の子だったけどさ。あれ、習慣になってる仕草だった』

接客をするとき、自分より小さい人に目線を合わせるのは丁寧でいいと思う。でもそういう場合、普通は両膝を屈（かが）めてしゃがむ。

『ホストかボーイかわかんないけど、そういう仕事してたんだと思う。じゃなきゃワンアクションで跪けないって』

『そうなんですね』

私はスマホを持ったまま、跪こうとしてみた。するとバランスが崩れて、膝を床にぶつけた。なるほど、自然にこの動きをするには、慣れていないと難しい。いやまあ、私が運動音痴なだけだという説は置いておいて。

それから数日。私は二回ほど同じように割り込まれた。そして件の跪くシーンも目撃した。ただそのお相手は、車椅子に乗られたお客さまだったので、さほど不自然には感じなかった。

最初は不快に感じるだけだったけど、三回めともなると疑問の方が大きくなった。だって、毎回の接客に割り込まれるわけじゃないから。

(何か、理由があるんだろうな)

それは私の接客に問題があるからだろう。でも、藤代店長の性格からするとはっきり「こうした方がいいよ」と言ってくれそうなんだけど。

言えない理由は、なんだろう?

(口にするにはためらうようなこと、とか)

あるいは、言ったら私がショックを受けるだろうから黙ってサポートするしかないとか。

(遅いとかのろいとか、そっち方面かな)

手が遅いのはいまだに変わらない。でも、注意を受けるほどの遅さでもない気がする。その上藤代店長は、速さを重視していない。

(なら、見た目の問題?)

顔や髪、制服に関してはロッカールームの鏡でチェックしているし、なにより接客中に気づくことでもないだろう。だとしたら、偶然手が汚れていたとか、雑巾を触った後だったとか？

（……それもない気がする）

ていうか、そこを指摘されてもなんの問題もない。

（じゃあ、お客さまの側の問題？）

相手が危険だから私を遠ざける、は多分ない。ならお客さまが私では不満だったとか？

（――それが一番あり得るけど）

私では不満で、藤代店長なら良い。その差はなんだろう。接客経験の差はあるけど、それはぱっと見でわかるものだろうか。あと、外見からわかることといったら。

（――年齢か性別？）

これかもしれない。

というのも、お客さまの中には、ごくまれに「男性の偉い人」を求める方がいる。以前、トラブルがあったときに椿店長に向かって「女じゃダメだ。男の上司を出せ」とわめいていたおじさんは極端な例だけど、悪気のない感じでそうなっている方もいたりする。桜井さんが目の前に立っているのに、離れた立花さんに声をかけるとか。

（そういうのって、昔っからなんかあるよね……）

私のお兄ちゃんは住宅関連の会社に勤めているんだけど、そういうことを言う人にまだ遭遇すると言っていた。

「施主が女の人だと、あからさまに舐めてかかるやつとかいるんだよな」

あるいは、女性だと支払いに保証が多く必要になったり。

「そこは数字で考えろよ、って思うけど」

ビジネスにおいてはお金を払う人、注文主というのが大事なんであって、その人がどういう属性かは関係ない。支払いのできる収入が証明されれば、工事は進むわけだし。

「だって、支払い予定が組めた時点で問題はないんだよ。そこから男女で差をつけるのは、本当に無意味な話でさ」

男だ女だって言うやつは、感情的っていうか仕事をする相手として嫌なんだよな。お兄ちゃんのつぶやきに、お母さんはすごく嬉しそうな表情でうなずいていたっけ。

(そういえば)

お母さんは、確か結婚する前は会社で働いていたと聞いたことがある。でもそれはあまり長い期間ではなくて、お父さんと結婚が決まったらすぐに辞めたらしい。

「昔は、『寿退社』って言葉があってね」

女性は結婚すると、仕事を辞めて家庭に入る人が多かったのよ。そう聞いたとき、私はただ「ふうん」と思っただけだった。なんなら、働かなくていいなんて羨ましいな、豊かな時代だったのかな、くらい思ったかもしれない。

でも、あれも「そういうの」なんだろうな、と今は思う。政治家はおじさんとおじいさんがほとんどで、ノーベル賞を取るような科学者や研究者もぜんぶ男性。私は、そんな世界で育ってきた。でも最近、海外のニュースを見ると、そのぜんぶに女性がいたりする。すぐ近くの台湾だってリーダーが女性だったりするし、そういう違いを目にしてようやく私も「おかしいんじゃない?」って思いはじめた。

女性は結婚したら、家庭に入るもの。そういう、なんとなくの「お約束」があったんだと思う。今もなんとなくあるような感じはするけど、お母さんの時代はそれがもっと強かったんだろう。別に法律で決まっているわけじゃないけど、それを選ばないのにはかなりの覚悟と理由がいる。そんな「お約束」が。

(こういうの、なんて言うんだっけ)

世間の目? 社会の雰囲気? 暗黙の了解?

「お約束」はきっと、男の人にだって無数にある。結婚したら「一家の家計を支えろ」とかもそうだろうし、スーツとネクタイだって着なければいけないものっぽくなっている。

で、そんな「お約束」の世界では「若い」「女の子」は軽く見られてしまう。だって実際、言われたことがあるのだ。

「あなたみたいな若い女の子に、和菓子のことがわかるかねえ」

「ちょっと、この子で大丈夫? あっちにいる年上の女の人に聞いた方がいいんじゃない?」

私は、自慢じゃないけど「若さ」と「女の子」が売りにならないタイプの人間だ。なのに、それでも言われる。ということは。

（藤代店長は、そんなお客さまの雰囲気を察してた――？）

けれどその考えは、杉山さまの来店によって呆気なく覆された。

「こんにちは」

杉山さまは年配の女性で、みつ屋の常連さんだ。そして私は彼女のことが大好き。

「いらっしゃいませ！」

嬉しくてお声がけすると、にっこりと微笑んでくれた。今日は落ち着いたスモーキーピンクのカットソーに、白いスカートを合わせていてとても素敵。

「残暑が厳しいけど、梅本さんのお顔を見るとほっとするわ」

「いえ、私こそ杉山さまにお会いするとほっとします！」

これはもう本当に、心の底からそう思う。服だけでなくお菓子の趣味も良くて、私は杉山さまが大好きなのだ。

なので、おすすめにもつい力が入ってしまう。

「あの、季節のお菓子は『芋の子』がとてもおすすめです！」

「そうなの？」

「はい。角切りの里芋がほくほくして、おいしい煮物みたいな感じがするんです。練り切りはもっちりした食べ心地ですけど、柚子の風味が効いているのであまり重くなくて」

「あら、おいしそう」

杉山さまはショーケースを覗き込んで「『秋月』はかるかんみたいなものかしら？」と首をかしげる。さすが詳しい。

「はい。餡は黒糖風味です。それと『重陽』にははちみつの風味がつけてあります」

「ああ、本物の菊を模したのね。素敵」

素敵なのは、こんな会話がさらりと出ていらっしゃる杉山さまです！　と言いたくなる。

「菊の花って、確かにはちみつみたいな香りがするものねえ」

そう言われて、私はふと思う。菊の花の香りって、嗅いだことあったっけ。

（――まだまだ知らないことが多いなあ）

お菓子の形は覚えても、そのもとのことまでは知らない。菊なんてお仏壇で見慣れているはずなのに、そもそも「仏花だから」という理由で匂いを嗅ごうなんて思わなかった。

「どれもおいしそうだけれど、やっぱり梅本さんのおすすめに間違いはないし」

『芋の子』にしようかしら。杉山さまがそうつぶやいたとき、隣に藤代店長が近づいてきた。

「いらっしゃいませ！　『芋の子』もおいしいですが、私は『重陽』がおすすめですよ！」

（なんで？）

私は軽く混乱した。だって杉山さまはずっとお馴染みのお客さまで、私のことを見た目で判断なんてしていない。それに今日の杉山さまと私の会話のどこにも、止められる理由はなかったはずだ。

（しかも、また『重陽』をすすめてるし）

その瞬間、法則が見えた気がした。藤代店長は、私が『芋の子』をすすめたときに割り込んできて、『重陽』をすすめる。

（でも、なんで『秋月』はすすめないんだろう？）

私が知らないだけで、『重陽』を売らなければならない通知なんかがあったんだろうか。ただ、もしあったとしたら立花さんからでも伝えられているはず。

純粋な好みの問題？　それは店長という立場上、おかしい。季節のお菓子は同じ数仕入れられていたので、『重陽』ばかりすすめていたら他の二つが残ってしまう。

思い悩む私をよそに、杉山さまはおだやかに微笑まれる。

「おすすめありがとう。あなたは新しい店長さんかしら？」

「はい。藤代と申します。これからよろしくお願いいたします」

ばっきり二つ折りのお辞儀をする藤代店長に、私は杉山さまを紹介した。

「お得意様でしたか。いつも誠にありがとうございます」

にこにこと笑う藤代店長に杉山さまも笑顔を返す。

「こちらこそ、梅本さんにはいつもお世話になってます。なので今日は申し訳ないけど、彼女のおすすめの方を買わせていただきます」

梅本さん、『芋の子』を二つお願いね。そう言われて私は心の中でガッツポーズをした。ちらりと隣をうかがうと、藤代店長は「そうですか。ありがとうございます」と変わらず笑顔を浮かべている。

私がお菓子を包んでいる間、他のお客さまもいなかったからか藤代店長は杉山さまと話をしていた。聞くとはなしに聞いていると、店長がいきなり杉山さまにとんでもない質問をぶつけた。

「ところで杉山さまは、同居されているご家族の方などはいらっしゃいますでしょうか？」

＊

藤代店長の質問を聞いた私は、包装の手を止めてがばりと身を起こす。

（えええ⁉）

なにそれ。初対面で失礼だし、なにより旦那さまを亡くされている杉山さまには嫌な質問だ。

「あの！」

杉山さまが答えてしまう前に、今度は私が二人の間に割って入る。

「藤代店長、それは個人情報なんじゃないでしょうか」

すると藤代店長ははっとしたような表情を浮かべた。

「あ――これは申し訳ありません」

どうやら他意はなかったようで、藤代店長はすぐに深く頭を下げる。

「いえ、いいのよ。でも、なんで？」

杉山さまの質問に、藤代店長は言葉を濁した。

「その――お二つでよろしいのかと思いまして」

「足りていますよ。多く買いすぎると、またここに来る理由がなくなってしまうもの」

ああ、こういう言い方が本当に好き。柔らかくて、すっといなす感じ。

「本当に申し訳ありませんでした」

藤代店長は再度頭を下げる。悪い人じゃない。わざとじゃない。でも「なんで?」がたくさん浮かぶ。

そしてさらに。

「――差し出がましいとは思いますが、『芋の子』にはぬるめのお茶がよく合います。召し上がるときは、どうぞカップにたっぷり用意してたくさん飲んでください」

そんなこと、初めて聞いた。それは杉山さまも同じだったようで、不思議そうに首をかしげる。

「そうなの? でもそれ、なんのお茶がいいのかしら。煎茶? ほうじ茶?」

するとなぜか藤代店長は言葉に詰まった。

「ええと――そうですね。淹れてすぐ飲めるほうじ茶ですかね」

味じゃなくてすぐ飲めるかどうかの問題? その答えを聞いて、私は思わず口を出してしまう。

「あの、店長。ほうじ茶は熱湯で淹れるのですぐできますが、冷めるには時間がかかります」

「えっ?」

「煎茶は少し低い温度で淹れるので、こちらの方が早く『ぬるめのお茶』になると思いますが」

「そうよね。一番温度が下がりやすいのはお抹茶でしょうけど、こちらはたっぷり飲むわけにはいかないし」

抹茶はお茶の葉っぱを挽いて粉にしたものを飲むので、葉っぱから抽出するお茶よりカフェインが多い。だからたっぷり飲んだら眠れなくなってしまう。そんな話をしていると、通路からこちらに向かってくるお客さまが見えた。

「そうなんですね。まあ、お茶の種類はなんでもいいので——。杉山さま、重ね重ね申し訳ありませんでした。では、私はこれで」

藤代店長は会釈をすると、新しいお客さまに向かって「いらっしゃいませ」と声をかける。

疑問が浮かびすぎて、自分の手には負えなくなってきた。そこで私は藤代店長の休憩中に、遅番で来た立花さんに相談する。

「——『芋の子』にぬるめのお茶をたっぷり?」

初耳ですね。そう言われて、ほっとする。

「しかもお茶の種類を決めていないなんて、おすすめする意味がわかりません」

立花さんはひっそりと顔をしかめた。

「個人的なことをいきなりたずねるのも失礼ですし、一体どういう考えなのか」

そう。一番困るのは、藤代店長の考えがわからないことだ。人として「いい人」なのはなんとなくわかる。でも店長としては、何を基準に動いているかわからない。

「閉店後にでも、少し話をうかがってみます」

立花さんの言葉に、私はうなずく。私は今日は朝番なので、結果をＬＩＮＥで送ってもらうことになる。

もやもやと疑問を抱えたまま、午後が過ぎる。

そんな中、またもや藤代店長が不思議な言動をした。

相手は、小さな子供。幼稚園に行っているくらいの歳だろうか。お母さんに連れられてきた男の子は、お母さんがお使い物の買い物をしている間、小さな椅子に座って待っていた。手持ち無沙汰なのか、麦茶のペットボトルをおもちゃのように転がしては立てている。なるほど、こういう場合もテーブルと椅子は便利だ。そこまではよかった。

「ちゃんと待てたから、ご褒美に好きなお菓子を一つ買ってあげるわよ」

お母さんに言われて、男の子の顔がぱっと輝く。そしてすぐに「お団子！」とショーケースを指差した。

うんうん、みたらし団子はおいしいよねえ。微笑ましい気分で見つめていると、藤代店長が言った。

「そっかー、でも今日はね、実はお団子よりどら焼きの方がおいしくできたんだよ」

（え？）

お母さん、立花さん、私、そして男の子。全員の顔に「？」の表情が浮かぶ。

「ええと、おすすめがどら焼きということですか」

お母さんの質問に、藤代店長は自信たっぷりの表情でうなずく。

「はい。今日のどら焼きは、いつもよりすごく出来がいいので、とてもおすすめです！　もう、食べないともったいないないくらいに！」

からのビッグスマイル。お母さんは納得したようだけど、男の子には通じなかった。

「やだ！　ぼくはお団子がいいの！　お団子、いますぐ食べたい！」

それはまあそうだろう。だって男の子の目の高さには、てりってりのタレがかかったおいしそうなみたらし団子が並んでいるんだから。

（みたらしの口になっちゃったら、どら焼きは違うよねえ）

心の中でうなずいていると、お母さんもそう思ったのか「すみません、やっぱりお団子で」とショーケースを指差した。藤代店長は特にがっかりした雰囲気もなく、明るいままで「はい！お団子ですね！」と答える。

そしてお団子を出したところで、今度は男の子に向かって「いますぐ食べたいなら、ここで食べていく？」と声をかけた。

（はい？）

確かに男の子はテーブルセットの椅子に座っているんだけど。でもついさっき違うものをすすめておいて、これは。

思わず立花さんの方を振り返ると、案の定「理解できない」といった表情を浮かべている。

けれど男の子は、純粋に喜んでくれた。

「え、いいの？」

「あ、でも――」

戸惑うお母さんに、藤代店長はもう一つの椅子をすすめる。

「どうぞ。もしこぼれても拭くものがありますから」

「すいません、じゃあ子供だけ」

そう言ってお母さんは椅子に腰かけると、お団子を男の子に手渡した。

「大きいから、よく嚙んで食べるんだよ」

そう言って藤代店長は、男の子が転がしていたペットボトルを脇に立てる。男の子はこくりとうなずくと、大きな口を開けてお団子にかぶりついた。

「ああもう、たれがほっぺについてる」

お母さんがバッグからウェットティッシュを取り出して、男の子の口の周りを拭く。

（……おいしそう）

いや、絶対おいしい。口も手もみたらしのたれでべったべたにして、口一杯に頬張るお団子なんて、おいしいに決まってる。

（あんな風に食べたいなあ）

でももうできない。なぜなら、大人になってお団子が口のサイズよりも小さくなってしまったから。切ない。

（いや、大きなお団子を探すとか作るとかすれば――）

口一杯のみたらしは叶えられるのでは。そんなことを考えている間に、男の子はお団子を食べ終えた。

「ごちそうさまでしたー！」

笑顔で手を振る男の子に手を振り返しながら、藤代店長はにこにこと笑っている。立花さんは手を振ってはいるものの、笑みが能面のそれだ。少し角度を変えるだけでそれは怒りに変わる。

困ったな。家に帰る道すがら、私は考える。藤代店長と立花さん。あの二人の関係がうまくいかないと、お店がスムーズに回らない気がする。

（こんなとき、椿店長がいてくれたら）

きっと藤代店長の謎を誰も傷つけないように解いて、立花さんをなだめながら和解させてくれることだろう。あ、桜井さんにももちろん穏やかな説明をして。

「――会いたいなあ」

夜空を見上げながら、小さく声に出してみた。思っているだけより、ちょっとだけ気が晴れる。でもそのぶん、気持ちも強くなる。会いたい。でも。

でもなんか、このままじゃ会えない。

新しい店長の行動に疑問を抱いたものの、何も聞かず何も言わずただ心の中に文句を溜めている。そんな状態で「困ってます～」なんて言えるだろうか。

（無理だ）

今のままの私じゃ、会いに行くことはできない。行ったところで、もっと落ち込むだけだ。

（考えよう）

この違和感を解消するためにはどうしたらいいのか。人に相談も大事だけど、その前に私にできることは何かないのか。そう思ったのはいいけど、いい案は浮かばない。

（聞いてみようかな）

疑問を抱えたまま働くのはやりにくいし、藤代店長に直接聞いた方が解決は早いかもしれない。ただ、ためらう部分もある。だって、はっきり言えるようなことなら向こうから言ってくれているはずだし。

答えが出ないまま、歩き続ける。商店街の灯（あか）りが眩（まぶ）しくて、星はぼんやりとしか見えない。輪郭（りんかく）のつかめない光を眺めて、私は小さなため息をつく。

＊

翌日はお休みだったので、のんびりと家で過ごしていた。小袋のおかきを食べながらスマホで流行（はや）りの漫画を読んでいると、ＬＩＮＥの着信が飛び込んでくる。立花さんからかと思って開くと、桜井さんだった。画面を見ると、『いやなんかこっちも遮られたわ！』と書いてある。

（え？）

海苔巻きのおかきが、口の中でぱきんと折れた。

詳細を読むと、やはりお団子を売ろうとした時に藤代店長が割り込み、どら焼きをすすめたのだという。相手のお客さまは、子供を連れたご夫婦。ただ、子供はあの男の子より大きくて小学校の低学年くらいの子が二人いたという。

『なんかすごい勢いでどら焼きすすめるから、親よりキッズが反応しちゃって、どら焼き山ほど買って帰ったよ』

『どら焼きがたくさん売れ残ったりしてましたか?』

私の返信が、すぐに既読になる。

『いや、むしろそのせいでお団子が残ったよ。あの人、お団子が嫌いなのかな?』

その文章を見て、私は首をかしげる。確か藤代店長は、お団子や大福といった餅菓子系のものが好きだと言っていたような。それを伝えると、桜井さんから『ハア?』という顔のスタンプが返ってきた。

(え?)

『だってあの人、発注の時点でその二つを少なめにしてるよ』

好きだと言っていたのにお客さまにはすすめず、発注も少なめ。つまり売る気がないということだ。でも、そんな連絡はみつ屋の本社からは来ていない。

(好きすぎて味にうるさくて、おすすめできないとか?)

いやいや、それはない。私は何度も食べてるけど、みつ屋のお団子も大福も、かなりおいしい。大福の餡が粒かこしかという問題はあるかもしれないけど、お団子はみたらしだし。

『なんだろうね。どら焼きが好きならそれはそれでいいけどさ、何も言わないで横入りされるとムカつくよね』

画面に向かって私はうなずく。そう、言って欲しいのだ。理由があって、それを言ってもらえれば気持ちよく働ける。でもいつ藤代店長が接客に割り込んでくるかわからないから、困るのだ。

『立花さんはどうでしたか？』

同じ場所に立っている社員として、立花さんは藤代店長をどう見ているんだろう。すると桜井さんから『あー』という微妙な表情のスタンプが送られてきた。

『なんかねえ、乙女はそれ以前に気の合わない部分が多すぎて、あんまあの人のこと見てないよ。それに偶然かどうかわかんないけど、乙女は接客を遮られてなかったし』

見てない。私は軽くため息をつく。立花さんは普段はとてもよく気のつく人だけど、藤代店長は、遮るとき以外はごく普通の接客をしているからわからないのかもしれない。

（桜井さんと私にだけしているなら、『アルバイトだから』っていう理由もありそうだけど――）

でも私は、「好き」と言っていたお菓子を少なく仕入れている方が気になった。

時季的に、とか気温的に売れなさそうだというならわかる。でも暑さの残る今、どら焼きよりはあまじょっぱいお団子の方がもさもさしなくていいんじゃないだろうか。実際、私もそういう流れで上生菓子の中でも柚子の効いた『芋の子』をすすめていたわけだし。

お団子とどら焼き。『芋の子』とどら焼き。遮られるお団子と『芋の子』に共通していることはあるんだろうか？

（なんかもうちょっとヒントは――）

私は、藤代店長と交わした会話を思い出す。好きな和菓子以外に、どんな話をしたっけ？

（あ、お金）

お給料や待遇についての話をした。そこで印象的だったのは「貰えるはずのお金を手に入れていない人を見ると、つい口出ししたくなってしまう」という言葉。

『もしかして、お菓子の値段が違うとか？』

思わずそう打ち込むと、桜井さんから『いやむしろ上生菓子が高いっしょ』と送られてきた。

それはそうだ。

『ていうか、上生菓子残る方がヤバイよね。どら焼きの方が日持ちするんだし』

それも確かに。上生菓子の消費期限は基本的に当日中。だから売り切りたい品でもあるわけで。

しかし桜井さんは、その次に予想外な言葉を送ってきた。

『まあでも、今日に限って言えば私もお団子よりはどら焼きで正解かもって思ったけど』

「え？」

リアルな声の方で返事してしまった。『なんでですか？』と送ると、桜井さんは『やんちゃそうなキッズだったからさ』と答える。

（やんちゃそうな子供？）

むしろお団子が似合いそうな気がするけど。なんかこう、剣みたいに持って――。

「あっ！」

そこまで考えたところで、ようやくわかった。子供が串を持って走り回るのは、確かに危険だ。

『子供に串ものはヤバイっしょ。私の友達も、それでしばらく焼き鳥食べらんないって言ってたし』

続けてきた文章を読んで、私は自分の接客を思い出す。男の子だった。すぐに食べたいって言っていた。どら焼きを勧めても、お団子を譲らなかった。

(それで、藤代店長は――)

座らせた。そこで「ゆっくり噛んで」と言って食べさせた。

(身近に、小さい子供がいなかったからわからなかった!)

そこで私ははっとする。お菓子に含まれるアレルギーやアルコールに関しては気をつけていたのに、形に関してはノーマークだった。

そこまで考えたところで、桜井さんから『ごめん、休憩時間終わりだわ』というメッセージが届いた。貴重な時間を潰させてしまって申し訳ない。

またね、というスタンプに対して私はぺこりとお辞儀をする猫のスタンプを返した。

子供に串は危ないから、それを避けさせたかった。でも表立って言うと接客的にはよくない。だから誘導しようとした。じゃあ『芋の子』を『重陽』にするのは?

私はおかきの小袋から、カリカリに揚がった昆布をつまみあげる。

(串はないし、硬いわけでもないし)

それに里芋と柚子は、ナッツや蕎麦(そば)みたいにひどいアレルギーを起こさせるものじゃないと思う。でも、きっと藤代店長はそこにある「何か」を危ないと思っているんだろう。

そんなことを考えながら昆布を噛んでいると、今度は立花さんからＬＩＮＥが入った。昨日は閉店時に忙しくて藤代店長とあまり話すことはできなかったと書いてある。

『でもやっぱり、苦手だけど悪い人じゃないなあとは思うよ。善意に溢れてるというか、溢れすぎて鬱陶しいというか——』

うんうん、わかる。

『なんかね、落語でたとえると、江戸の長屋に住んでそうな感じ！』

うん？

『熊さん八っつぁんほどうっかりはしてないから、面倒見が良すぎる大家さんがぴったりかな〜』

乙女、その「感じ」は私にはちょっと難しいかも。ただ、お団子や餅菓子が似合うっていう意味では、藤代店長は江戸の人っぽい。長屋の大家さんは知識不足で想像できないけど、時代劇で茶店に座ってる武士なら、なんとか。お団子や大福を勢いよく食べて詰まらせ、胸を叩いて「お茶、お茶」なんて言ってそうな。

（あ）

その瞬間、何かが頭の隅をよぎった気がした。そのしっぽを捕まえようと、私はきゅっと目を閉じる。

お茶。ぬるいお茶。麦茶のペットボトルを立てた藤代店長の手。

「わかった！」

リアルな声とともに、私は思いついたことを画面に打ち込む。すると立花さんから『わあ！』というスタンプとともに『当たりかも！』という返信が返ってきた。

藤代店長の行動の理由は理解できたような気がする。でも、それをどうすべきかまでは私にはわからない。なのでそこは社員であり、接客のプロである立花さんの意見がほしい。そう書き込むと、立花さんは『線引きの問題だよね』と送ってきた。

そう。それがとても難しい。

店長とは言っても、まだ会って間もない人。その人に対して何をどこまで言うかは、すごくデリケートな問題だ。嫌な人なら、その後どうなってもいいからとぶつけてしまえることもあるだろう。でも藤代店長はいい人だし、これからも一緒に働きたい。

初日に話したとき、初対面の私のお給料や待遇のことを心配してくれた。なんだか色々「直」で「近い」けれど、悪い人じゃないと思った。立花さんも桜井さんもそう感じたからこそ、考えてくれている。

だからこそ、考える。

気持ちよく働くために。

『それ、僕が言おうか？』

立花さんの言葉がありがたい。でも私は『大丈夫です』と打ち込んだ。社員さん同士で言い合うよりも、アルバイトからの意見の方が波風が立たない気がしたから。

『ただ、立ち会ってほしいです』

そう伝えると、立花さんは『オッケー！』という可愛らしいうさぎのスタンプを送ってくれた。

江戸の武士。あるいは長屋の大家さん。

いざ勝負。

＊

ていうか私はこの場合、なんなんだろう。勝負を挑んでるってことは、同じく武士？　いやいや、茶店の娘とかでしょう。

「あの、店長。ちょっとお話ししてもよろしいでしょうか」

午前中、遅番の立花さんが出勤してきて、でもまだお客さまの少ないところを見計らって私は藤代店長に声をかけた。

「なんでしょう」

にこにことこっちを向いてくれる藤代店長。うう、言いにくい。だって相手は上司で、体の大きな男の人で、以前の私だったらそもそも声をかけるのもためらうような相手だ。でも、今言わないと。

「すごく失礼かとは思うんですが、その――」

立花さんは、少し離れたところから見ていてくれる。大丈夫。言える。

「ん？　なんでしょう。何でも言ってください！」

笑顔の崩れない藤代店長を見上げて、私は言った。

「接客に関してなんですが。たびたび、私の接客中に割り込まれますよね」

「えっ？」

心底びっくりした表情。まさか、自覚してない？

「たぶんですけど、串とか喉に詰まるものとか、お客さまにとって危険になりそうなもののときに、来られるという気がするんです」

そしてその代わりにすすめるのは、一番喉に詰まりにくそうなさらりとした練り切りの『重陽』。『秋月』はかるかんの生地を使っているから、ふかふかしていてすすめない。

「あ……それは――」

言いながら、藤代店長は片手を顔に当てる。

「また――やってしまいましたか」

「また？」

「はい。実は前職でもやりがちだったんです。それでよく注意を受けていました。ただ、ここよりは目立たないというか、フレンドリーだと捉えていただける職場だったので、癖が抜けませんでした……」

「ちなみにですけど、前職って何をされていたんですか？」

「大手量販店です」

藤代店長が口にしたのは、有名なスーパーマーケットの名前だった。

（あ、だから——）

声が大きくて、ビッグスマイルで、子供にも慣れているのか。ものすごく納得。そして目に浮かぶ。藤代店長が「ぼくー！　串を持ったときは、座って食べるんだよー！」とか「おじいちゃん、お餅はよく嚙んでね！」とか声をかけている姿が。

「申し訳ありません。つい、お節介をしてしまいました」

深く頭を下げられて、私は慌てる。

「いえ、怒っているとかそういうのじゃなくて、これからどうすればいいかお聞きしたかったんです」

「え？」

そんな私の言葉に、藤代店長は驚いたような表情を浮かべる。

「お菓子が、アレルギーとか以外のことで危険なものになるなんて、私は思いつきませんでした。でも、すごく大切なことだと思います。なのでこれから販売するとき、どういう風に対応すればいいかを相談させていただきたくて」

そう伝えると、藤代店長はさらに「えええ!?」と声をあげた。

（相談とか、失礼だったかな。アルバイトから意見なんて、驚かせてしまったのかも）

そんなことを思っていると、藤代店長はさっきよりもさらににこにこと笑っていた。

「いやあ、すごい」

「はい？」

「私の行動の理由を突き止めた上に、改善策まで考えてくれようとしているんですね。梅本さん、あなたはすごい」

「いえ、そんな――」

いきなりほめられて、どう反応していいかわからない。

「あの、私一人で考えたんじゃないんです」

「というと？」

「桜井さんや立花さんに相談して、みんなで考えました。でなければ、理由はわかりませんでした」

「そうなんですか」

藤代店長は、少し離れたところに立っている立花さんの方へ顔を向ける。すると、すっと伸びた背筋のまま立花さんが軽くうなずいてみせた。

「なるほど」

そう言って藤代店長は、大きくうなずきかえす。

「――少し、自分語りをしてもいいでしょうか」

あ、もちろんお客様に気を配った上でですが。そう前置きしてから、藤代店長は話し出した。

「私の前職は大手量販店の社員ですが、さらにその前があります」

「その前？」

「はい。職場はここで三つ目なんです。そして前の前の職場は、介護施設でした」

介護施設。それを聞いた瞬間に、さらに納得した。声の大きさ。顔の近さ。あの「近さ」は、お年寄りにわかりやすいようにした結果なんだろう。

「ああ、だから声が大きいんですね」

同じように考えたのか、立花さんが前を向いたままぼそりとつぶやく。

「やはり、大きかったですか」

自分では抑えているつもりなんですが。そう言って藤代店長は恥ずかしそうに笑う。

「入所者さまは、耳が遠い方も多かったので、つい顔を寄せて大きな声で話す癖がついてしまいました。そして先ほどの梅本さんの指摘どおり、誤飲や嚥下障害——ものを詰まらせることに、ことさら敏感になってしまって」

「そうだったんですね」

「でも子供に串が危ないのはともかく、喉に詰まることを気にしていることまでよくわかりましたね」

「それは、まず串が危険だということを桜井さんが教えてくれて。それで『危険』という言葉が引っかかったんです」

そうしたら、杉山さまに言った「ぬるいお茶」がわかった気がした。味がどうでもよかったのは、傍(そば)にすぐ飲める水分が「たっぷり」あること。そして男の子がお団子を食べるときに、その子がおもちゃがわりにしていた麦茶のペットボトルを立てておいたこと。

　そのことを話すと、藤代店長はうんうんとうなずいた。

「その通りです。もちもちしたものを食べるときには、必ず水分を用意すること。串なら座って食べること。理想を言えば、たくさん水分を取りながら食べていただくと、より安心なんです」

「そういうことが心配だったから、杉山さまにお家(うち)のことを聞いたんですね」

「はい。もしものことがあった場合、お一人だと――」

　もしものこと。考えたくはないけど、考えなければいけないことだ。いくら元気な方でも、歳をとれば危険は増える。

「しかし、『芋の子』はそこまで危険なお菓子でしょうか」

　立花さんが囁くような声で疑問を投げかけた。

「それ、私も思ってました。お正月にお餅が危ないというのはよく聞くんですけど、上新粉のもちもち感はそこまで強くないですよね」

　すると藤代店長は「組み合わせの問題なんです」とため息をつく。

「組み合わせ？」

　材料は、ざっと考えて上新粉とあずきと里芋と柚子。これに問題があるんだろうか。

「実は、小さいお子さんや高齢者にとって、餅と芋の組み合わせは要注意なんです」

「そうなんですか！」

思わず声を上げると、藤代店長はうなずく。

「粘り気があって水分の少ない食べ物は、詰まらせやすいもののひとつです。だから私の勤めていた施設でも、栄養士さんはこの二つが重ならないよう注意していました」

なので、つい口出ししてしまいました。そう言われて私は言葉を失った。だってもちもちではつくりって、思いっきり言っちゃってたし。そのことをおすすめのキーポイントにしてさえいたし。

そんな私を見て、藤代店長は静かな笑みを浮かべた。

「ひとは、簡単には死にません。けれど簡単なことで亡くなってしまうことがある。そのことを、私は入所者の方から教えていただいたんです」

＊

小さい子供やお年寄りは、嚙む力や飲み込む力が弱かったりする。だから食べ物で窒息してしまう事故が多いのだという。

「頭ではわかっていても、やはり驚くんですよ。まさか、食パンで？　とか」

「え。パンって水分でふやけるものじゃ」

私がつぶやくと、藤代店長は首を横に振った。

「唾液の少ない高齢者と、食欲にまかせて食べる子供にはとても危険な食品なんです。梅本さん、小さい頃にパンをぎゅっと潰して小さくしてみたことはありませんか」

ある。思いっきりある。

「確か、硬い玉みたいになったような」

「それです。水分をとらずに口の中で小さくなった塊が気管に詰まると、口にいくら水分を入れてもどうしようもなくなる。なので食事付きの高齢者施設で、パンを出す回数はご飯に比べて明らかに少ないんです」

それを聞いた立花さんは、藤代店長の方を向いて驚いたような表情を浮かべる。

「それは私も知りませんでした」

「出し方にもよるのでしょうが、一対一で見守るというわけにもいかないですから」

日本は高齢化社会だと言われているけど、私のおじいちゃんもおばあちゃんもまだそういう施設やサービスのお世話になってはいない。なので私にそういう方面の知識はまったくない。そして同じように小さい子供が近くにいないので、そっちの知識もない。なんだかそれって、すごく何かが足りないような気がする。

(人間の最初と最後を知らないなんて)

私は子供だったし、いつか高齢者になるのに。そう考えると、少し不安になった。

「――私は根が心配性なので、お正月が来るたび怖かったです。施設では出さなくても、ご家族との食事や外食でお餅を食べてこられる方も多かったので」

藤代店長は、通路の向こうよりずっと遠くを見るような表情でつぶやく。

「お正月だけじゃありません。節分の大豆、こどもの日の柏餅、ひなあられ。行事食はどれも危険なものが多くて、気が休まりませんでした」

そんな藤代店長に、立花さんが小さな声で言った。

「節句が怖い人ですか」

「え？」

「節分、雛の節句に端午の節句。そして今、重陽の節句です」

「ああ、本当だ――」

藤代店長は、ふっと笑う。

「なのに何故、和菓子店で働くことを選ばれたんでしょう」

「そうですね。量販店も楽しかったのですが、残業も多くて。それでワークライフバランスを考え始めた頃、みつ屋の中途採用があったんですよ」

だから和菓子自体にそこまで深い思い入れはないんです。そう言って、藤代店長は恥ずかしそうに笑った。

「ここに来る前は、下町に近い駅ビルの中にあるみつ屋にいました。だからこの癖もそこまで目立たなかったんです」

なるほど。心の中でうなずいていた私は、ふと思い当たる。東京百貨店は落ち着いた客層だけど、それはお年寄りも多いということだ。そしてデパートである以上、お子さんを連れた方もまた多い。

（だから、配置された？）

椿店長とは全く違う形で、お客さまのことを案じる藤代店長。それはそれで、ここに合っている人なのかもしれない。

「話を戻しますと、『芋の子』はしっとりした食感ですし、そこまで気にすることはありません。あくまで、私が神経質だっただけの話です。本当に」

お騒がせして申し訳ありません。大きな身体を丸めて、しゅんとうなだれる藤代店長。それを横目で見ていた立花さんが、またもやぽそりと独り言のようにつぶやく。

「だとしたら、今後はそういったお菓子を販売する際に、一言添えればよろしいのでは」

それを聞いた藤代店長が、ぱっと顔を上げた。

「あ、はい。そうですね。いい考えです」

すると間髪を容れずに、立花さんが続ける。

「ただ、義務化はいかがかと思います。お客様に対して、干渉しすぎの部分もあるかと思いますので」

「あ……はい」

またすぐにしゅんとする。上がったり下がったりいそがしい。

「現実的なところとしては、お正月のお餅と同じくらいもちもちしていたり、芋が主体で喉に詰まりやすそうと感じた場合のみ、一言添えるのがよろしいかと」

「それって『お飲物をご用意ください』とかでいいんでしょうか？」

私の質問に、立花さんはふと考えてから言った。

「それでは真意が伝わらない場合もあるかもしれません。もっと端的に『よく噛んでお召し上がりください』でよろしいのでは」

「なるほど！　そうしましょう！」

また笑顔になった藤代店長に対して、立花さんはとどめとばかりに言い放つ。

「ですが、これをお伝えできる場合とできない場合があることはご理解ください。なので繰り返しますがこれは義務ではなく、接客にゆとりがあった場合の対応ということで」

「あ、はい。そうですね……」

取り合わせが、なんだか面白い。

水と油。月と太陽。静と動。色々あるけど、正反対のものって実はペアだよね。二人を見ていて、私はそんなことを思う。

（にしても「餅と芋」って、他にもありそう）

自分が大好きな組み合わせなだけに、今後気をつけようと思って私は頭の中のお菓子図鑑をめくる。すると、あった。芋がそのまま入ったやつが。

「――『いきなり団子（だんご）』！」

つい声を上げると、立花さんが反応した。

「ああ、まさに。『いきなり』というネーミングには『すぐできる』や『飾り気のない』とともに、『いきなり食べると喉に詰まる』という意味もあるのではないかと言われていますから」

「やっぱり！」

立花さんの言葉を聞いた藤代店長は、悔しそうな表情を浮かべる。

「あいつ——あのお菓子は本当に問題児でしたよ。皮は薄そうに見えても、もっちもちで入れ歯にくっつく勢いだし、中のサツマイモはほこほこで、あんこの水分も少なめ。なのに結構、食べたがる方が多くて」

「『あいつ』って」

つい笑ってしまい、慌てて口元を引き締める。そんな私に向かって、藤代店長はにこりと笑いかける。

「そうだ、思い出しました。私が和菓子店を選んだ理由の一つは、『切実さ』です」

「切実？」

「はい。なぜだかわかりませんが、あんこや和菓子はときどき切実なんです。施設で、どうしてもケーキを食べなきゃ、みたいなことを言う人は少ないんですが、あんこがないと死ぬ！　みたいな人は結構いる。その切実さは、どこから来ているのか」

「それは——」

どうしよう。まさに「理由はわからないのにわかる」。どうしてもあんこじゃなきゃ、っていう時の感じがわかりすぎる。

「ただ甘いものがほしいだけじゃないんですよね」

私はしみじみとつぶやいた。あれは、本当に不思議だ。お砂糖と小豆(あずき)を食べても満たされない。あんこが食べたい。あの欲求は、何なんだろう。

「売っていれば、いつかわかるかなと思ったんですよね」

いつか。そういうもののそばに立ち続けていれば。藤代店長のその言葉は、とてもやわらかく私の心に響いた。

(いいな)

立花さんも、静かに微笑んでいる。うん、きっと大丈夫。

明るい気分になった私は、つい余計なことを言ってしまう。

「あ、でも洋風の『切実』はケーキじゃなくてチョコレートだと思います」

「チョコレートですか」

「はい。チョコレートは、あんこと同じくらい『チョコじゃなきゃダメ！』って瞬間が来るんですけど。これ、私だけでしょうか」

言い終わった瞬間、視界の端で立花さんが笑いを噛み殺しているのが見えた。

「だってほら、登山とか災害時の荷物にチョコレート、入れるじゃないですか。あれ、絶対カロリーだけじゃなくて生きる希望のためだと思うんです！　カカオの粉と砂糖を舐めても、生きる希望は湧かないし！」

ダメ押しのように言うと、立花さんが笑うことを我慢したおかしな表情で「私は小型羊羹を入れる派です」とつけ加えた。すると藤代店長は、下を向いてくくと笑い出す。

「いやあ、すごい。あんことチョコレート……なるほど……！」

いやいやいや。二人とも、笑いすぎでしょ。

＊

江戸の武士（長屋の大家さん兼ねる）との勝負は、気分的に負け寄りの引き分け。イメージ的には「おぬしやるな」みたいな。

（だってなんかこう、いい人すぎたから）

突っ込みどころもあるけどお年寄りや子供に優しくて、大きな犬みたいな人。藤代店長とは、気持ちよく働くことができそうだと思った。

翌日、立花さんからことの流れを聞いていた桜井さんは、私の顔を見るなりふきだした。

「カカオの粉と砂糖って、なんそれ！」

背後でレジ点検中の藤代店長から見えないよう、桜井さんはカウンターの柱の陰にしゃがみこんで笑う。当然、声もひそめている。

「……私は真剣に言ったんですけど」

「わかるけどさあ」

目尻の涙をぬぐいながら、桜井さんは私を見上げた。

「でもまあ、なんか勝ったね」

「え？」

いざ勝負、は私の心の声だったはずだけど。そう思っていると、桜井さんはゆっくりと立ち上がる。

「人間関係なんて、出会い頭が勝負だからね。でかくてごつくて圧の強い相手なら、なおさら」

「そういうものなんですか」

「イメージと違うところで勝ったから、『江戸の仇を長崎で討つ』みたいな感じだけど」

有名なことわざ。でもどんな意味だっけ？　私がたずねると桜井さんは「意外なところや意外な時に仕返しをする、だよ」と答えてくれた。

「江戸と長崎――」

元の意味は「それほど離れた場所で」ということだろう。でも私の頭の中には、侍の恰好をした藤代店長がカステラを頬張っている姿が浮かんでしまった。

長崎といえばカステラ。桃まんじゅう。あと茂木のびわゼリーもそうだったような――。

「あ」

私が声を上げると、桜井さんが首をかしげた。

「そういえば重陽の節句を調べてたら、長崎も出てきたんですよ」

「なに、菊の産地とか？」

「いえ。長崎くんちです」

「くんち――名前を聞いたことはあるけど、お祭りだっけ」

「はい、大きなお祭りです。今は十月七日から九日に開催されているみたいですけど、以前は旧暦の九月九日だったそうで」

「ああ、ホントだ。重陽の節句だね」

「九日の呼び方が、おくにち、くのひ、と変化して『くんち』になったらしいですよ。つまり長崎くんちや唐津くんちは、重陽の節句のお祭りなんです」

「へえ、面白いね」

桜井さんの言葉に、私はこくこくとうなずく。だって本当に面白いのだ。言葉のつながりもそうだけど、お祭りの画像にはメインの演し物として中華街で見たような龍踊りの姿があった。そもそも節句自体が古代中国の陰陽道発祥なことを考えると、なんかすごくこう「つながった！」感がある。

「長崎かあ。行きたい――っていうか角煮まん食べたいな」

「角煮まん！」

しょっぱい系はノーマークだった。でも絶対おいしいやつ。黒砂糖でこってりと味つけした甘めのたれに、ぷるんぷるんの角煮。それをふかふかの中華まんの生地で挟んで――って、ここでも中国が出てきてびっくりする。長崎だと出島経由のポルトガル文化が有名だけど、中国からの影響も多いんだろうなあ。

「あれ――おいしいですよねえ」

私がうっとりつぶやいていると、正面の通路に車椅子の方が通りがかった。年配の男性だった。

ふと目があったので微笑んで会釈すると、みつ屋に入ってきてくださる。

「いらっしゃいま――」

「ようこそいらっしゃいませー！」

言い終わる前に、藤代店長が背後から風のように出てきた。

「え」

桜井さんと私が呆然と見守る中、店長はカウンターから出てお客さまに近づき、床に膝をつこうとする。夜職かと疑われたほどの、自然な跪き。

「――膝をつかないでください！」

桜井さんが鋭い声を上げた。それを聞いた藤代店長は、はっとしたように動きを止める。そして桜井さんもまたカウンターを出て、お客さまの元に近寄っていく。

「大きな声を出してしまって、申し訳ありません」

そう言いながら、膝をつけずに車椅子の脇にしゃがんだ。

「私たちは食品を扱うフロアにいるので、衛生上、床に体をつけないほうがいいんですよ」

桜井さんの言葉に、お客さまはうなずく。

「わかってるよ。だから安心して買い物ができるというもんだ」

そういうところが、デパートだよねえ。二人の会話を聞いた藤代店長は、お客さまから見えない位置で、ぺちりと自分の頭を叩いた。

「いや、本当にいたらない店長で申し訳ありません」

頭を下げる藤代店長に向かって、桜井さんは「別にいいですよ」と笑う。

「前の店でも注意されていたんです。でも、介護職の時の癖が抜けなくて」

「大丈夫です。これも長崎だったたってことで」

「はい?」

「いえ、独り言です」

これは桜井さんならではの仇討ち。接客を遮られたお返しにちょうどよかったんだろう。にっこりと微笑まれて、藤代店長は不思議そうな表情を浮かべている。

勝負あった。

秋ふかし

Anne to Kofuku

今年は秋の初めまで暑くて、なんだかおかしな天気が続いた。でも十月も終わりに差しかかると、ようやく気温も下がって秋らしい空気が感じられる。

ああ、涼しいって本当に楽。朝の満員電車でしみじみと思う。

脇を締めても汗でぬるぬるしない。つり革がべたつかず気持ち悪くならない。そして何より、メイクが落ちない。

（いや、「落ちる」ほどのメイクじゃないんだけど）

化粧品売り場の魔女に教わって以来、私は必要最低限のメイクをしている。それはいわゆる基本の下地とファンデーション、それにリップか口紅。アイメイクは不器用なので、頑張れるときだけちょこっと。でもそんなレベルのメイクでも、汗を拭こうとハンカチでこすれば落ちてしまう。まあ、落ちたのはまた塗ればいいんだけど、ハンカチにファンデーションがついてしまうのはちょっと厄介だったり。

汗は自分も不快だけど、接客業の場合、お客さまに対して困ることの方が多い。棚の上の物を取るときに脇の汗じみが気になったり、汗がダラダラの顔面ではいられなかったり。またその汗がエアコンの効きすぎで冷えて、結果お腹を壊したり。

そんな諸々の心配事も、秋風と共に去るわけで。

(快適——っ!)

電車を降り、駅から東京デパートに続く歩道に入ったところで、私は大きく伸びをする。

これは太めの女子あるあるだと思うのだけど、体についたお肉が多いと、本来触れないはずのお肉同士が過剰に出会ってしまう。それが特に顕著なのが、肘を曲げたときの内側とか、腿の合わさった部分。ここが汗でぬるつくとすごく気持ちが悪い。肘の内側はすぐ乾くからいいけれど、腿の方はじっとりしがちだ。しかも制服を考えてスカートとストッキングを身につけているから、夏場は本当につらい。

涼しい空気。さらさらした体。私は、秋が大好きだ。

＊

「ちょっと前まで、本当におかしな気温でしたね」

社員食堂で正面に座った柏木さんが、深くうなずきながら言う。うん。それはそれとして、なぜそこに座るんだろう。時間が一緒になったのは偶然なんだけど。

けれど柏木さんは、そんなことは一切考えていないような自然さで話し続ける。

「焼き菓子屋としては、本当に辛かったです」

最近なんとなくわかってきたのだけど、柏木さんには「とにかく知り合いのそばに寄っていく」習性のようなものがある。人懐っこさというか、弟っぽい感じ。最近では、金沢の話をしたせいか立花さんにも寄っていっているし。

「湿気は大敵だし、ただでさえ夏場の洋菓子は売り上げが落ちますから」

まあそれは確かに。バタークッキーやパイを、暑いときに食べたいと思う人は少ないだろう。

「寒いときの方が、おいしく感じますもんね」

「はい。乾燥して寒い季節にこそ、真価を発揮すると思っています。パイなどは特に」

パイ。その言葉を聞いた瞬間、今すぐ下へ降りて食品フロアに行きたくなった。柏木さんの働いている『K』は、本当に焼き菓子がおいしいのだ。中でもパイは、シンプルなものから中身の入ったものまで、どれもすごくクオリティが高い。

バターを何層にも練り込んで、ちょっと焦げた？ くらいまでびしっと焼き締める。そこまで焼いて、初めてあの味になる。私なんかが作ったら、焦げることを恐れて色の薄い時点で火を止めてしまうだろう。タルトタタンなんかもそうだ。焦げはじめた砂糖がカラメルに変質して、じゅくじゅくのおいしい部分ができあがる。

（パイ、食べたい……！）

焦げる直前まで焼いた、香ばしいパイ生地。噛むとかしゃっと崩れて、バターの甘さと塩気が口の中にじゅわっと広がる。しゃりぱり食べて、最後には指先についた脂まで舐めたくなるような、そんなパイ。

プレーンもいいけど、中身が入ったものもいい。基本はアップルパイだけど、今の時期ならパンプキンパイもいい。あ、リンゴとさつまいもっていうのも最強の組み合わせだ。ほくほくとろりで甘酸っぱくてきゅん。それがパイのバターと合わさったらもう、もう——!!


「秋って、最高ですよね……」

私がカウンターの前でつぶやくと、隣で桜井さんが「え。だいじょぶ?」と不審そうな表情を浮かべた。

「あ、すみません」

姿勢を正して、布でショーケースを拭く。開店前にも拭いているけど、午後になって人の手の脂や指紋が目立ってきたときはこうして軽く拭いておくと、お菓子が綺麗(きれい)に見えるのだ。そしてそんなショーケースの中には、『今月のお菓子』こと『三種のきんとん』が燦然(さんぜん)と輝いている。

いつもなら、『今月のお菓子』は違う形や食感のものが三種類用意される。けれど今年の秋はきんとんで統一されていた。味見用のお菓子が届いたとき、お店のメンバー全員で「珍しいね」と言い合いながら食べた。そしたらこれが、これがもう、大傑作だったのだ。

(これ考えた人って、天才なんじゃや——?)

みつ屋のお菓子は、立花さんいわく工場の職人さんと材料担当の人が協力して開発しているらしい。今回で言えば材料は「秋においしくなるもの」。つまり『芋栗南瓜(いもくりかぼちゃ)』だ。

まず、芋はさつまいも。茶巾(ちゃきん)型に絞られた黄金色(こがねいろ)のきんとんは、白蜜で練り上げた和風のマッシュポテト。中にはなんと掟(おきて)破りの練乳あんが入っている。これがまあミルキーで、口どけの良いお芋と合うこと！

次は栗。これはおそらく職人さんのプライドを賭けた一品。だって原材料が『栗・砂糖』のみなのだ。自然の栗がまとまるギリギリのところまで砂糖を入れて、そっと茶巾で絞る。だから楊枝(ようじ)を入れた瞬間、ほろりと割れてしまう。ああ、なんてデリケートな秋の味。

そして最後のかぼちゃ。これが私は最高に好きだ。なんとこれは、かぼちゃのマッシュにお醤油の風味がついている。そして中心にはみたらし団子と同じタイプのたれが包まれているのだ。食べるとほくほくあまじょっぱくて、これはあれだ。かぼちゃの煮つけに違いない。

（あえてシナモンにいかないところが、すごくいい！）

近年は、この季節とハロウィンが重なっているせいで和菓子屋さんにもハロウィン風のお菓子が増えた。それはそれでおいしくて可愛くて素敵なんだけど、「かぼちゃ＝シナモン」ばかりになってしまうのは寂しい。そこへきてのかぼちゃの煮つけ。私はあまじょっぱいお菓子に目がないので、嬉しすぎた。

しみじみとショーケースの中を眺めていると、桜井さんに「ホントそれ好きだね」と微笑まれる。

「私、秋のホクホク系が好きすぎて」

「だろうね。ちょっと動きがおかしいし」

「やっぱりそう見えます?」

「うん。拭くところが偏りまくってる」

「え」

言われてみれば、『三種のきんとん』のところだけがやけに綺麗だ。私は慌てて、他の部分も同じくらい拭きまくる。

「おかしいって言えば、乙女も最近ちょっとおかしいよね」

「あ、桜井さんも気づいてました?」

「うん。見た目は普通だけど――」

「シールがずれてる」

私の言葉に、桜井さんが小さな声で「それな」と応える。


おかしな気温の後に、好きすぎるお菓子のラインナップでちょっとおかしかった私。でも一番気になるのは、いつもきっちりしている立花さんの、ちょっとしたほころびだった。

それが始まったのは、藤代店長の謎が解けた後のこと。

最初に「あれ?」と思ったのは贈答品の箱を包装紙で包んでいた時。いつもならぴしっと「最初からこうでした!」みたいに決まる包みの角が、なんだか頼りなく見えた。私がやったものだったら自然なんだけど、立花さんの作業としてはおかしい。しかも立花さんはそれに気づくこともなく、包み直すこともしなかった。

体調が悪いのかな。そんなふうに思ったけど接客に問題はない。品物を詰めることも、お会計をすることも。でも箱を包み終えたときのテープや消費期限のシールが、ほんのちょっと斜めに傾いている。それがどうしても気になった。

バックヤードでの態度も同じで、ぱっと見はいつも通り。でもふとした瞬間にぼんやりしていたりする。

「悩み事とかあるのかもね」

桜井さんの言葉に、私は小さくうなずいた。次の遅番で、ちょっと聞いてみようかな。

＊

小さな男の子が駆けてくる。小学校の低学年くらいだろうか。

「ちょっと、お店の中で走ったらいけないって言ったでしょ！」

後ろから小走りで追いついたお母さんが、通路でたしなめる。けれど彼はその声が聞こえていないかのように、くるりとこっちを向いた。

「ねえママ、あれ！」

そう言って彼が指差したのは、みつ屋のショーケースの中にあるさつまいもと栗とかぼちゃが籠（かご）に盛られた飾りもの。

そのまま近づいてきて、中を覗き込む。

「すごいね。図工の先生のお手本よりずっと上手だよ！」

可愛いな。私は微笑んで「ありがとうございます」と声をかけた。すると男の子がぱっと顔を上げて私にたずねる。

「ねえ、これ誰が作ったの？」

「えっ」

それは私も知らない。なので。

「ええと……このお菓子屋さんの会社の人かな」

ざっくり答えてしまった。けれど彼はそれを気にすることもなく、うんうんと深くうなずいた。

「そうなんだ。会社の人は、すごいね」

「ありがとうございます。伝えておきますね」

きっと喜ぶと思うから。そう告げると、男の子はにっこりと笑う。

「ごめんなさい、お邪魔して」

頭を下げるお母さんに、私は「いえいえ」と言った。午後の早い時間はお客さまも少ないし、むしろお相手がいてくれた方が嬉しいくらいだ。

「ゆっくりご覧になってください」

そう伝えると、「買ってね」オーラを出さないように少しだけ正面からずれて違う作業をしてみる。私がお客さんだったら、じっと見られるのは苦手だし、何か買わなきゃってあせってしまうから。

「ねえねえ」

再び声がしたので向き直ると、男の子が『三種のきんとん』を指差している。

「これは、お菓子だよね?」

「はい。そうですよ」

「さつまいもとかを、つぶしたやつ」

「よく知ってますね」

そう答えると、男の子は得意げに言った。

「ママが、妹のごはんに作ってるんだ。『りにゅうしょく』って言うんだって」

なるほど。確かにかぼちゃやさつまいものマッシュは離乳食にありそうだ。

「でもさ、それは『ごはん』。こっちはお菓子。どこが違うの?」

「え?」

一瞬、言葉に詰まってしまった。どう違うかって、それは——。

「ええと。お砂糖が、入ってるからかな」

甘くしてあるから、お菓子。それが一番の違いのはずだ。

「じゃあさ、焼きいもはどっち? あれって、さつまいもそのままだよね?」

(うっ)

それは考えたことがなかった。でも、焼きいもはおやつのジャンルっぽいような。

「お菓子の仲間、かな——」

言いながら、自分でも納得していなかった。だって焼きいもを潰したら、離乳食のマッシュになりそうだし。

「ちょっとケンタ、お姉さんの邪魔しないの」

商品を見ていたお母さんが、振り返って注意する。

「だってお菓子屋さんならわかると思ったんだもん」

わかると思った？　私が首をかしげると、男の子ことケンタくんは言った。

「今度遠足があるんだけどさ、その話の中でクラスの友達が手をあげたんだよ。『バナナはおやつに入りますか？』って」

「ああ――」

小学校あるあるみたいな、あれか。よく聞くけど、あれの正解ってどうなんだろう？　私の小さい頃とは、違う答えだったりするのかな。

「先生は、どう答えたの？」

好奇心から、ケンタくんに聞いてみる。するとケンタくんは「入れ物だって」と答えた。

「入れ物？」

「うん。お弁当箱や、デザートの果物入れに入ってたらお弁当の一部だからおやつじゃなくて、お菓子袋に入ってたらおやつだって」

さすが先生。わかりやすい答えだ。

「でもさ、ぼくはなんか違うと思うんだ」

「ん？　何が？」

「入れ物が変わったって、バナナはバナナでしょ」

「それは――」

　なんていうかすごく、本質的な問題だ。ていうかケンタくん、頭いいな。

「それと同じで、さつまいももさつまいもでしょ。焼いたさつまいもがお菓子の仲間だったり、『りにゅうしょく』のご飯になったりするのは、なんで？」

「それは、ええと」

　バナナは入れ物でジャンルが変わった。焼いたさつまいもは潰すという手間を加えたらおやつから食事に変わる？

「お母さんが、潰すっていうことでお料理したから、かな」

「じゃあおやつをつぶしたらご飯になるってこと？」

「それは――」

　考えてみて、間違いに気づいた。スタート地点が違う。まず焼きいもは、甘くおいしく焼けるように調理されている。あれは、加熱しただけじゃない「お料理」だ。だからこの場合は「料理を潰したらご飯」になる。つまり料理であることは、変わらない。

（じゃあ素材のままのものを潰したら、どうなるの？）

　それを考えるには、生で食べられるものでないと。ぱっと頭に浮かんだのは、ケンタくんの言っていたバナナだった。バナナも、潰したら離乳食になりそうだ。

（でも、潰したバナナはお菓子っぽい感じもする……）

バナナペースト、あるいはジャム。

（ジャムか！）

他にはすりおろしたリンゴとか、潰したイチゴ。すりおろすだけなら大根や山芋なんかもあるけど、やっぱり甘くないとお菓子っぽくは思えない。

甘い素材のペーストは、ジャムの一歩手前にいる。だからお菓子に近く感じられる。

（素材がお菓子へ変わる。あるいは、食事に近いものがお菓子に変わる）

その境界線は、何なんだろう。やっぱり砂糖を入れるかどうか？

（――そもそも、食事とお菓子の違いってなに？）

あ、時間とか？　だってお菓子みたいな朝ごはんってあるよね。菓子パンとかフレンチトーストとか。あと、残ったおはぎを朝に食べたこともあるし。

「あの」

つかの間考え込んでいた私は、お母さんの声で我に返った。

「あ、はい」

見ると、ケンタくんはすでに目の前から移動し、店内の椅子に腰掛けて足をぶらぶらさせている。

「こちらをいただきたいんですけど」

お母さんが、ショーケースの上に置かれた醬油煎餅（せんべい）の袋を指差した。

「あ、気になさらないでください。本当に、見てくださるだけで結構なので」

無理に買わないで、と言いたかった。でもお母さんはふふふと笑う。

「ありがとうございます。でも私、本当にこれが食べたくなって」

「そうなんですか」

「いつも離乳食や子供向けの食事を作って、その残りばっかり食べてるから、今、ものすごく硬いものが食べたいんです」

なるほど、小さい子供のお母さんは大変そうだと思っていたけど、この悩みは予想外だった。

「あと辛いもの！　本当ならこっちの唐辛子がついたお煎餅にしたいんですけど、買うところを見たらこの子も食べたがるので」

あああ。なんかこう、いろいろ我慢してそう。私は、このお母さんに何かしてあげたくてたまらなくなる。だって食べ物を我慢するつらさは、私にもわかるから。

「――近所だったら」

「え？」

「もし、ご近所にお住まいだったら、私がケンタくんと遊んでいる間に、召し上がっていただきたかったです」

思わず言うと、お母さんはぽかんとした表情で私を見つめた。

「あ、すみません。初対面で失礼なことを」

慌てて頭を下げると、お母さんは微笑む。

「嬉しいです。そんな風に言ってもらえて」

「あ、いえ」

「私こそ、あなたのおうちの近くに住みたかったなあ」

ねえケンタ。そう言われて、ケンタくんがぶんぶんうなずく。

「お姉ちゃんと、もっと遊びたい！」

わあ、嬉しい。

「あ、そういえば」

お母さんがお財布を取り出しながらつぶやく。

「おやつとご飯の話で、私も小さい頃からずっと気になっていることがあって」

「なんでしょう?」

「お弁当とかに入っている甘い煮豆。あれっておかずなんでしょうか」

言われた瞬間、お弁当の端っこの小さいスペースが思い浮かんだ。どこで食べたのかは忘れたけど、確かに知ってる。

「おかず……っぽくないですねえ」

「ですよね。あれ、お正月の黒豆と一緒の立ち位置ですよね」

『煮豆』という名前のメニューには、当然しょっぱいものもある。昆布やひじきと大豆を煮たものなんかは、うちでもよく出る。でも、黒豆的な「豆と砂糖」だけな煮豆はめったに出ない。だからお弁当のイメージが強いのかもしれない。

（なんだっけ。お母さんが言ってた気がする。ああいう微妙な立ち位置の料理って）

そう、かつて私も同じ質問をお母さんにしたのだ。これっておかず？　それともデザート？

と。そしてそのときの答えは。

「――箸休め？」

私がつぶやくと、目の前のお母さんは「ああ、箸休め！」と納得したようにうなずいた。

「しょっぱいおかずの中で、味を変える役目というか、そういうものだった気がします」

「そうですよね。やだ、『箸休め』っていう言葉そのものを忘れてました」

「ねえ、はしやすめってなに？」

ケンタくんの質問に、お母さんが「ご飯がずっとおんなじ味だと飽きちゃうから、違う味付けのものをちょこっと出すことよ」と答える。

「ふうん。ぼくはずっとカレーでもいいけど」

ケンタくんの言葉に、お母さんと私はぷっとふきだした。

「ごめんなさい。そろそろ保育園に迎えに行かないと」

また来ますね。そう言って、二人は通路を去っていく。


しばらくして、今度は一人のおばあさんがショーケースに近づいてくる。

「いらっしゃいませ」

おばあさんは小さめのトランクをゴロゴロと引っ張って、みつ屋のスペースの中に置いた。旅行中だろうか。

それを見た藤代店長が、反対側からすごい勢いで出てくる。藤代店長は元介護職ということもあり、お年寄りにどうしても反応してしまうので、最近ではもう年配の方が見えた時点でバトンタッチしている。

「ようこそいらっしゃいました！　どうぞごゆっくりご覧ください！」

相変わらず顔が近くて、声が大きい。でもそれは相手によく見え、よく聞こえるようにと喋っているのだと今はわかる。

おばあさんは、商品をざっと見てたずねた。

「こちらは東京にしか？」

「はい。支店も東京にしかありませんから、お土産にはいいと思いますよ」

するとおばあさんは、軽くうなずく。

「うん、よかね」

そして日持ちのするお菓子をいくつか選び、箱に詰めることになった。

私が箱に詰めている間、お会計をする藤代店長に向かっておばあさんが「ああ、こちらもおいしそうねえ」とショーケースを指差す。

「生菓子だから買うて帰れんのだけど」

『三種のきんとん』を見て、ため息をつく。

「これは、からいもん？」

辛い？　私は箱に包み紙をかけながら首を傾げた。すると藤代店長が「ああ」と声を上げる。

「甘いですよ。原材料にお醬油が入っていますが、風味づけ程度なので」

どうやらおばあさんは、お菓子の値札の下に書いてある原材料表示を見たらしい。

「都会では洒落たお菓子を作るもんじゃなあ」

おばあさんは笑いながら「こっちのトーマスも」と言った。

（トーマス？）

一瞬、ケンタくんの言っていた機関車のアニメが頭に浮かぶ。でもそれはないだろう。

おばあさんの指差しているあたりには生菓子があるはずなんだけど、どれのことを言っているんだろう。どら焼き、とかを私が聞き違えたのかな？

けれど聞き違えではないことは、藤代店長のあやふやな返事でわかった。

「こちらは——こちらもおいしいですよ」

「そうやろうねえ」

おばあさんはお釣りを受け取ると、にこにこ笑いながら帰っていく。

「お気をつけて。またお越しください」

藤代店長が頭を下げると、「はいまたね」とうなずいてくれた。

「梅本さん」

おばあさんの姿が見えなくなると、藤代店長は私の方を向いてたずねる。

「はい」

『トーマス』って、どういう意味なんでしょう？」

トーマス。単純に考えれば機関車のアニメ。じゃなきゃ人の名前。でもどちらも、和菓子を指して言うのはなんだかおかしい。だって今ショーケースにあるお菓子に機関車っぽいものはないし、人の名前を連想させるものもない気がする。

（でも――）

もしかしたら、私が知らないだけで隠語のようなものがあるのかもしれない。椿店長や立花さんが教えてくれたみたいに、和菓子には本当に様々な文化が関わっているから。

というわけで、まずはお昼休憩のときに『和菓子　トーマス』とスマホで検索。すると、出てくるのは機関車のアニメの画像ばかり。ですよね、と思いながらおばあさんの見ていたあたりのお菓子の名前を入れてみる。大福、どら焼き。どちらも違う。機関車の焼印がついたお菓子は見つかったけど、おばあさんがわざわざそれを言うのもおかしいし。

（あ、そういえば）

きんとんは入れてなかった。そう思って打ち込むと、予想外の結果が出た。それはなんと、別タイプの機関車、というか電車アニメ。

「『チャギントン』……」

「きんとん」がタイトルの後半と合っていたからだろう。にしても奇跡のかぶりじゃない？　列車アニメが二連続なんて。私はスマホを見つめながら、ちょっと笑ってしまう。

(列車かあ)

旅に出たくなっちゃうな。ちょうど涼しくなってきて、お出かけにはぴったりの季節だし。前に行った京都や金沢では、サチやよりちゃんと一緒に色々おいしいものを食べることができて楽しかったなあ。

(――次に行くなら、どこがいいだろう)

なんとなく、あったかいところに行きたいかも。沖縄までじゃなくていいから、温暖な気候でのんびりしてるところ。温泉とかもあるとさらにいい。

頭の中に、日本地図を思い浮かべる。

(あれ？　京都より向こうって、行ったことないかも)

あ、大阪は家族で行ったことあったかな。でもそれはずいぶん前のことで、私が中一くらいの頃。

(ていうか私、本州から出たことない？)

いやいやいや。確か北海道と沖縄は行っている。それも小さい頃だけど。

そこまで考えて、私はお父さんとお母さんが頑張ってあちこち連れて行ってくれていたことに気がついた。北海道と沖縄に行ったのはお兄ちゃんと私が小学生だった頃だし、大阪はお兄ちゃんが高二の受験前で、今のところ最後の家族旅行になっている。

本州以外の北と南の島は、一応行っていた。ということは。

(九州、四国、あとあれだ、広島とか鳥取とかある――あ、中国地方)

そもそも、行ったことのある場所の方が少ない。でもこの間長崎の話をしたから、九州が気になった。だってほら、角煮まんとかちゃんぽんとかおいしそうだし。

（でも、ちょっと遠いよね）

関西までは新幹線で二時間ちょっとだけど、九州は飛行機レベルだ。一応新幹線で行くこともできるけど、何時間かかることやら。試しにスマホで調べてみたら、なんと五時間。三人でおしゃべりしていれば行けないこともないけど、観光の時間は大幅に減るだろう。

現実的に考えるなら、関西よりちょっと先くらいがいいかもしれない。というのも、私は飛行機が苦手なのだ。

（まあ、「絶対無理！」ではないんだけど）

だから北海道と沖縄のときは頑張った。行きたい気持ちが苦手より上回っていたから。でも今は、できれば乗りたくない。あの閉鎖された感じとか、耳がキーンとなるのとか、頭がぼうっとするのとかが、全般的に苦手なのだ。

（移動で三時間以上かかるのは、除外かなあ）

だったら逆に東北とか？　海の幸とかお餅とかおいしそうだし、食に関しては申し分ない。温泉だってある。

（でも……寒いんだよねえ）

寒いのが悪いわけじゃない。寒いところであったかいものを食べるのは最高だし、かまくらとかちょっと憧れる。でも今は、なんとなく温暖なところに行きたいのだ。

そんなとき、近くの席から声が聞こえてきた。

「まあねえ。帰省するにしても、うちは結構時間かかるんですよね」

ちょっと首を動かしてみると、男性が二人、後ろの席に座って談笑している。どこの売り場の人かはわからないけど、ワイシャツ姿の男性。そしてその言葉にうなずくスーツ姿の人。

「こういう仕事ですから、混まない時期に行けるのはありがたいですけどね」

「確かに。お盆を外すから実家の母にはたまに文句を言われますけど、それでものんびりできる方がいいですよね」

なるほど。夏休みの帰省ラッシュを外して、これから帰省するらしい。デパートに勤めている人はお休みの日に働かなければいけないことが多いけど、平日の空(す)いている時に休めるというメリットもある。

「でも自分は、東京では車持ってないんですよ。だから必然的に電車移動なんですけど、微妙に長くて。かといって飛行機にすると、空港からのバスが二時間とかかかるんで、どっちにしても長いんです」

ワイシャツの男性が、かるくため息をつく。

「アクセス悪いのって致命的ですよね」

するとスーツ姿の男性が「ならいっそ途中下車したらどうですか?」と言った。

「途中下車?」

「はい。飛行機は難しいでしょうけど、電車なら大きめの駅で降りて観光するとかお茶を飲むとかしてリフレッシュすれば、行けたりしませんか？」

まあ、チケットが二枚になるのはちょっとめんどくさいかもですけど。その意見を聞いたワイシャツ姿の男性は「なるほど！」と声を上げた。

「それ、いいですね。うちは小さい子供がいて、いつも車内で退屈して困ってたんですよ。でもそうか、途中下車か。駅近でちょっと遊んだりおやつを食べたりすれば、四時間の移動も二時間と二時間にできますね」

へえ。それは確かにいい考えだ。たとえば私が京都より向こうに行こうと考えた時、休憩がわりに京都の和カフェでお茶するとか、大阪でたこ焼きを食べたりするのはいいかもしれない。

時間を細かく分ければ、観光しながら遠くにも行ける。そう思ったら、なんだか視界がぐっとひらけた気がした。

＊

みつ屋に戻り、店頭に立っている藤代店長に声をかける。

「すみません。トーマスのこと、休憩中にも考えていたんですけどわかりませんでした」

「いえいえ、こちらこそすみません。頭を休ませるべきときに、考えさせてしまって」

藤代店長と私がペコペコと頭を下げあっていると、そこに白い上着を着た東京デパートの社員さんが通りかかった。フロア長と似たような上着。名札には『青果担当』と書いてある。

「どうかされましたか？」

「あ、いえ。ちょっとお客様が言われたことでわからないことがありまして」

店長が説明すると、社員さんは「トーマス……？」と不思議そうにつぶやいた。ですよね。

「あのあたりを指して言っておられたんですが」

ショーケースを示すと、社員さんは近寄って中を見つめる。そして「ああ、これでしょう」と季節のお菓子を指差した。

「えっ？　わかったんですか？」

私がたずねると、社員さんは笑いながらうなずく。

「そのお客様、もしかしてご年配の方だったのでは」

その的確な指摘に、私はものすごく驚いた。もしかしてこの人は、青果と言いつつ和菓子にも詳しい人なのでは。

「そうです。でも、なんでですか？」

「『トーマス』は『とうなす』。漢字で書くと唐の茄子で、カボチャのことだと思います」

「あー！」

それを聞いた藤代店長が、激しくうなずく。

「私としたことが、忘れていました。そうですね。年配の方は色々なおっしゃり方をしますね。唐茄子以外にも『なんきん』とか」

なんきん、は聞いたことがあった。『いもたこなんきん』という響き。それが何かはわからないけど、なんとなく。でも『唐茄子』は初めてだ。かぼちゃには、色々な呼び名があるんだなあ。

ていうか、やはり和菓子より野菜に詳しい人だった。

「さすが青果担当ですね」

思わず言うと、社員さんは「いやあ、そんな」と照れた表情を浮かべる。

「野菜や果物は、読み方が複数あるものが本当に多いんですよ。それを覚えるのが大変で」

「たとえば、どんなものがあるんです?」

お客さんがいないせいか、藤代店長も興味をそそられたようにたずねる。

「そうですね。私が一番手強(てごわ)いと思っているのは青菜の類(たぐい)ですね。アブラナ科の菜っ葉が、全国各地で複数の名前で呼ばれています」

「アブラナ科の菜っ葉……」

そもそも、アブラナ科に何が含まれるのかわからない。そんな私の表情を見て取ったのか、社員さんは「小松菜や白菜にチンゲン菜、あとは水菜に菜の花などですね」と教えてくれる。

「え。小松菜と白菜って同じ仲間なんですか?」

味も見た目も食感も全然違うのに。私が驚くと、さらにすごい情報が出てきた。

「葉物野菜に限らなければ、アブラナ科はもっと広がりますよ。なにしろ大根にブロッコリーにカブに――ああ、ワサビもそうです」

ちょっと待って。今名前の挙がった野菜だけで、日々の食卓がまかなえるよね。

「アブラナ科って、すごいんですね」

「そうなんです。でも、だからこそ各地に広がって品種も増えたわけです。たとえば東京ののらぼう菜。これは近年人気の出てきた青菜ですが、菜の花の葉が伸びたような形をしています。そしてそれにそっくりなのが北関東で栽培されているかき菜。どちらもうまみがあっておいしいのですが、ときどき間違えそうになります」

　のらぼう菜にかき菜。私はまだ、どちらもあまり見たことがない。

「ちなみにからし菜系も、追いきれないほど種類と名前が豊富です。『山形青菜』なんかは『あおな』と書いて『せいさい』と読んだりしますし、サイズも大きくて興味深いです」

「それはまた――面白い」

　藤代店長が感心したようにうなずく。

「あと、呼び方が品種名ではない場合はより難しいですね。愛知県の餅菜(もちな)などが有名ですが、これは雑煮に入れる葉だからそう呼ばれています。その流れで別名が『正月菜(しょうがつな)』。先ほどの話ではないですが、私はご年配の方に『正月菜はどこですか?』と聞かれて悩んだことがあります」

「大きいデパートだから置いている、と思う方も多いんでしょうね」

　私が言うと、社員さんもうなずく。

「そのご期待にお応えしたい、と思ってつい無茶な仕入れをしてしまいます。一箱仕入れて一つも売れなかったら次回は考えますが、三つ売れたら次も仕入れます。それがデパートの矜持(きょうじ)、というか青果担当の矜持です」

「ここに来ればあの野菜が買える、というのもひとつのアドバンテージになりますね」

藤代店長の言葉に、私も納得した。スーパーでは手に入らない野菜も、ここなら扱っているかもしれない。そう思ってもらえることは、いいことだ。

「でも、全国各地の野菜や果物が手に入るってすごいことですよね。なんか、探してどこにもないときの最後の砦(とりで)みたいで」

思わず言うと、社員さんはにっこりと笑った。

「そちらのお菓子部門でもあるでしょう」

「え?」

「ほら、全国の銘菓を集めたコーナー。あちらは日替わりで全国の和菓子屋さんのお菓子を出してますよね」

そういえば、そうだった。私も大好きな北海道のお菓子や京都の生菓子なんかを扱っているコーナー。あそこも最後の砦っぽい。

「全てを網羅するのは難しいですが、折にふれて地方を、埋もれている良いものを紹介していきたいと思うのは百貨店の各部署に共通するんじゃないでしょうか」

その意見に、私はぶんぶんとうなずいた。

地方。埋もれている良いもの。その二つの言葉が頭の中に残っている。

私が行ったことない県。そこのおいしいもの。自分が住んでいる場所とは違う文化や雰囲気。

そういうものが、違うものを作り上げる。野菜なら気候や土地の違いもあるだろう。

（ん？　お菓子も同じじゃない？）

その気候だからできるもので、お菓子を作る。たとえば東北は米どころが多いからお餅の種類が豊富で、お菓子もお米を使ったお煎餅などが多い。逆に暑くてお米には向かない沖縄なんかは、ちんすこうや塩せんべいのような小麦粉主体のお菓子が発展した。

（ぜんぶ、つながってる）

そのとき、ふと思った。それって、もしかして食べ物だけじゃないんじゃない？

（あ、服も家もそうかも！）

寒い地方の服と、暑い地方の服。乾いた土地の家と、湿気の多い土地の家。そこで保存に適した食物。小学生の頃に習った「衣食住」という言葉を思い出す。そうか。人の暮らしだもんね。ぜんぶつながってて当然かも。

人によってはわかりきったことかもしれない。でも私は今、初めてそれを実感した。

以前、平安時代の人と同じお菓子を食べられるなんて和菓子はすごい、と思ったけど、他のものだってそうだ。着物とか和風の家とか、色々ある。

すごいな。なんだかすごい。

すべてがゆるやかに混ざりながら、うねりながら、長い時を超えてきた。それはもう、偉い人とかそういうことは関係なく。そして今、その最後尾に立っている私たち。

もっと知りたい。こういう、自分とつながっていることを遡ってみたい。そんなことを、人生で初めて思った。

東京デパートからの帰り道、私はふと駅前にある掲示板を見た。そこには以前、市民講座のチラシが貼ってあってちょっと興味を惹かれたのを覚えていたから。

今はもうないだろうけど。そう思いながら近寄ると、今度は別の講座が開かれていた。

「――『イモで辿る日本史』」

つい、音読してしまった。だってあまりにも今の私にぴったりのタイトルだったから。内容を見てみると、『日本のみならず世界で主要な食品とされているイモ類。日本におけるその歴史と食べ方を、楽しく解説します』と書いてあった。

(歴史と、食べ方――!)

特に後半の方に、興味が湧いてしまう。だって下の方に小さく『中世のイモ料理も再現！　あなたも歴史グルメを味わってみませんか?』なんて書いてあるし。

日時を見ると、なんと明後日。土曜日の午後なんだけど、嘘みたい。なんと明後日は、久しぶりに土曜休みをもらっていたのだ。場所もさほど遠くなく、行ける範囲。さらに個人的に嬉しかったのは、その場所が女子大だったこと。

女子大ってことは、女性しかいない。市民講座はもちろん誰が来てもいいんだろうけど、なんていうか入ることに安心感があるような気がして。

(……でも、直前はさすがに無理だよね)

チラシには『定員になり次第受付終了』と書いてある。でもその応募先はＱＲコードで示されていたので、ダメ元で送ってみる気になった。

（電話だったら、かける勇気はなかったな）

ありがとう技術の進歩。そう思いながら、参加フォームに打ち込んで送信する。すると、すぐに自動返信でメールが来た。

『受講希望ありがとうございます。当日は受付にてこのメールをご提示ください』

え？　まさか枠が残ってたなんて。嬉しさと同時に、ちょっとだけ「どうしよう」な気持ちが湧き上がってくる。だってなんだか、初めてが多すぎて。

*

初めて大学に足を踏み入れること。自分の意思で勉強の場に行くこと。

（――なんか、ちょっと緊張しちゃうかも）

こういうのって、いつぶりだろう。高校の入学式？　でもあのときは、同じ中学校の子が何人かいるのはわかってた。だから「知らない人ばっかり！」みたいなことではなかった。

カウンターの中で包装紙を折りながら、私はちらりと立花さんを見る。相変わらず、すっと伸びた立ち姿が綺麗だ。でもやっぱり今日も、彼の貼ったシールは微妙に傾いている。

なので、午前中の休憩時間にＬＩＮＥを送った。今日は立花さんも私も朝番なので、うまくいけば帰りにお茶ができるかもしれない。

『ちょっとお話ししたいことがあるので、お時間ありますか？』

すると、お昼休憩までの間に返信があった。

『わかりました。今日の帰りはいかがでしょう？』

よかった。話をして、少しでも力になれたら。そんなことを思いながら、紙を折る。

最近思うんだけど、この包装紙を折る作業って、私はすごくその時の気分が表れてしまう。調子のいいときは綺麗に何枚も折ることができるのに、悩み事があると折り直さなければならないことが多い。つまり、これは立花さんにとってのシールと同じだ。

今日は、普通。それが手からわかるなんて、人間って面白い。


夕方。みつ屋を出たところで立花さんと待ち合わせた。少し涼しくなってきていて、私はカーディガンの袖を軽く引っ張る。

「お茶にしようか、それともご飯？」

乙女は私よりも優雅に黒いカーディガンの前をかき合わせると、にっこりと笑った。その笑顔が少し寂しそうに見えるのは、気のせいだろうか。

「どちらでも大丈夫です。ただ、あったかいものが食べたいかも」

「だよね。肌寒くなってきたし」

とはいえ乙女とラーメンという感じでもないので、そのまま駅近を歩いていると『飲茶』と書かれた小さい看板が目に入った。

「あの、そこはどうでしょう」

「飲茶(ヤムチャ)、いいね。お茶もできるし、あったかそうだし」

狭い階段を上って店内に入ると、ほわっといい匂いのあたたかさに包まれる。メニューを見ると海老(えび)餃子(ギョーザ)や大根餅といったメジャーなものの他に、珍しいものもあってワクワクした。

「どれにしようか」

「この『腸粉(チョンファン)』っていうのが気になります」

メニューには『中国風の蒸しクレープです』と書いてある。蒸したクレープなんて食べたことがない。

「いいね。エビと牛とチャーシュー、どれにしよう?」

相談の結果、最初は無難なエビを頼んでみた。他には定番のシュウマイやちまき、それにチャーシューまんも。偶然蒸し物ばかり選んでしまったせいで、テーブルには小さな蒸籠(せいろ)が積み上がる。なんだか楽しい。

さっそく腸粉に箸をのばす。おお、お箸の先からもわかるほどぷるんぷるん。そして口に入れると、不思議な食感。中身は海老餃子とかと似た感じの味なんだけど。

「んん? なんかおいしい。いえ、すごくおいしいです。でもなんか」

確実においしい味なのに、食感が初めてすぎて反応が追いつかない。本わらび粉のわらびもちは「でゅるんでゅるん」だったけど、こっちは「もちぷるくにゃっ」って感じ。

濃い色のたれはオイスターソースだろうか。真っ黒なのにしょっぱくはなくて、こっちも不思議。

「おいしい——あれ？」

混乱しながら食べる私をみて、立花さんはぷっとふきだす。

「アンちゃん、面白すぎ」

その笑う姿を見て、私はようやくいつもの立花さんが戻ってきたと思う。

なので、聞いてみた。

「なんか最近——悩んでることとかありますか」

すると立花さんは、ほんの少しだけ表情を歪(ゆが)めた。それはたとえば、食べたお料理が予想よりも辛(から)かったときくらいの。

「——わかった？」

「はい。桜井さんも気づかれてました」

「そっか」

立花さんは、中国茶の茶碗を両手の中に包み込む。すらりとした綺麗な指だけど、大きさ的にはやはり男性だから、小さな茶碗はその中に隠れて見えなくなってしまう。

「——アンちゃんは、隠し事をされたらどう思う？」

「え？」

立花さんは、誰かにそういうことをされたのだろうか。

「ていうかこれは友達の話——いや、友達として意見を聞かせてほしいんだけど。アンちゃんは、友達に隠し事をされたらどう思うかな」

友達の話？　そういえば私は立花さんの私生活をほとんど知らない。修業の話や師匠の松本さんのことは聞いているけど、友達とか家族の話はしたことがなかった。

（立花さんの、友達――）

やっぱり甘いものや可愛いものが好きな人なんだろうか。それとも学生時代からのつきあい？

そんな相手に、隠し事をされた。それをずっと気に病んでいる。

（きっと、信頼している相手なんだろうな）

どんな隠し事なのかはわからない。その相手もわからない。

だとしたら、私に言えることは――。

「場合によります」

「場合？」

「はい。隠し事の内容にもよりますけど、隠していた方がその人が楽ならそうすればいいし、逆に隠し事をすること自体が友達にとって辛いことだったら、してほしくないと思います。ただ」

「ただ？」

「悩んで隠さなければいけないことがあるっていう状態は心配です」

そう告げると、立花さんは「うん」と言いながらほっとしたような表情を浮かべる。

「ありがとう」

そしていつものように楽しい食事が進み、デザートには温かいココナッツのお汁粉を注文した。

「そういえば私、市民講座を申し込んだんですよ」

私はほわりと立ち上る甘い湯気を吸い込む。

「市民講座――？」

「前からちょっと気になってたんですけど、昨日偶然チラシを見て。明日の講座なのに席が残っててびっくりしました」

「どんな内容なの？」

「ええと、確か『イモで辿る日本史』です」

私はスマホを取り出して、申し込んだ講座のページを見せた。

「あ、有名な女子大だね」

「そうなんですか？」

入るのに、ちょっと躊躇(ちゅうちょ)してしまいそうだ。

「ううん、女子大が有名っていうより歴史文化学のコースが有名かも」

歴史文化学。それって何を勉強するところなんだろう。

「この大学では、和菓子やその周辺のことを研究テーマにすることが多いんだよ。だから僕も名前を見たことがあって」

「和菓子が研究テーマに⁉」

「うん。平安時代の甘味を再現する研究とか、和菓子のデザインとしての変遷とか。他にも昔の調理器具で実際に作ってみる実験なんか、面白かったな」

この辺は確かネットにあがってたはずだよ。そう言われて検索すると、確かにそんな感じのタイトルの論文がいくつか出てきた。論文。私に読むことができるんだろうか。ていうか、読んで理解できるのかな。

「――講座、行ってもわからないかもしれないんですけど」

私がつぶやくと、立花さんはまた辛いものを食べたときのような表情を浮かべる。

「そうだね。大学の講座は――少し難しいかも」

やっぱり。私みたいに何も勉強していない人なんて来ないんだろう。

「キャンセル、した方がいいでしょうか」

そうたずねると、立花さんははっと顔を上げて、両手をぶんぶん横に振った。

「ううん！　キャンセルなんてしなくていい！　ごめんね、余計なこと言っちゃった」

市民講座なんだから、誰にでもわかるようにやさしく楽しく話してくれるはずだよ。そう言われて、ようやくほっとした。

＊

そういえば、何を着て行ったらいいんだろう？

朝起きて考えたのは、そんなくだらないことだった。

大学生っぽい格好ってどんなのだろう。なんか流行りのゆるふわ？　量産型？　でも、どっちも持ってない。

正解がわからないけど、行き先は女子大だからそこまで変な格好でもしない限り大丈夫なはず。そう思って、紺のパンツにボーダーのTシャツという無難なファッションにしてみる。持ち物は筆記用具とノートと書いてあったので、高校時代に使っていたものをリュックに入れてきた。

最寄りの駅から少し歩くと、学校らしき建物が見えてくる。高校とは違って門の前に守衛さんが立っていて、つい「怪しいものではないです~」と言い訳をしたくなる。でもその脇にある守衛さんの待機小屋みたいなもののところに『市民講座にご参加の方はこちら』という張り紙があってほっとした。

待機小屋の中には大学の職員さんらしき若い女性がいて、一昨日送られてきた参加フォームのページを見せるとネックストラップを渡してくれた。

「教室は正面の入り口を入って、左に進んだところです」

ありがとうございます、と頭を下げるとその人はにっこり笑って「楽しんでくださいね」と言ってくれた。


教室はドラマで見るすり鉢状の部屋ではなく、会議室に近い感じだった。ホワイトボードとスクリーンが正面に用意され、長机が並んでいる。

「お好きな席にどうぞ」

入り口に立っている案内役の女性からパンフレットをもらい、私は前の方だけど端っこの席に座った。席は一つおきに設定されているから、隣の人をあまり気にしなくていい。とはいえ「ここ、いいですか?」と声をかけられたときの相手が大人の男性だったのにはびっくりした。そうか、ここは女子大だけど市民講座は誰でも参加できるもんね。

「みなさん、本日はご参加ありがとうございます」

年配の優しそうな女性が、マイクを持ってゆっくり前に進み出る。

「私は本日の講座の監修にあたります歴史文化史学科、教授の真弓(まゆみ)です」

ちなみにこれは、下の名前ではなく苗字(みょうじ)ですよ? という言葉で場の雰囲気がちょっとゆるんだ。

「今日は日本にどのような形でイモ類が広がり、どんな食べ方をされていたのかについてお話ししたいと思います。後半では平安時代の芋粥(いもがゆ)を再現しますので、ぜひ食べて行ってくださいね」

ではこれより後は、ゼミの生徒たちにバトンタッチしたいと思います。そう言ってぺこりと頭を下げた。

なんかもう、それだけでちょっとびっくりしていた。なぜなら私の頭の中にいる「教授」は厳しい顔をした中年男性だったから。でも目の前にいる「教授」はもし街中で出会ったら、近所のおばちゃんかなって感じの親しみやすさで。

(なんかホント、私って――)

こういうの、固定観念って言うんだっけ。そういうので頭がガチガチになってる気がして、反省した。女性が社会に少ないことをおかしく思っていたりしたのに、まだまだ感覚がついてきていない。

講義の内容は、立花さんが言った通り誰にでもわかりやすいものだった。日本史や地図に詳しくなくてもスクリーンに図を出してくれるから困らないし、言葉もわかりやすくしてくれている感じがした。だから来ている人はみんなふんふんとうなずいたり、へえーと声をあげたりして楽しんでいる。

そして講義の前半、いきなり衝撃の事実が明かされる。

「ジャカルタからジャガイモ、薩摩国（さつまのくに）からサツマイモ、という語源はご存知の方も多いでしょうが、『里』がつくいかにも国産っぽい里芋が、実はインドや中国といったところからの外来種というのはご存知でしょうか。もともと日本に生えていた在来種のイモは自然薯（じねんじょ）、いわゆる『山芋』や『とろろ芋』と呼ばれるものだけだったんです」

えええ。ていうか前半もそこまでご存知ではなかった。だから里芋が日本のものじゃないと聞いて、すごく驚いた。だって里芋の煮っころがしなんて、『ザ・和食』みたいな感じがしてたから。

「なので昔の文献でただ『芋』と書いてある場合は、自然薯を指すことが多いんですよ」

ジャガイモはなんとなく、昔からはないような気がしていた。でもサツマイモもだなんて。じゃあ「落ち葉で焼き芋」って、いつから始まったものなんだろう。ていうかもし自然薯しかなかったとしたら、ふかし芋もなかったってこと？

(とろろ芋をふかしたものもあったのかな)

もしあっても、ほくほく甘くはならないよね。前にお母さんが長芋をフライパンで焼いていたけど、あれはぽくさく、みたいな食感だった。味は透明感があるっていうか、くせのない感じ。

「歴史あるあるとして、外からやってきたものは色々な名前をつけられてしまうということが起こりがちです。ジャガイモに関して言えば、ジャカルタ以外にもサツマイモと同じように国内の地方名がつけられたものが存在します。甲州イモ、信州イモ、秩父イモなどですね」

へえ、面白い。今度青果コーナーに行くときは、お芋のあたりをよく見てみよう。

「他に長崎ではポルトガル人やオランダ人との交易で入ってきたイメージから、カピタンイモ、アップラ、アップライモがあります」

「――アップラ……」

口の中で小さくつぶやいてみる。すごい。一ミリもお芋が想像できない。なんなら天ぷらの方が近いというか。

「『その土地＋種類』はわかりやすいですが、別のパターンとしてその作物の特性で名づけることなんかもあります。

たとえばジャガイモのことを、ある地方では『二度芋』や『三度芋』と呼びます。これはもともと寒冷地に住む人たちが、一年に一回以上収穫できるなんてすごい、という意味を込めてつけました。他には収穫量が多いことから『五升芋』『八升芋』と呼ぶ地域もあります」

うわあ、すごい。すごすぎる。ひとつひとつは「なるほどねえ」と言うくらいの感じだけど、こうして日本地図を前にして並べて教えてもらうと、すごく「わかる」感じがする。

（あったかい地方の人にとっては、何度も収穫できるのは当たり前だから特別にそういう名前はつけなかったわけか……）

「あとは単に見かけで名づけた場合。これは自分たちの知っているものに寄せて考えるのですが、梨に似ているからナシイモ、まんじゅうに似ているからマンジュウイモというのもありますね」

なんとなく、師匠の「おはぎの七変化」を思い出した。同じものなのに名前がたくさんあるっていうのは、それが色々な人に愛されてきたってことなのかもしれない。

ここで余談ですが、と講義をしている女性がオレンジ色の帽子を取り出す。それはハロウィン用のパーティーハットだった。

「イモ類ではありませんが、季節的にカボチャのこともお話しさせてください。カボチャも色々な名前で呼ばれるんですけど、その中で面白いものがあるんですよ」

スクリーンの画像が、日本地図から箇条書きの図にパッと変わる。

上から順に片仮名でトウナス、カラウリ、トウガンと書いてある。

トウナス、は教えてもらった『唐茄子』で、カラウリは『唐瓜』だろう。でもトウガンは？　煮ると半透明になるあの冬瓜（とうがん）とかぼちゃって似てたっけ？

軽く混乱していると、女性が説明してくれる。トウナスとカラウリは私の想像と同じだった。

「次に問題のトウガンです。皆さん、混乱したんじゃないでしょうか」

はい。思いっきり。

「実はこれは『唐茄子』と同じ理論で、『唐』の『瓜』という意味です」

音だけ聞くと、ひっかけ問題みたいでしょう？　女性の言葉に、受講室は軽い笑いに包まれた。

「トウとカラ。ぜんぶ同じ国のことを指しているのに、漢字の音読みと訓読みが色々な名前を作り出してしまっているんです。面白いですよね」

これは他の野菜にもよく見られるんですよ。その言葉を聞いて、私は頭の中で当てはめてみる。トウ・ガラシ。ふむふむ。あとは——あ、トウ・モロコシもそうか。

（でも、カラの方は少ないな）

そんなことを考えていると、女性は帽子を脱いで「それではイモに話を戻しますね」と言った。

「次は今日のメイン食材といっても過言ではない、サツマイモです。サツマイモはまた変わった別名があるんですよ。それは焼き芋屋さんなどで耳にした方もいるかも知れませんが、『十三里』。これは『栗よりうまい』を『九里四里うまい』——つまり九足す四で十三とした呼び方です。他にも、栗まであとちょっとのおいしさ、という意味を込めた『八里半』なんていうのもあります」

え、思いっきり言葉遊びというか駄洒落みたい。でもそれって、和菓子と一緒だ。なんだか似てることが多いような気がするけど、それって昔の人の好みってことなんだろうか。

「さらにみなさんも聞いたことのある範囲ではおさつ、金時などがあるかもしれません」

金時。それは私にとっては小豆の乗っかったかき氷で聞くものだけど、どうやら赤いものに使われがちな名称らしい。

（そういえば小豆の赤は魔除けって言ってたな）

現代の私にとって小豆の色は「小豆色」で、茶色と紫の混ざったイメージなんだけど、昔の人にとってこれは「赤」だったんだろう。

昔の人の見ていた色。昔の人の食べていた味。きっと夜はもっとずっと暗くて、ご飯は素材の味がめちゃくちゃしていたんだろうな。そんな中に、知らない場所から知らない野菜が来るのは、すごいことだったんだろうな。だからトウとかカラとかつけて、そういう名前が唐茄子とかで今に残って、あのおばあさんみたいに使っている人がいて――。

その瞬間、頭の中で何かがつながった気がした。

＊

藤代店長にすごく話したかったけど、残念ながらお休みの日だった。ならばと朝番の桜井さんに話そうとしたけど、お客さまが来てしまってタイミングがつかめず、お昼休憩に出てしまう。というわけで、今目の前にいる遅番の立花さんに話してみようかと思った。

ＬＩＮＥやメールで送るほどではないし、文章にすると長くて相手に迷惑という気もする。

十二時。デパ地下自体は混むけど、和菓子をはじめとするお菓子部門はわりと空いている。なのでさっそく声をかけようとしたのだけど、その横顔を見て少しためらう。たぶん、お客さまがいないから気を抜いていたんだろう。いつもは冷静な彼が、どこか悲しそうで、遠くを見ているような無防備な表情をしていた。

(まだ、隠し事が続いているんだろうか)

姿勢が悪いわけではないけど、軽くうつむいている。

話をして気持ちが立て直せたように思っていたけど、そうだよね。そんなすぐに解決する問題だったら、あんなに悩んでいないよね。

だとしたら、そっとしておく方がいい。でも立花さんのことは心配だから、悩み事に踏み込まない範囲でフォローしよう。立花さんは、私にとっても大切な友達なんだから。

そんな決意を胸の中で固めているところに、年配のお客さまが近づいてきた。見覚えがある。先日の「トーマス」のおばあさんだ。

「いらっしゃいませ」

私より前の方にいた立花さんが頭を下げる。

「ああ、どうもねえ」

「先日はお買い上げありがとうございました」

私は邪魔にならないように、後ろから言った。すると立花さんは言葉の意味に気づいて「お買い上げいただいていたんですね。またのご来店、ありがとうございます」と深く頭を下げた。

「宿に帰ってここんお菓子を食べたらおいしかったからね」

「東京は、観光でいらしたんですか?」

立花さんの言葉に、おばあさんは笑いながら首を横に振る。

「ひ孫がね、産まれて」

「それはおめでとうございます！」

思わず声を上げると、おばあさんが私にも笑いかけてくれた。

「ご丁寧にどうもね」

そう言って、生菓子のところを覗き込んだ。「トーマス」で忘れていたけど、そういえばこの方は生菓子が食べてみたいと言っていたんじゃなかったっけ？

「やっぱしおいしそうねえ」

でも旅行中やかいねえ。おばあさんがつぶやくと、立花さんはテーブルを示した。

「もしよろしければ、そちらのお席で召し上がっていただくこともできますよ」

藤代店長の作戦、役に立ちまくりだなあ。私はケンタくんとお母さんのことも思い出して、嬉しくなる。

「まあ、いいと？」

おばあさんは嬉しそうに荷物を置き、今月のお菓子をあらためて覗き込んだ。

「きんとん、どれもおいしそうねえ」

うーん、としばらく考えてからおばあさんは顔を上げて立花さんに告げる。

「迷ったけど、からいもんの味の方にするわ」

「こちらはあまからい味ですが」

「それでいいわ」

立花さんはうなずいてショーケースをあけようと腰をかがめた。

「あの、ちょっと待ってください」

「梅本さん、どうかされましたか」

立花さんが不思議そうに私を見た。

「立花さんは今、かぼちゃのきんとんを出そうとされていますか?」

「はい、もちろん」

「でもそれ——多分ですけど、違います。お客さまがおっしゃっていたのは、サツマイモのきんとんの方かと」

「え?」

立花さんがおばあさんを見る。

「はい、そうねえ。食べたいのはこん練乳が入った方ね」

そう言っておばあさんは、生菓子を指差す。

「練乳が入ってあまかれえんも、おいしそうやかい」

おばあさんの言葉に、立花さんは戸惑って「あの」と動きが止まる。いつもの立花さんだったら、こんなときこそ丁寧に、流れるようにものごとを運ぶのに。

「すみません、こちらのサツマイモは甘辛くなくて甘い味なんです。でも、練乳がとろんとしてすごくおいしいのでおすすめですよ」

私が横から声をかけると、おばあさんは「そうなん?」と首をかしげてから微笑んだ。

「でもそれはそれでおいしそうやかい、やっぱりからいもんにするわ」

*

お召し上がりになるときは、藤代店長の言っていたようにそれとなく飲み物の確認をした。幸いおばあさんはお茶のペットボトルを持っていたので、見守るだけでよかった。

「唐芋（からいも）、だったんですね。気づくべきでした」

助けていただいてありがとうございます。立花さんが静かにつぶやく。

「あ、いえ。実はちょうど昨日、その話を聞いたばかりだったので」

「昨日？」

「あの、一昨日（おととい）話した市民講座です。そこでサツマイモの色々な呼び方を聞いて」

「ああ――」

「伝来元の名前が多かったので、『からいも』。中でも唐芋は、現在でも普通に使われていると聞いたので」

講座の後、私は家に戻る途中でスマホのブラウザを立ち上げ、『唐芋』を検索してみた。すると、当たり前のような顔をして『からいも餅』や『からいも団子』などを扱うお店が出てくる。

そしてそのどれもが九州。

「薩摩から伝わったから、私たちにとってはサツマイモ。なら薩摩国の人にとっては、どこから来たものなのか？　という話でした」

ちなみに、唐の他にも「琉球から来たから『琉球イモ』という名前もあったらしいけど、それは淘汰されて唐芋の方がメジャーになっているということだった。

　小さな声でその流れを説明すると、立花さんは深くうなずいた。

「――とてもいい勉強をされましたね」

「ありがとうございます」

　ちょっとだけど、椿店長や立花さんに近づけたような気がして嬉しくなる。

　そのとき、お菓子を食べ終えたおばあさんが立ち上がった。

「ごちそうさま」

「あ、そのままでどうぞ」

　立花さんが素早く動いて、おばあさんに近寄る。

「おいしかったねえ」

「ありがとうございます」

「またひ孫に会いにくるときは、寄らせてもらうね」

「ぜひ。お待ちしております」

　立花さんが頭を下げると、おばあさんはにっこりと笑って私にも手を振ってくれる。嬉しいな。

「仲ようねえ」

　去っていく姿に頭を下げながら、ちょっと面白い気分になる。もしかしたらおばあさんは、冷静な表情の立花さんと私が、うまくいっていないと思ったのかな。

(大丈夫です！　いつものことなので)

ね。と思いながら立花さんを見ると、その眉間に皺が寄っている。まるで、急な痛みに襲われた時のような表情だった。

「——大丈夫ですか？」

たずねると、立花さんははっとしたようにいつもの表情に戻る。

「大丈夫です」

あのそれ、全然大丈夫に思えないいんですけど。

*

「大丈夫」と答える人は大丈夫じゃない、みたいなことを椿店長が前に言っていた。そんなことを思い出しながら、私は休憩から戻ってきた桜井さんにバックヤードで「からいも」の話をする。

立花さんが私の休憩を前倒ししてくれたので、十分ほど桜井さんと重なったのだ。

「へえ。『唐芋』なんて初めて聞いたよ！」

にしてもよくわかったね、と桜井さんはスマホで検索しながら言った。

「最初のとき、おばあさんは『これは、からいもん？』と聞いてから『洒落たもんじゃなあ』『こっちのとうなすも』と言ったんですよ。私たちは『からい』のが『塩辛い』からかぼちゃについて聞かれているのかと思いましたけど、だとすると流れがおかしいじゃないですか」

「ああ。かぼちゃのきんとんについて聞いたはずなのに、そのすぐ後で『こっちのかぼちゃも』ってなるもんね」

「だからちょっと引っかかってたんです。でも昨日の市民講座のおかげでその謎を解くきっかけができて」

「すごいね、梅本さん。そのままそこの大学入っちゃえば？」

「え」

桜井さんの何気ない言葉に、一瞬私は固まってしまった。なんだろう。

(今から、大学に入る——？)

考えてみたこともなかった。

「そういえばさ。サツマイモで思い出したけど、ふかし芋ってあるじゃん」

「え。あ——はい」

頭の中が、急にほかほかの黄金色に支配される。

「あれさあ、おやつかな。食事かな」

「はい？」

なんだかどこかで聞いたような。けれど桜井さんは真面目な表情で、「最近のサツマイモって糖度がすごいじゃん」と続ける。

「なんかちょっと体調管理しようと思ってるんだけどさ、ふかし芋ってノンシュガーノンオイルで食物繊維も多くていいんだよね。でも、頭のどっかが納得してなくてさ。これ、おやつなんじゃない？　って」

そう言われて、ケンタくんの言ったことを思い出す。

「いいですか、桜井さん」

私は厳かな表情で切り出した。

「え――？　はい」

桜井さんが、ちょっとあらたまったように背筋を伸ばす。

「それがお皿や、お弁当箱の中に入っていたら食事です」

「なるほど」

「そしてそれがお菓子袋に入っていたら、おやつなのです！」

「なにそれ。言い換えただけでしょ」

「でもこれは先生の言葉ですよ」

小学校の。とつけ加えると、桜井さんは声を殺しながら笑った。

秋深し。深まるものより、蒸(ふか)されるものの方が私は好きだ。

掌の上
Anne to Kofuku
125

歳をとると一年が早く感じるようになる。そう言っている大人は多い。実際、私のお母さんやお父さんもよく言っているし。

まあ、私もちょっとはわかる。だって今の自分の一日と、小学生の頃の一日って全然違う。いや、なんなら高校生の頃とも違う。時間は同じ速度で流れてるはずなのに、あの頃、教室の席についてぼんやり窓の外を眺めていたときって、なんだかものすごく時間がゆっくり流れていたような気がするし。それがたとえ、苦手な数学の授業だったということを差し引いたとしても、だ。

でも、大人の発言はときどき「それってちょっと盛りすぎじゃない?」って思う。たとえば「こないだお正月だと思ったら、もう夏なのよ!」とか、「夏が終わったと思ったらもう年末で」とか。数ヶ月まとめて早送り、みたいなのはさすがに大げさっていうか。ねえ?

なのに、わかってしまった。理解してしまったのだ。恐ろしいことに。

「ああもう、十一月末からの記憶が薄い!」

目の前で桜井さんが頭を抱えている。

「クリスマスにはケーキを食べたはずだし、お正月も楽しく過ごしたはずなのに!」

わかる。確実にあったことなのに、なんだか今年は「あれっ?」っていうくらいに早く過ぎ去ってしまっている。

「いや、あったんだよね? クリスマスとお正月。前世レベルにうっすい記憶なんだけど、これ、リアルだよね?」

「はい。転生もタイムリープもしてないです。ついでに仮想世界でもなくって」

私はうなずきながら答えた。

「もしかして病気――とか」

「たぶん違うんじゃないかと」

「じゃあさ、目の前にあるこれは何?」

桜井さんが指差したのは、開店前のみつ屋のスペースに配送されていた段ボールの山。伝票には『バレンタイン用商品・包材・飾り等』と書いてある。

「バレンタインの準備品、ですね」

「今って一月だよね?」

「はい」

十五日がすぎて、ようやくお正月気分が抜ける頃ですね。私が言うと、桜井さんは首を傾げる。

「お正月気分が抜けるってことは、ようやく通常の業務に戻るってイメージがあるよね。なのに、なんで?」

「なんでですかねえ……」

「なんで私たちは、まだイベント真っ最中なのーっ⁉」

まだ人の少ない開店前のフロアで、桜井さんは声を上げた。そんな桜井さんを気の毒そうに、お茶売り場の人が見つめる。うん、いいよね、お茶。それと缶詰に乾物。バレンタインとは全く関係がなくて、売り場を変える必要がない。でも逆を返せば、それ以外の人は私たちと同じ叫びを上げているわけで。

「まあまあ、毎年わかりきってることじゃない」

通路を通りかかったパン売り場の女性が、桜井さんの肩を叩く。

「すみません。今年は個人的に忙しくて、つい」

それを聞いて、私はあっと思った。桜井さんは去年結婚した。ということは、年越しからお正月までが今までの二倍忙しかったんじゃないだろうか。なのにお歳暮シーズンから新年まで、桜井さんはいつものようにシフトを入れてくれていた。ありがたい。

「でも気持ちはわかるわあ。うちなんかパン屋なのに、イベントに乗っかりまくってるもん」

彼女がいるパン屋さんは『ベッカライ・コトノ』。東京デパートのデパ地下には複数のパン屋さんがあって、それぞれ違う個性を売りにしているんだけど、『ベッカライ・コトノ』はドイツ系のパンで有名なお店だ。

「あー、確かにクリスマスっぽいパンとか売ってましたね」

「そうそう。あとあれよ、シュトーレン地獄！　うちのは結構人気だから予約も多くてね。もはやクリスマスケーキを売るお菓子屋さんと一緒よ」

それを聞いて、私はふと不思議に思った。

「あの、シュトーレンってよくパン屋さんで売ってますよね。あれって、なんでですか?」

するとパン売り場の女性は「あら、知らないの?」と笑う。

「シュトーレンはもともとパンなのよ」

「え? そうなんですか。甘いからてっきりフルーツケーキの仲間かと思ってました」

「仲間っていうなら、菓子パンの仲間ね。酵母で発酵させた生地を使ってるから」

へえ。それは知らなかった。

「ちなみにあっちのイタリア系のパン屋さんにあるパネットーネも同じね。発酵生地を使ってて、ドライフルーツが入ってて、日持ちがする。クリスマスに食べるところも同じ」

「面白いですね。いかにもヨーロッパって感じがします」

桜井さんはうなずくと、ふと遠くを見るような表情を浮かべる。

「――そういえばあのヨーロッパ弾丸ツアーからずっと、時間が飛び続けてる気がする……」

去年、桜井さんは新婚旅行でヨーロッパ周遊の旅行をしてきた。でもそれはすごい勢いでたくさんの国を回るタイプのものだったらしく、帰ってきたときに桜井さんは「どれがどの国かわからない」と言っていた。

そんな桜井さんをみて、女性がふふふと笑う。

「ヨーロッパはほとんどが地続きだもんね。似たような雰囲気のところも多いし、食文化だってグラデーションみたいになってるわよ」

「グラデーション、ですか」

私のつぶやきに、女性は軽くうなずく。

「国境が線ひいたあっちとこっちなんだから、そうなるわよ。隣町のパンと自分とこのパンは似ちゃうでしょ」

そっか、確かにそうかも。

「あと、やっぱり宗教ね」

「宗教?」

いきなりすごい言葉が出てきた。

「だってパンはキリスト様の肉っていうくらいでしょ。あっちはベースにキリスト教があるから、ある程度共通するものがあるんじゃないかなあ」

「すごい博識ですね」

「やだ、違うわよ。そもそもクリスマスはキリスト教の行事じゃない? だから毎年そういう解説を書いたパンフレットをシュトーレンとかにつけるのよ。それでちょっと詳しくなっただけ」

あ、長々話しちゃったわね。そう言って女性は通路を小走りに去っていった。その後ろ姿を見ながら、私は考える。

「宗教でいうと、和菓子は仏教ですよね」

「たぶんね。お盆とかお葬式とか、仏事っていうくらいだし」

お葬式のお饅頭(まんじゅう)も扱っているし、たぶんそうだろう。

「『ベッカライ・コトノ』さんのおかげで気分も変わったし、開けるかあ」

そう言って桜井さんは、一番上の段ボール箱を持ち上げた。

*

ハート。あっちにもこっちにもハート。洋菓子も和菓子も、ついでにデリのハンバーグまでハート形。野菜売り場には切ると断面がハート形になるトマトまであって、なんていうかもう。

(見飽きた……)

わかってはいるけど、毎年毎年ハートに囲まれるこの季節。私の中の大人の部分は「デパートはそうやってイベントに全力で乗っからないとね」と冷めた顔で言っている。まあ実際、私だって自分で食べるためだけに期間限定のチョコレートを買ったりしてしまうわけで。お菓子好きにしてみれば嬉しいイベントでもある。

「でも今年はイベント会場の出店がないからちょっと楽だね」

「そうですよね」

去年の東京デパートは、実験的に一階でバレンタインフェアを行った。そのとき私はみつ屋の空港店からヘルプで来た桐生さんと二人でフェアの担当をしたのだけど、あのときは色々大変だった。

「やっぱりあれだよね。食べ物は、食べ物売り場の方が売れるってことじゃない?」

桜井さんの言葉に私はうなずく。

「化粧品売り場とお菓子の取り合わせっていうのもありましたしね」

お店の飾り付けをしながらそんな話をしていると、桜井さんがフェア用のパンフレットが入った箱を開きながら言った。

「ていうかさ、バレンタインだってキリスト教絡んだ宗教イベントだよね」

「そうなんですか？」

欧米発祥のイベントであることは知っていたし、海外では女性からに限らず男性から、家族からと誰もが大切な人に贈り物を送り合う日だということも知っていた。でもクリスマスと同じパターンだったとは。

「確か、なんか聖人がいたんじゃなかったっけ」

バックヤードのパソコンで検索すると、確かに聖ヴァレンティウスという人がきっかけとされている。

「お菓子のイベントって宗教系が多いんでしょうか」

「んー、でも日本のバレンタインはお菓子メーカー主導ではじまったってなんかで聞いたし、ホワイトデーにいたっては欧米にはないらしいよ」

「えー!?」

桜井さんいわく「互いに送り合う」を「女性から男性」に改変してしまった日本では、お返しが必要になりホワイトデーが誕生したのだという。

「まあ、これも『もう一回お菓子を売るチャンス』って話かもだけどね」

「そういえば前に、台湾では七夕も織姫と彦星が逢う『サマーバレンタイン』だっていうこともありましたね」

「あったね。でも七夕は間違いなく恋愛がメインのイベントだから、案外そっちの方が趣旨にはあってるような気がする」

私はうなずきながらお菓子の入った箱を開ける。これはフェア用のある程度日持ちがする商品だから、生菓子の板重ではなく最初から包装されて届くのだ。

「出た。『鳩ちよ子』」

読み上げると、つい笑ってしまう。なぜなら今年のみつ屋のバレンタイン商品は、ちょっと面白い方向に舵を切っているのだ。

「生き物モチーフ、私はどストライクなんだよねえ」

桜井さんが近寄ってきて、見本用の箱を手に取る。中には、白い小鳩の形をした練り切りと四角い練り羊羹が並んで入っている。小鳩の側面にはピンクのハート形の羊羹が貼り付けられとても可愛らしく、そして四角い方の上面にはなんと、ミニサイズの板チョコそっくりに作られた寒天が流してあるのだ。

つまり、鳩とチョコ。で、『鳩ちよ子』。

駄洒落みたいだけど、和菓子の名前は何かにひっかけたものや言葉遊びで名づけられたものも多いので、そこまで意外じゃない。

でも、これが本当に『ど』ストライクだった人はもう一人いて。

「いやあああああ。かわいいいいいい～!!」

遅番でお店に来た立花さんにサンプル品を見せると、バックヤードの中で崩れ落ちた。でも膝や手を床につかないあたりが、らしいというかなんというか。

「白い小鳩って！　ピンクのハートって！　しかもミニサイズの板チョコって!!」

しゃがみこんだ立花さんの横で、私はパンフレットを読み上げる。

「ええと、味は鳩の方が中にイチゴミルク味のあん、チョコの方はカカオ風味の羊羹でバナナを練りこんだ浮島(うきしま)をサンドしてるんだそうです」

「なにそれ。チョコバナナサンドって。もう、今年の企画最高……！」

「去年はお酒を使って大人っぽい感じだったので、今年は年齢関係なく楽しめるようにと考えられた企画だそうです」

「イチゴミルクにチョコバナナ……」

なるほど小さい子が好きそうだよねえ。立花さんはそうつぶやくと、ゆっくりと立ち上がる。

「あと、もう一つあったよね『つぼみ』」

「はい。これです」

私は同じくらいのサイズの箱を棚から取った。これはみつ屋的には初めてのタイプの商品だ。箱の中にはそれぞれ真空パックに入った練り切りとあん、それに小袋に入った有平糖(あるへいとう)と切り口が三角形の短い棒が入っている。

（こういうの、『三角柱』っていうんだっけ？）

数学が苦手だったから、記憶があやふや。でもこれの用途はわかる。だって、師匠こと松本さんが手に持っていたことがあるから。

「三角棒、短いね。これでちゃんと作れるのかな」

長さは十五センチほど。確かに師匠のところで見たものよりはだいぶ短い。

「お菓子のサイズも通常より小さめなので大丈夫、と書いてありますけど」

「うん。じゃあやってみるからちょっと待っててね」

そう言って立花さんは薄手のゴム手袋をはめた。

立花さんは、ここのところ以前の彼に戻ったように見える。貼っているシールやテープもぴたりと位置が合っているから、お友達の悩みが解消されたのかもしれない。ただ、なんていうかちょっとだけ――ちょっとだけなんだけど、まだ違和感がある。

うまく言葉にできないけど、壁のようなものを感じることがあるのだ。それは冷たいとか失礼とかじゃなくて、手伝おうとしたときに「大丈夫です」って言われる程度の。

（まだ、なにか悩んでる……？）

だったら助けになりたいけど、深掘りしてまで聞くような雰囲気でもない。なので気になりつつも、何も言わないでいる。

いつか、話してくれたら嬉しいな。

お菓子に向き合う、真剣な横顔。さっきの立花さんとは別人みたいだ。

「――よろしくお願いします」

私は軽く頭を下げて、店頭に戻る。


「乙女、なんか言ってた?」

桜井さんが小さな声でたずねてきた。

「可愛さにやられてましたよ」

「やっぱり」

二人で顔を合わせて笑い合う。

「あれ、三角棒っていうんですね」

「うん、私も初めて知った。いつも和菓子を売ったり食べたりしてるのに、案外道具のことって知らなかったな」

それを聞いて、ふと思う。ケーキやクッキーはなんとなく作り方や道具を知っているけど、和菓子ってそういうことをほとんど知らない。

(家で、あんまり作らないからかな――)

お母さんは食べることが大好きな人だけど、お菓子に関しては買っている方が多いかもしれない。実際、私もクッキーを作ってみて手間と材料費がかかるわりに味がそこまででもないなって思ったし。

家で作った和菓子っぽいものといえば、白玉、牛乳寒天、あとはお餅で磯辺巻きや安倍川(あべかわ)、お汁粉というところだろうか。

「練り切りの作り方も正直、よくわかってないです」

「それはしょうがないよ。一般家庭で作るほどポピュラーなものじゃないし」

「ですよね」

説明としてはわかっている。自分なりに図書館で本を借りて読んだりもしてみた。目の前で、師匠がお菓子を仕上げるのも見た。でもやっぱり、自分で作ってみないとわからないことって多いような気がする。

「お待たせしました」

バックヤードから、立花さんが小さなクリアケースを捧げ持ってしずしずと歩いてきた。それを覗き込んだ桜井さんが「うわ、さすがですね」と声を上げる。

ケースの中には、花の蕾(つぼみ)の形を模した上生菓子が、有平糖でできたリボンを添えられて鎮座している。真空パックに入っていたときはただのペーストにしか見えなかった練り切りとあんが、こんなに優雅な形に変身するなんて。

「すごい——すごく綺麗です！」

二人で小さく拍手すると、立花さんは一瞬だけ口元をほころばせた。

「ちゃんと桃のつぼみに、見えていますでしょうか」

私たちはその言葉にぶんぶんうなずく。

優しいピンク、まさに「桃」色のころんとした形。下の方にはやはり優しい緑色の葉っぱがちょこんと添えられ、春らしい雰囲気を醸し出している。

「でもこれ、本当に私達でもここまでできるものなんでしょうか……」

思わずつぶやくと、立花さんは「大丈夫です」と言った。

「説明書もわかりやすく、使う道具も三角棒一つだけです。多少線や形が違っても、丸い形で下がすぼまってさえいれば、花に見えます。小さいお子さんでもできますよ」

「ちょっと粘土遊びっぽい楽しさもありそうですね」

まあ、汚い手でやったらアウトですけど。桜井さんの意見に立花さんは軽く眉間に皺を寄せた。

「この商品の場合、衛生は確かに問題ですね。二月なので菌の繁殖は少ないと思いますが、お子さんの場合はやはり手洗いを徹底するか、手袋をしていただいた方がいいかもしれません」

そう言いながら、ケースをカウンターの上にそっと置いた。商品名は『手作り和菓子セット・つぼみ』。これはみつ屋としては初の試み。自分で作る和菓子キットなのだ。

＊

午後、というか五時前。スーツ姿の男性が通路からこちらのカウンターを見ている。

「どうぞ、お近くでごゆっくりごらんください」

そう声をかけると、近づいてきてくれた。壮年というんだろうか。お兄ちゃんというよりは上で、お父さんよりは若い。若い雰囲気はあるけど、かなりお父さん寄りのおじさんだ。

「これ――さっきから気になってたんだけど」

男性は立花さんが作った『つぼみ』の見本を指差す。

「はい。こちらはバレンタイン限定の商品で、手作り和菓子のセットです」

「へえ、自分で作るんだ」

「はい。でもあんこや練り切りの形を作るだけなので、簡単ですよ」

「面白いね」

男性は興味をひかれたようで、『つぼみ』に関して色々質問してくれた。個数は、日持ちは、付属品は。

「そういえばバレンタインって、手作りのチョコキットとか売ってるもんね。和菓子でそれがあっても不思議じゃないか」

男性の言葉で、私は昔自分もチョコレートを作ったことを思い出した。あれは確か小学生の頃。ただ溶かして固めるだけのキットを、友達と一緒に作ったっけ。あれにも星やハートの形のお砂糖や、カラフルなスプレーチョコなんかがついてたなあ。

「――そういえば和菓子って、注文もできるんだっけ」

「あ、はい。お茶席ですか?」

「お茶の席、だな、うん」

初釜(はつがま)は終わったけれど、まだまだ「新春」と銘打ったお茶会のある時期だ。そこで私はみつ屋の注文菓子について軽く説明した。

みつ屋の東京デパート店では、完全なるオリジナルの注文は受けていない。それができるのは本社と、椿店長のいる銀座の旗艦店だけだ。ただ、既存のお菓子にアレンジを加えるタイプの注文ならばある程度ご対応できる。

「たとえば今月の生菓子の『下萌え』というお菓子に、花をつけてほしい。あるいは『福升』という豆まきの升に豆を入れてほしいなどのご相談は職人と連絡を取りつつお受けしています。またおまんじゅうやどら焼きへの焼印は、ウェブサイトに焼印の一覧が載っていますので、そちらからご指定いただく、といった流れですね」

「なるほど。一手間くらいのことならしてもらえるわけだ」

「はい」

私がうなずくと、男性は再び『つぼみ』を見つめて「うーん」と声を上げた。

「ほしいのは、十個くらいなんだよね。だから完璧なオーダーっていうより、軽くオリジナリティがあればいいかなって」

「いつ頃お使いになられるのでしょうか？」

「ええと、二月の二週めの週末だね」

男性はスマホを取り出して日時を確認する。今は一月末だから、二週間と少し先。でも注文となると、かなり差し迫った日付ではある。

「申し訳ありません。その日程ですと、お受けできないかもしれません」

「そうなの？」

「はい。ご注文は大体一ヶ月くらいお時間をいただくことが多いので」

注文を受けて、それが可能であるかどうかのやりとりや、見本の写真を見てから実際に作るまでのことを考えると、それなりに時間はかかってしまう。

そう説明すると、男性は「そっかあ」と天を仰ぐ。

「あのさ、こういうのってどこのお店も同じかな」

「え、あ、そうですね——少々お待ちいただけますか」

そこで私はレジ点検をしていた立花さんに声をかけた。

「そうですね。おおむね一ヶ月前のご注文が多いかと存じます。例外があるとすればインターネット販売で速さを売りにしているところか、個人でやられている和菓子店ですが、それも偶然その方たちの手が空いていたらという場合でしょう」

「——十個くらいでも？」

ちょっと「お願い」な雰囲気で男性が立花さんを見上げる。なんだろう、この方、ちょっと可愛らしいというか、憎めない感じがする。

けれど立花さんの接客はいつも通りの平熱なわけで。

「数の問題は、申し訳ないのですがわかりかねます。これは仮定の話ですので」

それを聞いたお客さまは「そうかあ……」とカウンターに手をついてうなだれた。

「ちなみにですが、お客様はどのようなお菓子を注文される予定だったのでしょうか」

立花さんの言葉に、男性はぱっと顔を上げる。

「なんかね、可愛いやつ！」

――なんか可愛いやつ。思わず心の中で復唱してしまった。そしてちらりと立花さんを見てみる。うん、能面。

「可愛いやつ、というのは具体的にどのようなものでしょうか」

「そうだなあ。二月のお茶会だから、なんかぱっと明るくなるような――ああ、お花だね。お花がいいよ」

やっぱりこの方、憎めない。

「お花、と言いますと」

「赤とかピンクとか明るい色なら、なんでもいいよ。さっきこの子が言ってくれたみたいに、その緑と白のお菓子に花をつけるのでもいいし」

そう言って『下萌え』を指差す。

『下萌え』は、雪の下から新緑がのぞく様子をそぼろで表現した、春の気配を感じさせるお菓子だ。

「それなら、型抜きした羊羹をおつけするだけなので可能かもしれません」

もしお時間がいただけるなら、工場に問い合わせましょうか。立花さんの言葉に、男性はうなずく。

「お願いするよ。お花は何色でもいいからね」

　立花さんが電話をしている間、他のお客さまもいないので私はお話相手になった。

「お花、今の時期ですと黄色いものがいいかもしれませんね」

「そうなの？」

「福寿草（ふくじゅそう）や蠟梅（ロウバイ）は黄色ですし、春の訪れという感じがします。赤やピンクだと名残りの椿になって、こちらも素敵ですが」

「へえ、どっちもいいねえ。ていうか君も彼も、若いのにすごく知識が豊富だね」

「ありがとうございます。でも、私はまだまだ勉強中です」

「そっか。でも勉強中っていいね。偉いよ。実は僕の部下の女の子も、すごく勉強家でさ。いつも何かに挑戦してるんだ」

　にこにこと笑う男性。きっといい上司なんだろうな。

「資格取りたいんだって。それで週末もいつも忙しそうなんだよ。だから、たまにはゆっくりしてほしくて定期的にお茶会をやるようにしたんだ」

　うんうん。優しい。

「そしたらさ、その子がお菓子を作ってきてくれたんだよ」

「わあ、素敵ですね」

　私はお茶会に持っていけるようなお菓子なんて作れない。ていうかそもそも身近でお茶席を開くような優雅な人もいないし。

「だから僕も、ちょっと気の利いたものを出したいなって思ってさ」

いい職場、というかいい雰囲気の会社なんだろうな。ほのぼのとした気持ちでうなずいていると、立花さんがタブレットを持って戻ってきた。

「お待たせしました。工場の担当者に聞いたところ、お花の種類に関してこだわらないのであればお受けできるそうです」

「お、それは嬉しいね。こだわらないから、お願いするよ」

「ありがとうございます。本来なら見本をお作りして、その写真を見てから決めていただくのですが」

今回は時間がないので、似たような受注品の写真を見ていただければと。そういって、タブレットの画面を指ですいっと動かした。長くて、きれいな指。食品を扱うから爪はいつも短く清潔で、あまり外に出ないから色も白い。口に出したことはないけど、「白魚のような指」って、きっとこんな感じなんじゃないだろうか。

「うん、可愛いね。こういうのでオッケーだよ」

品物が届いてから文句言ったりしないから安心して。男性はそう言って笑う。そして注文伝票に連絡先などを書き込みながら、カウンターの中を指差した。

「あの『下萌え』、味見がてらに買っていくよ。あ、食べて注文キャンセルとかもしないから！」

つい、笑ってしまった。この方、お茶目すぎる。

「あとさ、その『つぼみ』ってやつも一個入れといて。僕も作ってみたいから」

「かしこまりました」

私は微笑みながら、お品物をご用意した。


その数日後、店に電話があった。

『忙しかったらごめんね。先日注文をした正木だけど』

正木さま。ああ、『下萌え』をご注文された方だ。

『あのさ、注文したお菓子だけど、ちょっとお願いがあるんだ』

デザインや個数の変更だろうか。メモを前にお話をうかがうと、希望は予想外の方向だった。

「タッパー……ですか？」

『うん。どうせ持っていくのは内輪の集まりだし、パッケージが無駄かなあって思って。ほら、時代はＳＤＧｓとか言うじゃない。エコだよ、エコ』

容器は持参するから、ね。と言われて私は困った。こういうお申し出は、これまで受けたことがない。

（考え方は素敵だけど）

多分、衛生的な問題があるんじゃないかな。もしそれが許されていたら、同じデパ地下のデリやお茶の量り売りなんかが先にやっている気がするし。

「申し訳ありません。私の一存では判断できませんので、責任者に聞いてまいりますね」

少々お待ちいただけますでしょうか。そう言って私は藤代店長に電話の内容を伝えた。

「容器持参？」

「はい。エコなのでそうしたいとおっしゃっています」

「う〜ん、お気持ちはわかるけど、それはちょっと無理ですね。ここは個人商店ではなく、ルールを共有した百貨店なので。みつ屋もまた、東京デパートのルールの中にあります」

あ、なるほど。私は藤代店長の説明に納得した。衛生的とかそういう以前に、デパートの中の店舗という立ち位置の問題があるんだ。

「できるだけ簡素に、ご自宅用の包装にしますとお伝えしてくれますか」

「はい」

私がそう伝えると、お客さまは「そっかあ」とつぶやいた。

『でもそうだね、しょうがないね。そしたらせめて箱はただの白いやつにして、シールとかも一箇所にしてくれない？　同じお菓子なんだし、賞味期限は一緒でしょ』

それを再び藤代店長に伝えると、シールに関しては難しいという答えだった。なんでも、工場から注文品が上がってくるとき、一つずつプラケースに入っていたら全部にシールが必要で、プラケースに入っていない場合は白い箱に一枚という形が可能なのだという。

「東京デパートでは、一度封をした食品にはシールを貼るという規定があるんです。だからプラケースで封がされている場合は、それぞれに貼らなければいけなくて」

そして今回の場合は、お菓子がそぼろ系なのでプラケースに入っている確率が高い。

「飾りのないお饅頭みたいなものだったら、ケースのない場合もあるそうです。ただ、それでもセロハンで包まれていて、シールは底面に貼られることになるんです」

そう説明すると、正木さまは『なるほどねえ』と言った。

『わかったよ。じゃあその自宅用の簡素な包装でお願いするね』

納得していただけてよかった。私は受話器を置いて、正木さまの予約表に『ご自宅用包装　ご希望・できるだけシンプルに』と書き添える。

「なるほど、ＳＤＧｓですか」

電話の内容を詳しく話すと、藤代店長は深くうなずいた。

「そういう視点は、大切ですね。デパートはただでさえ、過剰包装になりがちなので」

「最近、ようやく袋の徹底がなくなりましたもんね」

デパートというのは、さっき藤代店長が話したようにルールを共有したお店が集まってできている。なのでデパート側としては「同じ所属ですよ」という姿勢を示すため、その店舗独自の袋よりも、東京デパートの紙袋を使うように各店に指示を出していた。それが、件のＳＤＧｓの流れを受けて「ご希望の場合のみ」に変わったのだ。

「これは昔の感覚ですが、やはり『デパートの紙袋』というのは信頼の証といった部分が大きかったですから、この変化はすごいですよ」

そういえば以前、「何を買うか」より「どこで買うか」が重要なんだという話を聞いたことがある。そしてそのときも「デパートの紙袋」がポイントになっていたっけ。

「デパートって、確かに信頼されているのかもしれませんね」

「ええ。バイヤーがいて、そのお眼鏡にかなった商品だけを置いている。そこが大事なんだと思います。デパートは、元祖セレクトショップですから」

「セレクトショップ……」

その響きがおしゃれすぎて、私が入ることをためらってしまうタイプのお店。ものすごく勝手なイメージだけど、洋服はワンサイズしかなくて、本は洋書、家具はオーダーとか輸入物って感じ。だからMサイズが入らなくて英語で本が読めない私には、縁がない。ちなみに家具は実家住まいだから、そもそも買う必要がないし。

(なのに)

そんな私が今、働いている場所がセレクトショップの元祖とは。

「そのセレクトに対する信頼とか、買った物に対して保証があるイメージとか、そういう全てがデパートの袋に印刷された店名やロゴに詰まっているわけです」

袋。それを聞いて私はあることを思い出した。

「そういえば、ブランドの袋だけをネットで売っている人がいるらしいですね」

ネットのニュースで記事になっていたので、覚えていた。なぜならその袋の中には、有名百貨店のものもあったから。

「本当ですか。それは新品？　それとも中古品ですか」

藤代店長は驚いたように目を見開いた。

「私が見たときは、両方ありました」

新品っぽいものは十枚くらいの束になっていて、中古っぽいものは一枚ずつ違うものが複数、

という パターンで出品されていた。

「それってつまり、袋が信頼の証だから値段がついて売れるってことですよね」

「まさにその証拠だとは思いますが——どうなんでしょう。紙袋を数枚売ったところで、それで儲けが出るのかどうか」

確かに。でも欲しい人がいるからこそ、成り立ってもいるわけで。

「あ、中にはもう廃盤になったデザインの袋だからっていうのもありましたよ」

「なるほど。袋のコレクションをしている人がいるのはわかります」

何事につけ、マニアはいるものですから。藤代店長はそう言ってうなずく。

*

正木さまがいらっしゃる予定の日。遅番の私は、引き継ぎを兼ねて桜井さんにたずねた。

「そういえば、ご注文のお菓子ってケース入りでしたか？」

「あ、うん。ケース入りで個別にシール貼ってあったよ。そこはご希望に沿えなかったけど、そぼろのお菓子だから取り出しやすくはあるんじゃないかな」

そう言って桜井さんは、カウンターの内側にある白い箱を指した。

「ちなみにだけど、これってお茶会用なんだっけ？」

「部下の方との気軽なお茶席、というお話でした」

私の言葉に、桜井さんはふと首をかしげる。

「部下――」

「はい。普段頑張ってらっしゃる部下の女性のために始めた週末のお茶会だそうです」

「週末、ねえ」

ほんの少し、桜井さんが口元を歪めた。あ、もしかして一対一と思われたんだろうか。そこで
私は慌てて情報を付け加える。

「注文数は十個なので、もしもの数を抜いても八人くらいはいらっしゃるんじゃないでしょうか。

お茶席、部下の方々にも好評で定期的に開催されるようになったみたいですよ」

「定期的？」

その情報を聞いても、桜井さんの表情は微妙なままだ。

「あの、何か他に気になることがあったりします？」

私がたずねると、桜井さんははっとしたように顔を上げる。

「あ、ううん。ごめん。ちょっとね、個人的に嫌だったことを思い出しちゃって」

今回のお客さまとは関係ないのにね。そう言って、ぴっと姿勢を正す。


夕方、桜井さんが帰った後に正木さまがいらっしゃった。

「いらっしゃいませ」

私は他のお客さまのお会計中だったので、立花さんが対応してくれる。

「やあ、注文の品を受け取りに来たよ」

明るい調子で、正木さまが言った。今日はスーツだけどワイシャツの首元にスカーフのようなものを巻いていて、とてもおしゃれだ。お茶席だからだろうか。

「お品物はこちらでよろしいでしょうか」

立花さんが出した白い箱の中身を覗き込み、正木さまはうなずく。

「うん、花が可愛いね。黄色は明るいし、そこの彼女のおすすめが正解だったよ」

「ありがとうございます。包装はできるだけ簡易にいたしましたが、生菓子は崩れやすいものなのでやはりケースに入っております」

「そうか、しょうがないね。持ち歩くんだし、それでいいよ」

ケースに関しても納得していただけたようでよかった。私はお会計をしながら、横目でちらりと正木さまを見る。

「じゃあ、悪いけど袋は持ってきたからこれに入れてくれる？」

ＳＤＧｓとおっしゃっていたし、やっぱりエコバッグ持参派なんだな。そう思っていたら、正木さまはカウンターの上に白い紙袋を置いた。

（ん？）

どこにでもありそうな、まっさらな紙袋。使った雰囲気もないし、新品に見える。

（まるで、買ってきたみたいな――）

立花さんは一瞬だけ動きを止めた後、「百貨店の紙袋もございますが、いかがいたしますか？」

とたずねた。さすがだ。

それを聞いた正木さまは、きっぱりと首を横に振る。

「いや、こっちに入れてくれるかな。デパートの紙袋だと『高いお菓子かも』ってみんなが気にしちゃうかもしれないからね」

優しい。そして部下の方への気づかいがすごい。

「かしこまりました」

立花さんは箱を紙袋に入れると、お会計の電卓を用意した。その頃には私も接客が終わっていたので、正木さまにご挨拶をする。

「そういえばこの間買っていった、手作り用のやつね、さっそく作ってみたよ」

『つぼみ』のことだ。これはまだお客さまの感想を聞いたことがないので、わくわくする。

「どうでしたか?」

「それがさ、最後はひび割れちゃった。こねくり回しすぎたんだろうね。職人のすごさを実感したよ」

「それはおそらく、手の熱と蒸発で生地の水分が失われたのでしょう」

立花さんがお会計用のトレーを出しながら解説する。

「水分かあ」

「職人は作業中、生地を乾燥させないように絞った布巾やラップなどで保湿しています。そして手に持ったものに関してはできるだけ短時間で仕上げます」

「ああ、だから手早くすいすいっとやってるように見えるんだね」

「はい。手早くしないと、乾いてしまうので」

なるほど。持っている時間が長いと乾燥してひび割れてしまうのか。私は正木さまと一緒に「ふんふん」と心の中でうなずく。

和菓子は基本的に常温で食べるものだから、生クリームのケーキより持ち歩きやすいという利点はある。でも逆に湿度にはとても敏感だ。湿度が高ければ最中（もなか）の皮はあっという間にぱりぱりの軽さを失うし、低ければ上生菓子はひび割れてしまう。

（だから、上生菓子にはケースが必要なんだ）

湿気や乾燥から和菓子を守る。理想は経木（きょうぎ）や紙の箱なのかもしれないけど、その最低限の部分をプラスチックのケースが担っているのだ。

「ありがとね」

紙袋を受け取った正木さまは、笑顔で去っていった。いいお茶席になりますように。

*

週末が過ぎ、バレンタイン商戦も終盤の平日の午前中。再び正木さまがいらっしゃった。

「いらっしゃいませ。お茶席はいかがでしたか？」

私が声をかけると、桜井さんがぴんときたらしく側に寄ってくる。今は他のお客さまもいないし、暇な時間帯だ。

「それがさ、すごく好評だったんだよ。綺麗だって」

わあ、それはよかった。

「もったいなくて食べられない、って持ち帰る子も多くてね。慌てて包むものを探したよ」

「そうなんですか」

お話をうかがいながら、頭の中にふと疑問が浮かぶ。お茶席のお菓子って、食べずに持って帰るのってありなんだろうか？

乏（とぼ）しい知識を探っても、それは難しい気がする。だってお菓子を食べた後にお茶が出るという一連の流れが「茶道」なわけだし。

それを察したのか、桜井さんが「お茶席、とてもアットホームな感じなんですね。素敵です」と声をかけた。

すると正木さまはうんうんとうなずく。

「アットホーム、その言葉通りだよ。前にお菓子を作ってきてくれた子がいたって言っただろう？　彼女の焼いてきたクッキーなんか、まさにそういうイメージだったね」

（クッキー……!?）

クッキーっぽい和菓子が存在するのは知っている。八つ橋とか、松風（まつかぜ）とか。でもこの雰囲気からは、どうしても洋風のものが思い浮かんでしまう。

「最初は近くのケーキ屋さんでケーキを買ってたんだけどね、そのクッキーでみんなが喜んだのを見て、ああ手作りのあたたかさっていいなと思ったんだよね」

そこまで聞いて、私はようやく自分の思い込みに気がついた。正木さまのお茶席は、茶道のそれではなくごく普通のお茶会、ティーパーティーのようなものらしい。

「それ以来お菓子は持ち回り制にしたんだよ」

これが結構楽しくってね。正木さまの言葉に私はうなずく。そうか、他の人も持ってくるから、値段を気にしないようにとデパートの紙袋やシールを避けようとしたのか。

(やっぱり気づかいの人なんだなあ)

そう思って微笑んでいる私の隣で、桜井さんはまたちょっと不穏な表情を浮かべている。

「でもこれまで和菓子を持ってくる人はいなかったからさ、すごくウケたんだ」

「それはよかったですね」

「だから次も和菓子でいこうと思って。で、つい手を挙げちゃったんだ。なら次の週のお菓子も僕に任せてくれない？　って」

次の週。私は思わずカウンターに置いてある小さなカレンダーに目を向けた。するとそれを見た正木さまが手を軽く横に振る。

「ああ、大丈夫だよ。次の週って言ったところで、部下のみんなに止められたんだ。部長、二週連続は時間もかかるし申し訳ないですよ、って」

だから僕の番はまた二週間後。そう言われてほっとする。

「でね、こないだのは綺麗で大好評だったけど、それが理由で持ち帰る人が多かったから、今度は気軽なお菓子にしようと思うんだよね」

たとえばこれとか。そう言って正木さまは大福を指差す。

「あ、でもこちらだと注文品はできないかもしれません」

大福は飾りをつけるものでもないし、中の餡や外側のお餅を変えるとなると、うちのお店ではお受けできない。そうお伝えすると、正木さまは指で丸を作った。

「オッケーオッケー。わかってるよ。今回はこのままでも大丈夫！　僕ね、秘策を思いついたから」

「秘策——ですか」

「うん。大福の上にね、金箔をちょこっと載せるわけ。味は変わらないけど、ちょっと豪華になっていいでしょ」

それを聞いて、つかの間私は言葉を失う。金箔。その方向は予想外だった。

（確かに和菓子って、ちょこっと金箔の載ったもの、結構あるかも）

お茶会用のアレンジとしては、確かにいいアイデアかも。そう思ってうなずいていると、桜井さんが隣で「無」の表情を浮かべていた。もちろん、失礼ではない程度に口角は上がっているんだけど、これはもう絶対的な「虚無」の雰囲気だ。

でも、なぜ。

正木さまは、大福を前と同じ個数、同じ包装でご注文されていった。

また二人に戻った店内で、私は桜井さんに小さな声でたずねてみる。

「あの――前に言ってた『個人的に嫌だったこと』って、さっきのもそうだったりしますか?」

するとと桜井さんは「無」からふっと目覚めたように私の方を見た。

「あ、うん。ごめんね。個人的な感情を持ち込んじゃって。あと、正木さまにも申し訳ないな。絶対そうだとは限らないのに――いや、限るか」

「限る?」

私が首をかしげると、桜井さんは声をひそめて「似てるんだ」と囁く。

「正木さまって、私のゼミの教授に似てる」

確かに正木さまは年配の男性にしては明るくておしゃれだし、そういう雰囲気がないわけじゃない。

「その教授が、嫌な人だったんですか?」

私もこそこそ声でたずねると、桜井さんは首を横に振る。

「嫌な人じゃないんだよ。むしろいい人。正木さまみたいに」

じゃあ、なんで。

「ただ、無自覚に迷惑なんだよ」

「え?」

「うまく言えないけど、なんだろ」

桜井さんはしばらく考え込むように黙った。

「いい人。やることも一つ一つはいいこと。でも、微妙に迷惑。迷惑なんだけど、善意からだから断りにくくて、困る」

「善意からのことだから、断れない――」

「うん。教授はさ、よく学生を集めて勉強会みたいのを開くわけ。ありがたいしフレンドリーだし、どこからどう見てもいいことだよね？」

「はい」

「でもさ、一回だけならいいけど、学生が喜んだからってしょっちゅうやられると困るんだよ」

一瞬、困る理由が見つからなかった。だってその教授は、善意で勉強を教えてくれてるわけだよね？　しかも学生は、望んでその教授の授業を受けてる人たちなんだろうし。

私が首を傾げていると、桜井さんは「だよねえ」とつぶやく。

「ありがたいことなんだよ。でもさ、講義の時間じゃないわけ。だから予定がある人もいる」

それを聞いて、私はあっと思う。考えが狭かった。

「出た方が当然講義の内容が深まる。ゼミや卒論を考えると、出ておいた方がいいかな？　って思う。教授はそこまで考えてなくて、無邪気に『話そうよ』ってスタンスだけど、学生の立場からしたらそうは思えないでしょ」

「なるほど……」

「それでさ、回数を重ねるごとに差が出るわけ。ずっと出れてない人は余計顔を出しにくくなるし、出ている方は逆につまらなくても欠席したら悪いと思うようになる」

「それ、出れてない人と出ている人、どっちも嬉しくないですね」

しかも下手したら双方が「ずるい」と思い合う可能性まである。

「そうなんだよ。時間割の決まってる講義は平等なわけじゃない？　だから勉強会をやるにしても、それは単発のイレギュラーな会であってほしいわけ」

「なのにそれは、学生からは言いにくい」

「そういうこと」

善意だし、いいこと。でもそれを上の人がやることで、微妙な困りごとが生じる。

「なんかね。正木さまのお茶会も、そんな気がして」

しかもあっちは上司と部下でしょ。そう言われて、私は納得した。確かに部下から上司の誘いは断りづらそうだ。

「もしかしたら本当に喜ばれてるかもしれないけど、業務時間外に定期的にしちゃったらよくないと思うんだよ。だってそこは、個人の時間だし」

だから桜井さんは『定期的』という言葉に渋い表情を浮かべたのか。

「そういえば、部下の女性が資格を取るために頑張っているから応援したいっておっしゃってましたね」

「あーそれそれ。資格のための勉強時間をお茶会で削ったら、本末転倒じゃない⁉　そういうことなんだよ！」

言われてみれば、本当にそうだ。

『善意からだし』って思うと、断る自分が悪いように思えるのもよくなくてね」

提案された会合やお茶会を、予定があって断るのはごく普通のことだ。でも、それが教授や上司といった上下関係だと微妙に難しくなる。

（最近、色々わかったつもりになっていたけど）

私にはまだまだ社会経験が足りない。知らない人間関係の形がある。

*

お茶会の話をしていたら、友達とお茶したくなった。

さっそくサチとよりちゃんにＬＩＮＥでメッセージを送ると、私が休みの平日の午後が二人とも空いていた。嬉しすぎる。

「わー、久しぶり〜」

サチが手を振りながら近づいてくると、よりちゃんが冷静に「お正月も会ってるし、まだ一ヶ月も経ってないよ」と返す。

「いやいや、高校の時は毎日会ってたうちらからすれば、十分久しぶりだって」

まだ寒い季節なので、とりあえず大きな駅の側にあるショッピングビルの中をぶらぶらすることにした。で、やはりというかなんというか、今度は天井から白いハートがぶら下がりまくってる。

「今度はホワイトデーだねえ。ちなみにバレンタイン、杏子のお店も忙しかったの？」

よりちゃんに聞かれて、私は「まあまあかな」と答えた。

「今年は催事場がなかったから、わーわーしてない感じ。でもバレンタイン商品はあったし、デパ地下としても賑わってたかな」

「へえ。今年はどんなの売ってたの？」

サチが聞いてくれたので、私は『鳩ちよ子』と『つぼみ』の話をする。するとスマホで画像検索をしていたよりちゃんが、いきなり私の手を強く摑んだ。

「これ！　もうないの⁉」

「えっ？　あ、うん」

バレンタイン商品だから、もう販売してないんだ。そう伝えるとよりちゃんはがっくりと肩を落とす。

「私、最近鳥の小物が好きなんだよ」

そう言ってよりちゃんは、スマホケースを裏返した。するとそこには、可愛らしい小鳥のシールが所狭しと貼られている。

「わ、かわいいね」

サチと二人で覗き込むと、よりちゃんは「でしょでしょ」と笑った。

「きっかけは、シマエナガだったんだよね」

「シマエナガ、ってどんな鳥だっけ」

言いながらスマホで検索すると、白くて丸くてぬいぐるみみたいな小鳥の画像が出てきた。

「なにこれ。本当に野生の生き物？」

真っ黒でつぶらな瞳に、小首を傾げた姿勢。どの角度から見ても可愛くて、もはや作り物かと思うくらいだ。

「うっわ、かわい！」

サチも悲鳴のような声を上げて、画面をスクロールしている。

「かわいいでしょ。しかも最近、シマエナガっていろんなとこでグッズ展開されててさ。それで見事にハマっちゃった」

「あー、それはわかる～！」

サチと私は、ぶんぶんうなずく。

「そのあとスズメとかコマドリとか見て、もう小鳥が愛しくなりまくり」

その言葉で、さらに私たちは画像検索をかけた。

なにこれ。ふっくふくにくっついたスズメ！　コマドリのおしゃれ可愛い感！

「かわいいがすぎるよ～!!」

これはぜひ、乙女に教えてあげねば。

歩き疲れたところで、ビルの中のカフェに入ってお茶することにした。

「うう、あったかいドリンクかケーキセットかで悩むー！」

頭を抱えるサチに、私は激しく同意する。だってマシュマロココアとか生クリーム添えのロイヤルミルクティーとかを選ぶと、普通のドリンクより高いからケーキと両方は頼むことができない。ていうか、ここでカロリーの問題で悩まないあたりが私の問題点というか。

でもああ、ケーキがめちゃめちゃおいしそう。季節的にはイチゴなんだけど、気になるのはチョコタルト。薄いタルト生地の上に、たっぷりのチョコムースと生クリームが載っていて、もうこれは。

「私、ケーキセットにする！」

力強く宣言すると、つられるように二人もケーキセットを注文した。サチは焼きリンゴのシブーストで、よりちゃんはイチゴソースのかかったレアチーズケーキ。

「バレンタインって言えばさ、昔みんなで作ったよね」

よりちゃんの言葉に、サチと私はうなずく。

「溶かしたチョコがおいしくて、その場でつけチョコフェスになったあれね」

「混ぜるはずのチョコフレークとかナッツとか、固まる前に食べたよねえ」

で、結局お持ち帰りできるものがなくなって、その年は全員誰にも渡さなかったという。

私たちは顔を合わせて笑う。

「あとさ、小学生の時とかってすごいチョコ錬成したりしなかった？」

いひひと笑いながらサチがシブーストを削る。

「したした。私はチョコを直火にかけて焦がした上に、火事になりかけたよ」

親がいたからよかったけど。よりちゃんが真顔で恐ろしいことを言う。

私はなんだろう。確かよりちゃんみたいに溶かそうとして失敗した気がする。

「あ、分離させたよ。私も直火にかけたんだけど、チョコ部分と油に分かれちゃった」

「あるあるだね。私は、殺人的なトリュフチョコを作ったよ」

「なにそれ」

よりちゃんと私は、揃ってサチの方を見た。

「いやあ、ちょっと食欲なくなるかもな話なんだけど」

いい？　と言われて覚悟を決める。

「小学校低学年だったから、衛生観念がなくってさ。公園から帰って手も洗わずにトリュフチョコを丸めちゃったんだよね」

うわあ。私たち二人は思わず顔をしかめた。

「そしたらさ、それを食べたお父さんがマジの食中毒になって。ま、他の人にあげなかったのは不幸中の幸いだったけど」

「お父さん、かわいそすぎ」

「だよね。娘の作ったチョコ食べて食中毒って」

二人でつっこむと、サチは「だからさ」と続ける。

「それでお父さん、しばらく誰かが直に触ったものとか食べたくなかったんだって」

「直に触ったものって、おにぎりとか？」

「そうそう。特に触った後、加熱してないものを避けてたらしいよ。おにぎりもそうだけど、サンドイッチとかお寿司とか。お母さんの料理はギリ大丈夫って言ってたけど、当時はサラダもおひたしにしてたとか言ってたなあ」

なんというトラウマ。でも長くは続かなかったとのことなので、ほっとした。

「そのことをさ、これ見て思い出しちゃって」

サチはスマホの画像から『つぼみ』を選んで見せる。

「あー、確かに生菓子はこねた後に加熱しないもんね」

よりちゃんがうなずく。

「でも、それ作る時は『可能な限り手袋をしてください』って注意書きがあるんだよ」

思わず弁護すると、よりちゃんが「わかってるよ」と言った。

「わかってる。ほとんどの人は守ると思うよ。でもさ、中には小さい頃のサチみたいな人もいるんじゃない？」

「それはまあ――絶対いないとは、言えないけど」

「なんかさ、うまくいえないけど『プロならオッケー』ってジャンルがあると思うんだよね。お寿司とかお刺身とか。で、和菓子の生っぽいやつもその仲間だなあって」

それを聞いたサチが「私は杏子のだったら素手で作ったやつでも食べるよ！」と明後日の方向から味方をしてくれる。

「うん、私も杏子のだったら食べる。でもサチのはどうかなあ」

「え。ひど！」

「衛生とか清潔ってさ、信頼だと思うんだよね。だからサチのお父さんも、お母さんの料理は食べられたんじゃない？」

「それはまあ、そうだけどさ」

「あと、サチに関しては今でも指とか舐めそうだからなあ」

ひっど！　サチがよりちゃんに向かってぶつぶつ言うのを見ながら、私は考える。

（上生菓子は、手で触って作って、それをそのまま食べるもの……）

当たり前のことだけど、そういう視点で食べ物を見たことがなかった。

（確かに、お寿司に似てるかも）

それも握り寿司。生の魚とごはんを素手で触って作るもの。これ、たとえば知り合いが「私が握ったの」って出してくれたら、結構微妙かもしれない。

（目の前で、手袋してるとかアルコールスプレーしてくれてるとかがあったら大丈夫かも？）

巻き寿司は全然平気。手巻き寿司もまあいける。この差はなんなんだろう？　海苔というワンクッションがあるから？

（じゃあ、和菓子だったら、どこまで？）

さっきの話じゃないけど、加熱したどら焼きみたいなものは平気。お団子もおまんじゅうも。

でも正直、上生菓子は目の前で作るところを見ていないと、微妙かもしれない。

（お母さんが作ったら――大丈夫な気がする）

だとするとやっぱり、よりちゃんのいう通りこれは信頼感の問題なんだろう。

「でもさ、それでいったら男子って偉くない？　バレンタインに子供っていうか、下手したらよく知らない女子の作ったもの食べるってさ」

サチの意見に、よりちゃんと私はうなずく。

「今だったらアウトだね」

「知らない女子の手作りって、信頼感ゼロだし」

他人の握ったおにぎりが嫌な人もいるから、これは本当に微妙な問題だ。

「あ、でもそれこそ焼き菓子ならセーフじゃない？　火が通ってるやつ」

シブーストの焦げ目をつついてサチが言う。

「クッキーなら薄いし、生焼けの可能性も少ないからありかも」

私が言うと、よりちゃんがフォークを持ったまま相槌（あいづち）を打つ。

「薄いと『何か入ってそう』とか思わなくていいかも。パウンドケーキのスライスとかも安心だな」

「わかる。焼かないでこね回したやつがヤバいよね」

サチが言うと、よりちゃんが「トリュフチョコとかね」と答える。

「じゃあさ、逆に聞くけど市販のチョコじゃ嫌なとき、どこまでが許せる？　貰って、断るのも気まずいときとかさ」

（あれ？）

頭の中で、何かがぱちっと形になった。

桜井さんの言葉が浮かぶ。

「本体にあんまり触らない前提なら、飾りを載っけるとか？」

市販のものに自分なりのアレンジを加える。

（もしかして）

サチの質問に、よりちゃんは首をかしげる。

「そもそも私は食べ物に触ってほしくないから、どうしても何かしたいなら包装とかにしてほしいな。リボンとかカードとか」

包装。それを聞いた瞬間、形にぴったりの何かがはまった。

わかった気がする。

＊

さしでがましいことだろうか。

でも、目の前のお客さまが悲しい顔をするのは見たくない。

（……どうすべきなんだろう）

あるいは知らないふりをして、何も言わずやり過ごしてしまう方がいいんだろうか。私は会社に勤めたことがないし、そもそも社会経験が浅いから、こういうときの正解がわからない。そして悩んでいるうちに時間が過ぎ、あっという間にその日が来てしまった。

商店街を歩きながら、考える。ケーキ屋さんにホワイトデーの飾り。クリーニング屋さんには衣替えを勧めるポスター。こういう家族経営みたいなお店だったら、もっと話は簡単なんだろう。でも大きな会社で色々な人がいると、問題は複雑になる。

白い息。そういえば、この冬はまだ雪を見ていない。

(学校と家と、デパートしか知らないからなあ)

それぞれの場所で、それぞれの立場や振る舞い方がある。みつ屋で働き始めて、掛け紙の書き方や贈答品のルールは学んだけど、逆に言えばそれを渡す実際の場面には立ったことがない。違う会社の人に会うときや、持ったことはないけど名刺を渡すとき。きっとそれらにもまた違うルールがあるんだろう。

(知ってたつもりになっていたけど――)

社会って、やっぱり複雑だ。


さすがに、同じ時間にお店に立つ人には話しておこう。そう考えて、私は今日閉店までいる予定の立花さんに声をかける。

「あの、本日いらっしゃる正木さまに関してなんですが」

「なんでしょう」

夕方にはまだ余裕のある二時半。お客さまのいないときを見計らって、私は自分が気づいたことを伝えた。

　すると、立花さんの表情がみるみる曇ってゆく。

「もしかして、すごく的外れなことでしたか？」

　そうたずねると、綺麗な姿勢を保ったまま首をそっと横に振った。

「いいえ。おそらく合っていると思います。前半は私も、もしかしたらと感じてはいたのですが
――」

　そのまま言葉を切って、唇を引き締める。いつの間にか立花さんは、軽く青ざめていた。

「立花さん？」

　貧血でも起こしたんだろうか。思わずたずねると、はっとしたように私の顔を見つめる。

　そしてなぜか、軽く後退（あとじさ）った。

「いいえ。なんでもありません。ただ、少し驚いただけです」

　顔色は悪いけど、口調はしっかりしていた。なので私はそのままうなずいて、話を続けた。

「今言ったことが合っているとして、それをお伝えするべきでしょうか？」

「そうですね。すべてをお話しする必要はないかもしれませんが、包装の件に関してはお話しし
てもいいかもしれません。今回お持ち帰りになるお菓子が、同じことになると残念でしょうか
ら」

「わかりました。もし私が言い過ぎていると思われたら、教えていただけますか」

「もちろんです」

立花さんは、少しうつむくようにしてうなずいた。

三時半。正木さまがいらっしゃった。今日もきちんとしたスーツ姿でにこやか。お会いするたびに「紳士」という単語が頭に浮かぶ。

「いらっしゃいませ」

「やあ、こんにちは。お菓子を受け取りに来たよ」

他のお客さまはいない。立花さんをちらりと見ると、小さくうなずいた。

「こちらでよろしいでしょうか」

私はカウンターの中から大福の入った白い紙箱を取り出すと、正木さまに見せる。

「うん、これでいいよ」

じゃあ袋はこれに。正木さまは、そう言って白い紙袋を出した。そこで私は思いきって話をはじめる。

「あの」

「うん?」

「本日のお茶会で、大福の上に金箔を載せる予定だとおっしゃっていましたよね」

そうたずねると、正木さまはにこやかに笑った。

「ああ、そのつもりだよ」

「でしたらぜひ、こちらをお使いください」

言いながら、私は透明な袋をカウンターの上に置いた。

「これは……ゴム手袋？」

正木さまが不思議そうな表情を浮かべる。

「はい。食品を扱うことに適した薄手のものです。下にはマスクも入っています。今回は、特別におつけいたします」

「ありがとう。でも、なんでだい？」

「これがないと、もしかしたらまた持ち帰られてしまうかもしれないからです」

＊

「え？　どういうこと？」

その反応を見て、やはり正木さまに悪気はないのだと私は確信した。

いい人なのだ。でも。

「これは私の憶測なので、間違っていたら申し訳ないのですが。

正木さまはもしかして、前回のお菓子をご自分の手作りのような雰囲気で、皆様にお出ししていたのではないでしょうか」

私がそう告げた瞬間、正木さまの笑顔が固まった。

「え。なんで？　ていうか僕、そんな話した？」

「詳しくはしていらっしゃいませんでしたが、最初に手作りのお菓子を持ってこられた方がいて以来、持ち回りでとおっしゃられていましたよね」

「そのことだけで？」

「部下の方が『二週連続は時間もかかるし』と言われたところも気になりました。買うことに関しても時間はかかりますが、あえてそう表現されるのは珍しいので」

「ああ……」

「あと、包装の件もあります。正木さまは簡易包装をご希望でしたが、そのお話の中で消費期限のシールすら省こうとされていました。そして入れ物も当初は保存容器に入れてほしいとおっしゃっていましたよね。なのに、お持ちになった袋はエコバッグではなく買ったばかりのような紙袋でした。

このことを合わせて考えると、包装を省略するというよりは、店名やデパートの雰囲気を消すためのように思えたんです」

「いや、実際そうなんだけど。なんかすごいね――」

ちょっと怯えたように、正木さまが表情を曇らせる。でも、待ってほしい。伝えたいのはその先のことなのだ。

「で、ですね。この間、『下萌え』を皆さんが持ち帰られたとおっしゃっていましたよね」

「うん――そうだけど」

「それなんですが、たぶんこの包装に問題があったのではないかと思います」

「なんで？　みんな、綺麗だからもったいなくて食べられないって言ってたよ？」

「そう、なんですが……」

すごく言いにくくて、私は口ごもる。

「え、なに。品質に問題があったとか？」

「それは違います。ただ、そう思われた方もいるかもしれません」

するとお正木さまはきゅっと眉を寄せて厳しい顔になった。

「さっきからはっきりしないね。ちゃんと言ってくれないかな。問題ってなに？」

ああ、やっぱり言いにくいね。でもいい人だからこそ、わかってもらいたい。

「問題は……手作りの生菓子に、抵抗のある方もいらっしゃるのではないかということです」

「え？　手作りの、どこが悪いの？」

「手作りは悪くないのですが、生菓子というところが」

「生菓子、おいしいじゃない」

ああもう。うまく通じない。しようがないので、ストレートに言ってみる。

「衛生観念の問題です」

「衛生……？」

きょとんとする正木さまに向かって、私は続ける。

「正木さまもご存知かとは思いますが、『下萌え』のような上生菓子は素材の時点では加熱しますが、仕上げるときに加熱はしません」

「まあそれはそうだよね」

「だとすると、それは手で形作った練り切りをそのまま食べてもらうということになりますよね」

そう言うと、正木さまは「あ」と声を上げた。

「しかも『下萌え』にはそぼろ状の餡が貼りつけてあります。あれは、お菓子に詳しくない方が見ても非加熱だなとわかるデザインです」

いかにもジューシーで瑞々しい。それは通常なら「おいしそう」の表現だ。でも、それが手で触った生菓子となると。

「ああ――そういうことか」

正木さまは右手を自分のおでこに当てる。

「みんな、素手で触ったお菓子が怖いけど僕に遠慮してそう言わずに持ち帰ったのか。そういうことだよね？」

「そうとは限りませんが、その可能性は高いかもしれないと」

そこで私は友達との会話で手作りが危ういという話が出たこと、そこに「加熱してあれば」という意見があったことをお伝えする。

「職人やお店の人が作ったものなら気にせず召し上がっているものでも、手作りとなると構えてしまうものがあると思うんです」

たとえば握り寿司とか。私が言うと、正木さまは「ああ――確かに」とつぶやいた。

「だから、手袋とマスク」

「はい。大福も加熱しないお菓子ですし、もし金箔を載せるのであれば皆さんの前で手袋とマスクをして作業をすれば、安心される方も多いのではないかと思いました」

「なるほどねえ」

正木さまはうなずくと、しばし考え込んだ。

「ていうことはさ——もしかして『僕が作ったんだよ』ってのも、やらない方がいい?」

それを聞いて、私は思わず笑ってしまう。やっぱりお茶目な方だ。

「そうですね。生でお出しするものは。なのでもしそうされたい場合はおせんべいなどが——」

言いながら、ふと思い出すことがあった。

「そうだ。おせんべいに振りかけるものを持って行かれるのもいいかもしれません」

「あ、クラッカーみたいな?」

「そうです。以前、おせんべいにマヨネーズを塗ったらおいしかったので、そういうご提案をさせていただいたことがあります。なので調味料を持って行って、それぞれお好みのものをかけたら楽しいかもしれません」

「いいねいいね。僕はマヨネーズなら七味が好きだなあ」

うんうん、それは絶対おいしいやつ。

「容器に入った調味料を、その場で自分がかけるなら抵抗もないと思います」

「わあ、グッドアイデアだ。ありがとう!」

次回は絶対それにするよ。正木さまはそう言いながらうなずいてくれた。わかっていただける方で、本当によかった。

「じゃあ今回は、ちゃんと包装してもらおう。反省するよ」

「ありがとうございます！」

私が包装をしている間、立花さんが正木さまのお相手に立つ。

「ご理解いただいてありがとうございます。出すぎた真似をしてしまいまして申し訳ありません」

「いいよいいよ。こちらこそ教えてもらって助かったよ」

「左様でございますか」

立花さんが深く頭を下げる。私もあとで謝らないと。そう思いながら掛け紙を出していると、立花さんが言った。

「でしたら、最後に私からもひとつだけ言わせていただいてよろしいでしょうか」

（ん？）

私は何か伝え忘れていたんだろうか。

「いいけど、なんだい？」

「自戒を込めてお話しさせていただきます。正木さまの開かれているお茶会は、とても素晴らしいと思います。お気づかいもあり、今のように他者の意見を聞き入れられる度量もある」

「ありがとう。でも褒めすぎだよ」

「いえ。そういう方だとわかったからこそ、お伝えしたいのです。このお茶会の開催日について」

ああ、そこの話をしてくれるんだ。助かるな。そう思って私は心の中でうなずく。

「開催日は週末だけど」

「はい。だとすればそれは、業務の時間外ではありませんでしょうか」

「まあ、そうだね。だから強制はしてないんだよ」

「しかしながら私がうかがった話では、資格取得に向けて頑張られている部下の方が、出席されているということでした」

それを聞いた正木さまは、ひどく困惑した表情を浮かべる。

「ん？　確かにそうだね、彼女を応援しようとしたのがきっかけだったけど、毎回出席しているな」

「だとしたら、その方は休日の半分をずっと勉強に使えていないことになりはしませんでしょうか」

「うわ、そうだね。でも、なんでだろう？　任意の楽しい集まりだし、いつでも断れるのに」

ああ、やっぱり正木さまは『無自覚ないい人』だったのか。

そう思っていたら、立花さんはさらに続ける。

「任意で、いつでも断ることができる。そう思っているのは、正木さまも私も、男性で立場が上だからかもしれません」

が違う。

「――立場が上。それはわかるけど、男ってのも関係ある？」

「はい。部下で、さらにその方が女性というのは二重に断りにくい部分があるのではないかと」

それを聞いて、私は正木さまと同じように驚いた。そうか、同じ部下でも男性と女性では立場が違う。

「そしてもしその方がお若い方だった場合、さらにお断りしづらくなる可能性があります」

業務時間外のお茶会。それを断りやすいのは誰だろう？　まず正木さまに年齢が近い人。立場が近い人。ただこれは「部下」と言っていた時点で除外されるかも。その次に来るのは、同性。最後が異性だ。

この図式が頭の中で結びついたのか、正木さまは悲しそうにうつむく。

「僕は――パワハラをしちゃってたのか」

「そうではないと思います。ただ、断りにくいのも事実というだけで」

「そうじゃないといいなあ」

正木さまが寂しそうにつぶやいた。それを見ていられなくて、私は包装の終わった箱を持ってカウンターに近づいた。

「お茶会ですが。もしできることなら、これからは業務時間内に開催されたらいいのではと思います」

「ん？　ああ、そうだね。その方がより気軽になるよね」

「はい。気軽なのはもちろんですが、会社内でのことならそのとき忙しいかどうかが他の方にもわかりますし、欠席もしやすいですよね」

そうお伝えすると、正木さまはぱっと明るい表情を浮かべる。

「うん、そうだね。次からはそうしようって提案するよ」

東京デパートの紙袋にお入れしたお菓子を手渡すと、正木さまはぽつりと言った。

「言ってくれて、本当にありがとう」

「いえ、そんな。とても失礼なことを言ってしまって」

申し訳ありませんでした。深く頭を下げると、正木さまは首を横に振る。

「僕も怖いんだ。いつか誰も何も言ってくれなくなって、自分が裸の王様みたいになるのが」

それを聞いて、私はまた自分の考えが浅かったことを思い知る。

そうか、立場が上の人には上の人なりの悩みがある。私は若いから部下の人の立場ばかりを考えて、被害者っぽく思っていたけど、上司の人だって困っているんだ。

(全ての人に、それぞれの悩みがある)

当たり前で、当たり前すぎるから忘れがちなこと。私は頭を下げながら、そのことを強く噛み締めた。


子供の頃、先生や大人は間違ったりしない、迷ったりしないと思っていた。でも大人が近づくにつれ、それは違うことがわかる。なのに。

「私、お客さまのことを勝手に型に嵌(は)めてしまっていました」

明るい人だから。落ち着いて見えるから。部長さんだから。

でも、それはこっちの思い込みに過ぎない。

「いえ。梅本さんはよい対応をされたと思います。実際、正木さまは『また来るね』とおっしゃって下さいましたし」

私は小さくうなずいて、「ありがとうございます」と立花さんに言った。

「完璧な人なんて、いませんよね」

神様や仏様じゃあるまいし。そう言いかけたところで、思った。

「あ、和菓子だと仏様がメインでしたね」

すると立花さんは不思議そうに小首を傾げる。

「和菓子は、仏様にお供えするだけのものではありませんよ」

「でも、法事とかお葬式とか、そういう場面で登場しますよね」

「もちろん。ですがだからといって仏教とだけ結びついているわけではありません」

そうだったんだ。遣唐使やお坊さんが中国で仏教を学んで持ち帰ったものも多いから、ついそう考えてしまっていた。

(これも思い込みだな)

反省。思っていると、立花さんが「そもそも、神道においてはお菓子の神社がありますからね」と言った。

「え？　お菓子の神社ですか？」

もしかして、ご神体がおまんじゅうとか。そうつぶやくと、立花さんが小さく口角を上げる。

「祀られているのは、中国から日本に橘の木を持ち帰った田道間守命という人です」

「橘……」

聞いたことはあるけど、どんな木だっけ。

「柑橘系の植物で、ミカンのご先祖さまとも言われていますね」

だから柑橘の中にも「橘」の文字があるでしょう。メモ用紙に書いてくれた字を見て、私はあっと声を上げた。

「本当ですね！」

「あと、お雛様の雛壇に飾る木として覚えている方も多いかもしれません。『左近の桜・右近の橘』と」

「あっ！」

それを聞いて、頭の中によりちゃんとサチと行った京都旅行の景色が蘇った。あのとき、お雛様の左右について話していたとき、確かにそれがあった。みかんのような、橙色の実がなった橘の木が。

「――すっかり忘れてました」

まさかあの木がお菓子の神様につながるものだったとは。

「もともと橘は『非時香菓』と呼ばれ、口にすれば永遠の命を得ることができる木の実とされていました。なので不老長寿、お内裏様の繁栄を願って飾られていると思われます」

「永遠の命――」

なんとなくファンタジーの世界っぽい言葉だけど、昔の人にとってはとにかく貴重だったという感じがわかる。

「その後、甘い橘、つまり食用に改良されてきたものを柑橘と呼んだのでしょう。そしてなぜ橘が和菓子の起源かというと、その後の日本では果物を『水菓子』と表現していたからです」

砂糖がない時代の甘いものは、ハチミツか果物しかない。でもハチミツはいつどこで採れるかわからないし、果物は野生のものだと甘くなかったり種が多かったりする。だからおいしい果物の木を持って帰って来た人が、お菓子の神様になった。

「すごい。お菓子の神様の神社なんて、行ってみたいです」

一体どこにあるんでしょう？　そうたずねると、立花さんは通りかかるお客さまに会釈しながら小さい声で言った。

「複数あります」

「え？」

私も会釈しながら小さな声で返す。

「田道間守命を祀った神社は兵庫、京都、和歌山にあります。子孫が祀ったり、本人が持ち帰った橘が最初に植えられた場所を祀ったりと理由はそれぞれで」

なるほど。

「田道間守命は奈良にお墓があるようですが」

「ええと、その場合どこにお参りしたらいいんでしょうね……」

私がたずねると、立花さんは少し笑って「お好みで」と言った。

ちょっとくやしかったので、私は休憩時間にバックヤードでＬＩＮＥを開き、立花さんによりちゃん厳選のシマエナガの画像をいくつか送信しておいた。

立花さんの休憩時間にドアの隙間からうめき声がもれていたけど、それは気に入っていただけたということで合ってるよね？

はしりとなごり

Anne to Kofuku

息が白い。早朝の商店街はまだ開いているお店も少なく、少ししんとしている。その中を駅に向かう人が背を丸め、早足で通り過ぎていく。

空はどんよりとした灰色で、でも私はちょっとだけ気分がいい。

だって、朝ごはんに白菜とベーコンのスープが出たから。

（――白菜のとろっとろになったのって、なんであんなにおいしいんだろう！）

よくある組み合わせのよくあるスープだけど、お母さんは寒くなってくるとコンソメの中に生姜（しょうが）のスライスをたくさん入れる。なので食べると体がぽかぽかして、朝から元気が出てくるのだ。ちなみに最初に出たのは昨日の晩ごはんで、今朝はその残り。でも、その残りこそがメインといっても過言ではない。だって、煮返した白菜がとろっとろになるから。

白菜。ああ白菜。私は白菜が大好きだ。浅漬けでご飯を食べるのもいいし、豚バラと重ねて蒸したのも大好き。レンジにかけてカニカマと和（あ）えてポン酢をたらしたのが出ると嬉しいし、ホタテと合わせた中華風のとろみシチューみたいなのは、もうご馳走（ちそう）でしょう。

でも、その幸せにも終わりの足音が近づきつつある。

「もう少ししたら、白菜の季節も終わりね」

お母さんの言葉にうなずきながら、私は切ない気分になった。今は一年中白菜を買うことができるけど、やっぱり今の時季のものが一番おいしいからだ。

真っ白で、みずみずしくて、生で噛むとしゃくっと甘くて、煮込めばとろとろ。

私はグルメな人じゃないけど、その時季の食べ物のおいしさならわかる。

（もうすぐお別れかあ）

なら、おいしいうちにもっと食べておかないと。冷蔵庫の中に眠る白菜に思いをはせながら、私は駅に向かった。

＊

バレンタイン商戦が終わった二月末。今度はホワイトデーの飾りで彩られた売り場。相変わらずのイベント続きとはいえ、ホワイトデーはどこかのんびりしている。

「正直、売り上げとしてもあまり期待はできないんですよね」

藤代店長の言葉に、私はうなずく。なぜなら私自身、バレンタインのときほど何かを「買わなきゃ！」と思っていないから。

「やっぱり、チョコレートほどお菓子が統一されてないからじゃないでしょうか」

バレンタインデーといえばチョコレート。じゃあホワイトデーといえば何？　そう聞かれた時、すぐに答えが出る人はいるだろうか。

「マシュマロ、キャンディ、クッキー、ホワイトチョコ――。確かに種類が多すぎて難しいですね」

「そうなんです。しかも人によってはお菓子じゃなくてアクセサリーみたいなプレゼントを想定している場合もありますし」

「ああ、そもそもお菓子ですらないわけですね。バレンタインも一応同じなはずなのに、チョコレートの印象が圧倒的なのはなぜでしょうか」

藤代店長が軽く首を捻る。

バレンタインも元をたどれば「愛する人に贈り物をする日」。でも日本ではお菓子屋さん主導で「女性が男性にチョコレートを贈る日」がメインになったらしい。そのとき性別を限定してしまったせいで、「お返し」の日が必要になった。それがホワイトデーだ。

私がその話をすると、藤代店長は「なるほど」とうなずく。

お菓子の種類が決まっていなくて、そこにあるのはただ「お返し」という枠だけ。だから買う側としても、何を買えばいいのかわからなくてぼんやりしてしまう。これがチョコレートみたいに一種類だったら、世界の色々なところから色々な味のものが集まって、有名ショコラティエが来て、みたいな感じで盛り上がるんだけど。

バレンタインの一直線な盛り上がりに対して、ホワイトデーの煮え切らないような微妙な感じ。飾りつけはしているし、新商品もあるのになんか地味。友チョコや義理チョコは聞くけど、友マシュマロや義理マシュマロなんて言葉は聞いたことがない。

(あ、友達にあげたかったらホワイトデーまで待たなくてもいいのか)

同性同士なら、バレンタイン当日に交換し終えてしまうんだ。だとしたら、ホワイトデーが盛り上がらなくても当然かもしれない。だって、こういうお菓子イベントでたくさん買う人って女性が多いような気がするし。

さらに個人的に思うのは、やっぱりお菓子の問題。チョコレートはボックスでもらっても嬉しいし食べ切れるけど、マシュマロってそんなに「食べたい！」ってならないし、キャンディは食べ終えるのに時間がかかる。それに。

「やっぱりチョコレートは——おいしいから」

思わずつぶやくと、藤代店長が「え？」とこっちを見た。

「あ、いえ。なんていうか、ホワイトデーが弱いというよりは、チョコレートが強すぎるんじゃないかなと思って」

「確かに。マニアのような方も多いし、作り手にも専門家が多いですからね。昨今のビーントゥバーの流れを見ても、その強さがわかります。そしてそれだけ手をかけても食べたいと思わせる分、単価が高くても買ってもらえる印象があります」

そうそう。私は深くうなずく。産地とか作り手とか、そういうところまで行く感じがチョコレートは「強い」のだ。

「ホワイトデーにも『これ！』という定番のようなものがあればいいんですけどね」

私の言葉に藤代店長は「うーん」と言いながら難しそうな表情を浮かべる。

「梅に鶯、的な……」

わかるけど、ちょっとそれは渋すぎる気がしなくもない。

＊

十時半。朝一でお茶菓子を買いに来たお客さまが引き、ランチタイムに関係がないお店は結構暇な時間帯。藤代店長はバックヤードで三月後半の商品をチェックしていて、店頭には私一人。

カウンター周りの手に取りやすいお菓子や飾りを整えていると、通路に若い男性の二人連れが見えた。大学生だろうか。パーカーやダウンジャケットといったカジュアルな服を着て、ごく普通の男子という雰囲気だ。

（バレンタインデーのお返しでも探しにきたのかな）

そんなことを思っていたら、二人は立ち止まって何やらひそひそと話し合う。そして急にこちらを向いた。

（えっ？）

洋菓子じゃないんですか。そんなことを思っていると、二人はおずおずとみつ屋に入ってくる。

（――ええと）

前の私だったら、ちょっと身構えていただろう。いや、今でも正直男性のグループは苦手だ。

でもこの二人はなんていうか、怖くない。だって、ものすごくおどおどしてるから。

(和菓子屋さんとか、初めてなのかな)

それともホワイトデーじゃなくて、目上の先生に贈り物とか考えられてるんだろうか。

「いらっしゃいませ」

私が声をかけると、パーカーを着た方の男子が「はいっ」と返事をしながらこっちを見た。バチッと目が合う。どうしよう。そんなに元気よく返ってくるとは思わなかった。

するとと同じことを考えたのか、ダウン姿の男子がパーカーの彼を肘で小突く。

「おい、なんだよそれ」

「いやだって無視とかよくないし」

「別に無視しろって言ってるんじゃないから。ただ、その『お返事ハイ!』みたいなのはどうかって言ってんの」

「返事しないよりいいじゃん」

「それはそうだけど」

二人のやり取りが面白くて、つい口元が笑ってしまう。いけないいけない。私は冷静を装っていつものようにお声がけする。

「どうぞごゆっくりご覧になってください」

「あ、はい」

今度はダウンの彼が軽くうなずいた。

そして二人は、店内のお菓子を見ながらまたもやひそひそ声で相談を始める。贈答用の箱やおせんべいのような日持ちするものは見ていない。彼らはショーケースの中の生菓子を中心に見ているようだ。お使い物だろうか。

聞くつもりではなくても、距離が近いので少し聞こえてしまう。

「こういうのでいいのかな」

「タイプはいいと思う。問題はデザインだ」

相手はどんな方なのかな。そちらを見ないようにして手を動かしていると、パーカーの彼が小さな声で言った。

「――結社の雰囲気も考えてさ」

思わず、手を止めてしまう。

(結社⁉)

なにそれ。子供の頃に見たヒーローものの中でしか聞いたことがない単語だ。確かあれは、悪の秘密結社だったと思うけど。

(この大学生みたいな二人が⁉)

まさか、聞き間違いだろう。しかし次の瞬間、ダウンの彼が返事をした。

「そうだな。超結社で出会ったんだから、今後はあっちの雰囲気も尊重しないとやばいな」

超結社⁉　え、結社のパワーアップ版？　超サイヤ人みたいなこと？

でもまさかそんな。

（あ、特撮サークルとかそういう方向？）

だとしたらわかるんだけど。だって現実で「結社」なんていう言葉はほとんど聞いたことがないから。

「でもリーダーのカラーもあるよなあ」

やっぱり。これは絶対、戦隊ものだ。ていうかリーダーってたいてい赤だよね。私は頭の中に、今販売している生菓子を思い浮かべる。『椿餅』、『初音』、『紅梅』。

『椿餅』は白いお餅に椿の葉の緑がさわやかなデザインで、『初音』は鶯を模した優しい黄緑色。そして『紅梅』は字の通り、紅い梅の花。

（だったら、『紅梅』でしょう）

うんうんと心の中でうなずいていると、「あのう」とパーカーの彼から声をかけられた。

「すいません。俺たち和菓子のこととか詳しくないんで、教えてほしいんですけど」

「はい、なんでしょう？」

持ち歩きの時間とか、掛け紙のことだろうか。

「季節の花って言ったら、この椿とか梅ですよね」

そう言って、今月のお菓子を指差す。

「はい。季節に沿ったものをお出ししているので、そうですね」

「それで、あの――ここみたいな和菓子屋さんって基本、『季節のお菓子』っていったら、ちゃんとその季節のものを出すんですよね」

ん？　どういうことだろう。

「『季節のお菓子』と書いてあれば、そうだと思います。ただ、他のお店のことですと、絶対に、とは言えませんが……」

私の答えにうなずいた二人は、再度小声で「やっぱり間違ってはいないんだよ」「じゃあこないだのはなんだったんだよ」とささやき合う。これはもしかすると、季節がずれたお菓子を持って行ってしまったとか？

「あの、ただ季節には多少のずれがあるので、そういう部分で違いを感じることはあるかもしれません」

私が言うと、ダウンの彼が「ずれってどういうことですか？」とたずねてきた。

「同じ月でも、月の初めと月の終わりだと季節が変わってきますよね。たとえば二月で考えると前半は節分を表した『福豆（ふくまめ）』や春の始まりをイメージした『下萌え』というお菓子をお出ししていました。でも、今は月の後半で節分という雰囲気はもう過ぎていますし、植物も草の生え始めよりは梅のイメージになってきています」

「ああ、そっか。節分は最初の週にすぐ終わっちゃいますもんね」

「そうなんです。なのでみつ屋は月の半ばのタイミングでお菓子を変えています」

「なるほどなあ」

ダウンの彼はうなずきながら「だから失敗したのか」とつぶやく。

「失敗？」

思わずたずねてしまった。するとパーカーの彼が「そうなんです」と答えてくれた。

「俺たち、年上の人の多い集まりに行くことがあって。こないだそこに和菓子をお土産に持って行ったんですけど、なんかそれが違ったみたいで」

違ったみたい、とは。

「季節がずれていた、ということでしょうか」

「多分、そうなんじゃないかなあ。ていうか他に理由が思い当たらないんですよね。箱を開けた瞬間、全員が『あれっ?』ってなってたから」

「そうそう。味とかじゃなくて、明らかに見た目の問題だった。開けるときまで普通に喜んでくれてたし」

ダウンの彼が補足してくれた。

「なんか微妙な雰囲気でした。期待していたのと違った、みたいな感じで」

「事前にリクエストがあったんでしょうか?」

「なかったですね。そもそも、お菓子を持ってきてほしいとすら言われてないんですよ」

ということは、二人が厚意で持って行ったお菓子。でも、そういうときに「あれっ、違う」なんて思うだろうか。

「俺たちは明らかに何かを間違えたんです。なのにみんな気を使ってくれて、それを指摘しなかったんですよ」

「何が違ったのか聞こうと思ったら、でもこれもおいしいよね! って流されて」

なるほど。

「失礼だったら申し訳ありません。お二人はそのとき、どんなお菓子を持って行かれたんですか？」

「集まりのお題が『月と花』だったから、それに合ったものにしたいなと思って『福寿草』っていう黄色い花のお菓子を選んだんですけど」

月と花。なんだか優雅な気がする。月だけなら戦隊ヒーローでもありそうだけど、花を組み合わせるとなると、違うような。

もう、いっそ聞いてしまった方がいいかも。

「あの、その集まりというのはどういった」

「俳句です。俺たち、俳句サークルみたいなの始めたんで」

「俳句――」

あまりにも予想外な言葉が出てきたので、つかの間私は固まってしまった。

しばらくして、頭の中に、「五七五」という文字が浮かぶ。合ってるよね。ええと、『古池や蛙飛び込む水の音』って小林一茶？ あと誰がいたっけ。あ、松尾芭蕉って俳句の人で合ってる？

（確か『季語』っていうのがあったような）

俳句なんて、学校の授業で習っただけで他に知識がない。短歌は以前に立花さんが万葉集の話をしてくれたから覚えていたけど、俳句だって歴史ある日本の詩の一つだよね。

「だから季節が気になられたんですね」

少ない知識でお返事すると、二人は笑顔でうなずく。

「最近短歌がちょっと流行ってたからやってみたいなと思ったんですけど、どうせやるならもっと文字数の少ないのをやってみたくて。俳句はなんかこう、ぎゅっと凝縮された感じがかっこいいかなって」

パーカーの彼の言葉に、ダウンの彼がうなずく。

「でも俺たちの大学に俳句サークルってなくて。なら二人でとりあえずやってみようってことになったんです。それで近所の図書館に行って俳句の本を見てたら、そこで俳句やってる人に声をかけてもらったんです」

それが『年上の人の多い集まり』か。

「その人は結社に入ってて——あ、結社っていうのは俳句のグループみたいなやつで」

結社って、秘密以外にもあったんだ。しかも戦隊ものとかじゃなく、平和な集まりで。

「その図書館にくっついてる区民センターでやってるから小規模な結社だけど、よかったら今度一緒にやってみない？　って言われて」

「それでお菓子を持って行かれたんですね」

「はい。人数も六人くらいだったし、初めて他の結社と交流できるのが嬉しくって」

でもそれを見た瞬間、微妙な反応をされたと。

「それで『福寿草』が季節違いではないかと思われたんですね」

「そういうことです」

「持って行かれたのは、いつ頃ですか?」

私の質問に、パーカーの彼がスマホを取り出す。

「一月の三週ですね」

だったら、『福寿草』は季節外れではない気がする。

「あの、個人的には——というか一般的には季節は合っている気がします」

「そうなんですね」

「はい。他のお店でもその時季に福寿草のお菓子はよく見かけますし」

「じゃあ、何がよくなかったんですかね……」

二人は顔を見合わせて、首をかしげた。

なんとかしてあげたい。でも私にはわからないことが多すぎる。そこで私は藤代店長に聞いてみることにした。


「俳句? 前に勤めてた施設でもよくレクリエーションでやりましたよ」

バックヤードから出てきた藤代店長の言葉に、お二人の表情がぱっと明るくなる。

「詳しい人がいて、よかった! さすが和菓子屋さん」

けれど詳しい相談内容を聞いた店長は、残念そうな顔で頭を下げた。

「申し訳ありません。レクリエーションでやってはいましたが、私に専門的な知識があるわけではないんです」

「そうなんですか」

「はい。認知症の方などもいらっしゃったので、季語や五七五すら忘れて川柳や狂歌を作られる方も多かったですし」

お力になれず申し訳ありません。そう言って頭を下げる藤代店長に、「いや、そんな」と男子二人が慌てる。

なにか少しでもお手伝いできないかな。そう思ったとき、遅番の立花さんがお店に入ってきた。渡りに船。で、合ってたっけ？


「あの、立花さん」

藤代店長が休憩に出られたところで声をかけると、立花さんがすっとこちらに向き直る。そしてお客さまを見て、静かに頭を下げる。

「いらっしゃいませ」

いつもながら、綺麗な動きだなと思う。静かなのにきちんと動いていて、流れるようなのに要所要所で動作がぴしっと決まる。よく知らないけど、日本舞踊とかの動き方ってこんな感じじゃないだろうか。

「あ——はい」

それはお客さまにも伝わるようで、二人は少しだけ背筋を伸ばした。

こういうところに、私はとても憧れる。

偉そうだったり威圧したりしてるとかじゃないのに、その人の立ち居振る舞いで周囲が自然に変わっていく。私は何をしてもバタバタしてしまうので、こういう「静」の雰囲気を持つ人はすごいと思う。

(椿店長も、そうだったな)

でも椿店長の場合は立花さんよりも雰囲気が明るくやわらかで、お客さまをリラックスさせていた気がする。そういう意味では、椿店長の接客が理想かもしれない。

(――立花さんは、ときどきピンと張った弦のようなときがあるから)

それはとても綺麗なんだけど、近づき難く感じることもあるし。

「梅本さん、どうかされましたか」

声をかけられてはっとした。私は慌ててことの経緯を軽く説明する。もう、本当に私は「こういうとこだぞ」って感じがして恥ずかしい。

「なるほど、俳句結社同士のお集まりですか」

立花さんの言葉に、男子二人はうなずいた。

「はい。俺らは初心者だから、色々気をつかってもらったと思うんです」

「それはすごく嬉しいんですけど、だったらリベンジでちゃんと合ってる和菓子を持っていきたいなって思って」

お二人の話を聞いて、立花さんは「月と花……」とつぶやく。

「福寿草が違うというのは、時期が終わりかけだったからではないでしょうか。俳句をやっている方たちは季節の移り変わりに敏感でしょうし」

私が現時点での考えを伝えると、立花さんは「なるほど。そう考えられましたか」と言った。

「はい。なのでこれからお持ちになられるなら、『紅梅』と『初音』をおすすめしようかと思っていました」

椿はやはり冬のイメージを残しているけど、梅は今の時期にぴったり。さらに季節の先取りをするなら、鶯の『初音』がいいのではと説明すると、男子二人はうなずいてくれた。けれど立花さんは、軽く小首をかしげる。

「梅本さんのおすすめはわかりました。ですが、少し気になることがあります。もし少しお時間をいただけるなら、調べてきてもよろしいでしょうか」

バックヤードのパソコンを使う間、数分だと思います。立花さんの言葉に男子二人は再びうなずく。

「詳しくわかるなら、ぜひ」

立花さんが姿を消すと、男子二人はふっと息を吐いた。

「なんかなあ、やっぱりきっと俺たちの知らない『お約束』があるんですよね」

パーカーの彼が言うと、ダウンの彼が私を見て言った。

「俳句もそうだけど、和菓子にもあるんですよね。決まりごとが」

「それは――」

まあ、あるかも。

「俺たち、本当にそういうことを知らなくて。もうすごく単純なことなんですけど、正月とか節分とか季節の行事？　みたいなことから季節の花や食べ物のことなんか。知ってたつもりで全然知らなくて」

ああ、その気持ちはものすごくよくわかる。だってそれは私がみつ屋に入ってからずっと、思い知らされていることだから。

なので、つい言ってしまった。

「私も同じです」

「え？　ここで働いてる人でも？」

パーカーの彼が驚いたような表情で私を見る。

「はい。ここで働き始めるまでは、そういうことをほとんど知りませんでした。贈答品の掛け紙の意味もわかりませんでしたし、季節の『お約束』も謎でした。和菓子の意味もわからず、ただ綺麗でおいしいって思っていたくらいで」

そうなんだ。二人がほっとしたように笑みを浮かべた。

「そうですよね。こういうのって家とか住んでるとこによっては、全然知らないで過ごすこともありますよね」

パーカーの彼がしみじみと言う。

「俺なんか、実家がマンションで親があんまり行事に熱心なタイプじゃなかったから、ほんと知らないことが多いんですよ」

あ、もちろんハロウィンやクリスマスみたいな子供が喜ぶことはやってくれてたんですけど。

パーカーの彼は照れ臭そうに笑う。

「じいちゃんとばあちゃんは元気だからこっちのマンションには仏壇もないし、緑茶も家族があんまり好きじゃないからお茶っていったらジャスミン茶とか紅茶だし。なんかこう、和風なものが薄めな家で」

わかる。うちはお母さんが食いしん坊なおかげで季節のイベントが成り立っているけど、そうじゃなかったら彼のおうちと同じになっていたような気がする。

「でもこいつのおかげで、俺は和風のワールドにはまったんですよ」

パーカーの彼がダウンの彼を指差す。

「いや、まあきっかけは俺じゃなくて、違う奴なんですけど」

ダウンの彼はちょっと恥ずかしそうに言った。

「前に、部活のメンバーに言われたんですよ『そんなことも知らないの』って」

「そんなこと?」

「高校の部活の合宿で、豚汁作ってたときです。合宿所の調理場を借りて、材料切って炒めて煮て、最後に味噌入れるところで俺はおたまに味噌を入れて、それを鍋の中に入れて箸で溶こうとしたんです。そしたら、隣にいた奴が言ったんです。『そこに味噌漉しがあるのに、なんで使わないんだ?』って」

一瞬、頭の中に「みそこし」というひらがなが浮かぶ。なんだかかわいい。じゃなくて、『味噌漉し』だ。ええと、小さいざるみたいなやつのことだよね。

「味噌漉し、知ってます？　俺のうちにはそもそもそれがなかったから、は？　って感じでした。そしたら、そいつが『これだよ』ってやってみせてくれて」

うんうん。私はバックヤードをちらりと見ながらうなずく。まだ立花さんが出てくる気配はない。

「最初は、ただ『へえ～』って思っただけでした。でも合宿の間に、他にもいろんなことがあったんですよ。道場の神棚の扱いとか、畳の掃除の仕方とか」

神棚。それはさすがに私も知らないかも。

「それでちょっと気になったから、合宿が終わってからそいつに話を聞いたり、行事につき合わせてもらったりしたんです。そしたらこれが、すごい面白くて」

ダウンの彼は「な」とパーカーの彼に言った。

「ちなみに俺は、こいつがなんか面白そうなことをやってるからついでについて行っただけです。そしたら、ホントに面白かったんですよ。なんていうか、異世界の扉が開いたみたいで」

「異世界……」

「たとえばですけど、さっきの神棚の話です。飾ってある緑の葉っぱが榊（さかき）ってことも知らなかったんですけど、それが普通に花屋で売ってるのが衝撃でしたね。それも地元っぽい、お墓用の花とか売ってるとこじゃなくても、言うと出てくるんですよ。奥から」

「花屋っていえばおがらと焙烙もそうだよな」

パーカーの彼の言葉を受けて、ダウンの彼が続ける。

「すみません、おがらってどういうものでしたでしょうか」

聞き覚えのない言葉。恥ずかしいけど「聞くは一時の恥」というし。

「お盆の時に焚くお迎え火の材料です。枯れ木っぽいやつで」

それを聞いた瞬間、頭の中に画像が浮かんだ。あれだ。夏になると花屋さんの隅に立ててある白っぽい筒みたいな枯れ木。うちは玄関の前にゆとりがないからやらないけど、商店街の店先でそれを燃やしているところは見たことがある。

「あ、わかりました」

「お盆の時にナスとキュウリを置くのは知ってたんですけど、マンションだからお迎え火を焚くっていう習慣がなくて。しかも聞いたら、ただ何か燃やせばいいってわけじゃなくて、専用の焙烙っていう器でおがらっていう植物を燃やすんですよ。俺、てっきり新聞紙とかでもいいんだと思ってて。

で、花屋ですよ。おしゃれな店とかでも、おがらありますかって言うと、奥から出てくる。ついでに焙烙もご入用ですか？　って素焼きの皿が出てきて、もう、なんか俺的には開いちゃったんですよね、扉が」

「神社もすごかったな。普通のお守りとか破魔矢が並んでるところに『荒神様ありますか』って聞くと、やっぱり奥から出てくる」

こうじんさま。これもどこかで聞いたことがある。心の中で首をひねっていると、ダウンの彼が「ちなみに荒神様って竈の神様らしいですよ」と付け加えてくれた。

(あ、わかった。初釜の時だ)

火伏せの神様について教わった時、竈の神様のことも何かで読んだ気がする。そうか、その神様の名前が『こうじんさま』だった。

「で、思ったんですよ。これ、異世界じゃん！　って」

神社でキーワードを伝えると、表には売っていないお札が出てくる。そう考えると、確かにファンタジーの世界っぽいような。

「和風の文化っていうか、古っぽい文化って、呪文を知る者だけに開かれる扉があるんですよ。俺たち、そういう『お約束』にワクワクしちゃって」

にこにこしながら話すパーカーの彼を見て、私は少しの間呆然としていた。すごい。だってだって、こういう『お約束』を面倒だと思って嫌がる人も多いよね？　それも若い人ならなおさら。なのにこんなに前向きに、しかも面白いことと受け止めているなんて。

(――呪文を知る者だけに開かれる扉、かあ)

なんだかすごくわかる。たとえば和菓子なら、普段は表に出ていない不祝儀のお菓子。緑と白や黄色と白の色合わせがそれを意味するなんて、私はここで働くまで知らなかった。

「知る前と知った後では、見え方が違うんですよね」

私が言うと、二人がうなずく。

「そうなんです！　それまでも視界に入ってたはずなのに、見えてなかったものが見えてくるんですよ。それがなんか、リアルの上にもう一段世界が追加されたみたいで」

「多重世界観あるよな。戦隊ものやアメコミでもあるような、世界が上書きされてく感じ」

偶然だけど、戦隊ものが被った。つい、笑ってしまう。すると二人もにこにこと笑ってくれた。いいな。歳の近い男子でも、こういう人たちもいるんだ。

「でも、それで思ったんです。家のこと以外にも、きっとすごくたくさんの『お約束』があって、それは知ろうとしないと、見えてこないものなんだって」

ダウンの彼の意見に、私は心から同意する。

「本当ですね」

知らなかった世界を知ると、見えなかったものが見えてくる。でもそれはきっと、和風なことに限ったことじゃない。

「――たとえば私には着物の知識がないのですが、きっと着ている方はその方なりの『お約束』を楽しまれている気がします」

「あー、着物もありそうですね！　季節と柄とか合わせてそうだ」

パーカーの彼が笑う。

他のお客さまもいらっしゃらないせいか、場が盛り上がってしまった。そんな中、バックヤードから立花さんが店頭用のタブレットを持って出てきた。

立花さんはこちらをちらりと見ると、カウンターの上にそっとタブレットを置く。

場が、すっと静まった。

「大変お待たせしてしまい、申し訳ありません」

「あ、いえ」

男子二人の姿勢がまた少し良くなる。

「ざっとお調べした情報なのですが、やはり俳句において『月と花』というのは特別なモチーフでした」

立花さんはお客さまに向けてタブレットの画面を操作した。

「そうなんですか」

男子二人が画面を覗き込む。

「私が覚えていたのも、そのせいでした。簡単に言うと、この二つは俳句でとても使われやすい題材だからです」

「なるほど」

「そしてここからが今回の問題点であると思われるのですが、その『花』という題材が一つの品種に固定されていることです」

「え?」

三人揃って同じような表情を浮かべてしまう。

「それは桜です。俳句の世界においては『花=桜』ということになっているそうです」

(んんん?)

花＝桜？　意味がわからなすぎて、私は首を捻った。それは男子二人も同じようで、パーカーの彼が口を開いた。

「ちょっとよくわからないんですけど、花っていろんな種類がありますよね。『月と花』なら与謝蕪村の『菜の花や月は東に日は西に』の句だって有名だし」

「そうですね。しかしこちらをご覧になっていただけますか」

立花さんの細い指が、すっとタブレットの一点を指差す。ああ、こういう日本舞踊の動きをどこかで見た気がする。藤や桜の枝を指先に持って、憂い顔でこちらを誘うような。

全員が、画面よりもその指の動きを追ってしまった。なんだろう。今日の立花さんはいつにも増して優雅というか、目を引く。

「――マジですか」

パーカーの彼の声で、我に返る。

「『あらゆる景物の中で、月と花は特別なものとして扱われている。月は春夏秋冬すべてを映し出す。そして花は桜。花の中の花とされるため、花と表記してある場合、また連句の中ではもれなく桜のことを指す』――」

「もれなく、ってすごいな」

ダウンの彼がつぶやく。

「なので今回の場合、『月と花』というキーワードを出した時点で先方は桜をイメージされていたのではないでしょうか」

なるほど。でもちょっと気になる文がある。

「あの、ここに『連句ではもれなく』って書いてありますよね。連句というのは、どういったものでしょうか」

私がたずねると、パーカーの彼が首をかしげた。

「なんだろう。連なった句だから、詩みたいにまとまった形式のやつかな」

「いや、たぶんあれだ。句会の形式の方だ」

ダウンの彼が言うとパーカーの彼があっと声を上げる。

「そっか。ゲストを迎えてみんなで句を連ねていくタイプのやつか。でも、こないだのはただの発表会だったよな」

パーカーの彼が不思議そうにつぶやくと、立花さんが「おそらくですが」と言った。

「先方は年配の方が多いというお話でした。だとすると、お若い方を迎えるにあたって一番有名なお題を出されただけなのかもしれません」

「ああ、なるほど」

わかりやすくて作りやすいものとして『月と花』を出してくれた。そういうことか。

「じゃあ、『紅梅』は違うってことですよね」

ダウンの彼の言葉に私は恥ずかしくなる。自信満々に違うものをおすすめしてしまったなんて。

「申し訳ありません」

頭を下げると、パーカーの彼が「いえ、大丈夫ですよ」と言ってくれた。

「なら、お菓子は月がイメージのものに」

そう言いかけて私は止まった。立花さんの方を見ると、小さく首を横に振っている。ない。みつ屋の中に今、月がイメージのお菓子は存在しない。

「——たびたび申し訳ありません！」

今度はダウンの彼が「いやいや」と手を横に振ってくれた。そんな彼に向かって、立花さんも頭を下げる。

『朧月』という春のお菓子もあるのですが、あいにく今年は扱っておりませんでした」

ただ、と言いながらタブレットを操作する。

「当店になくても、他のお店にあるかもしれません」

言いながら、百貨店内の取扱商品を検索する。すると銘菓コーナーに『萩の月』と『月世界』というお菓子があることがわかった。でも。

「——本日は入荷日ではありませんでした」

「なんか色々タイミング悪かったですね」

ダウンの彼が残念そうな笑みを浮かべる。

（何か、ないのかな）

別の百貨店に行けば銘菓コーナーに月のお菓子があるかもしれない。でもできれば、ちょっと「わかってる」感じのお菓子をこのお二人は求めているはず。

（何か、桜か月につながるもの）

桜は難しそうだから、月。たとえば黄色くて丸いとか、うさぎがモチーフとか。

（あ、イースター！）

と思ったけど、あれも春とはいえもうちょっと先の行事だ。

（月、つき――）

師匠の言葉遊びを思い出す。おはぎの別名で『月知らず』というのがあった。お餅をつくことなく作ることができるので「搗き知らず」というんだっけ。でもおはぎも今日はご用意がない。

（こういう言葉遊びで、何かないだろうか）

つき、と重なるもの。あるいはげつ、という響き？

（月、げつ、月曜日――月の名前。睦月は一月だっけ）

あ。

そうだ、すっごく駄洒落だけど。

「あの、今思いついたことなんですけど――今月のお菓子では、だめでしょうか」

私の言葉に、全員が不思議そうな表情を浮かべる。

「梅本さん、それは上生菓子の？」

「はい」

立花さんの質問に私はうなずいた。

「でもさっき、それは違うって言ってませんでしたか？」

パーカーの彼が指摘する。

「はい。でも、違う方向で考えてみたんです。今月のお菓子から、『今』という字を取ったら――」

「月のお菓子！」

わはは、と声を上げて二人が笑った。

「すっごい駄洒落ですね」

「一応、古い暦での『如月』も考えたんですけど。『弥生』では月がつきませんが、如月ならつきますし」

「睦月、如月、弥生。あーなるほど」

ダウンの彼が笑いながら指を折る。そして私は和菓子の名前には言葉遊びが多いこと、おはぎの別名の話などをした。

「へえ、すごい。その話をしたら今月のお菓子でも十分ですね」

そのとき、立花さんがはっとした表情を浮かべる。

「今月の――月」

「え？」

「少々お待ちください」

そうつぶやくと、手元のタブレットに素早く指を滑らせた。検索バーに打ち込んだのは『歳時記　二月の別名』。

（別名？　それって如月のことじゃなくて？）

にしても歳時記ってなんだろう。どこかで聞いたことがあるような気はするけど、よくわからない。これも「古い文化」だったりするんだろうか。心の中で首をかしげていると、その指先があるところでぴたりと止まる。

「ありました」

立花さんがお客さまの方にタブレットを向けると、二人が「あっ」と声を上げた。そこにあったのは『梅見月』という言葉。

「そうか、歳時記――！」

二人が顔を見合わせてうなずきあう。

「うわ、すごい。俺たち、歳時記のことをすっかり忘れてました」

「先に『月と花』っていうテーマが決まってたから、気づかなかったんだ」

うわー、と漫画のように頭を抱えるお二人の前で、私は立花さんにこそりとたずねる。

「すみません。歳時記ってどういったものなんでしょうか」

「歳時記は、簡単にいえば俳句の季語の辞典のようなものです。春夏秋冬の季語をまとめたもので、その中には今のようにそれぞれの月の別名があります。もちろん、先ほど梅本さんが出してくださった如月が筆頭ですが」

「如月と同じ……？」

「はい、それがヒントになりました。学校で習う睦月如月弥生といった和風の月名は、そのまま歳時記にも載っています。有名なものですと――」

たとえば、と立花さんは小声で句を諳んじた。

それに気づいた二人がふっと、会話を止める。


願わくは花の下にて春死なむ　その如月の望月のころ

桜だ。

直感的にそう思った。

深い山のどこか。夜空にぽかりと浮かぶ満月。それを見上げる顔に、満開の桜の花びらが音もなく降りかかる。そんな光景が浮かぶ。

知っている俳句だ。聞いたことがある。でも、それだけじゃない。人が読み上げてくれることによって、すごく「わかる」句になった。

（綺麗――）

短い言葉なのに、そこに立って見ているみたいに感じる。桜を見上げている「わたし」は、二月の満月の晩が美しすぎて、こういうときに死にたいと思ったんだろうか。

（綺麗だけど、綺麗すぎてこわかったのかも）

夜、一人で満開の桜と向き合ったらもうここはあの世なのかなって思ってしまうかもしれない。

あるいは、いつか死ぬならこんな風に静かで美しい夜がいいと思ったのかな。

そしてそれは、どこか目の前の立花さんの姿とも重なる。

静かな面持ちと、ふせたまつげがこわいほどこの歌に似合っていて。

*

男子二人は最終的に『紅梅』を買っていかれた。

「うまくいったら報告しにきますね」

手を振りながら楽しげに帰っていく姿を見て、私も笑顔になる。

「よかったですね」

立花さんはほんの少しだけ口角を上げた。でも、やはりどこか寂しそうに見える。前に話した友達のことが、ずっと尾を引いているんだろうか。

元気を出してほしくて、私は必要以上に明るい声を上げる。

「二月の別名は如月、衣更着（きさらぎ）、梅（うめ）つ五月（さつき）、梅（うめ）つ月（つき）、梅見月（うめみづき）、木（こ）の芽月（めづき）、雪消月（ゆききえづき）——。まだ他にもたくさんありますね。月の名前が、こんなにあるなんて知りませんでした！」

けれどやっぱり笑顔は寂しげなままで。

「私もです。だからさっき、如月というヒントを出していただけてよかったです」

「いえ、ヒントだなんて」

静かなトーンのまま、立花さんは画面をスクロールする。

「これを見ると、やはり二月は梅のつく名前が多いですね」

確かに。でも中には不思議なものもある。

「この『梅つ五月』って面白いですね。二月なのに、五月が名前の中に入ってて」

「おそらくですが、植物が生き生きとする五月のイメージを梅に当てはめたのではないでしょうか」

「梅が五月の植物みたいに元気に花開くという?」

「そうですね」

面白い。言葉一つの中にも謎解きのような要素があるんだな。

「そういえばさっきの句は、月が二つも入っていましたね」

「如月の月と、望月の月ですね」

「はい。こういうのって、重複してもいいんですね。確か学校で俳句を習ったときは季語を二つ使わないとか、同じ字を入れないとか聞いたような気がしたので」

「確かに。ルールとしてはそれが正しいはずです。けれど俳句も文学作品である以上、表現が――お客様の言葉を借りるなら『お約束』を超えることはあるのだと思います」

「表現が『お約束』を超える……」

「これは私の個人的な解釈ですが、如月、望月と『月』を重ねることによって、頭上にある満月の圧倒的な存在感を際立たせることができているような気がします」

言われた瞬間、頭の中にあった句の風景が、ぐわんと膨らんだ。私の思い描いた満月は、夜空にぽかりと浮かぶ綺麗な丸。でも立花さんのそれは、こちらに迫ってくるような球体の月だ。

(――こわさも綺麗さも、強くなった)

ほんの数十文字の言葉。そこに広がる世界。その読み解き方は、人それぞれで違う。

(違うのも、いいな)

読み解き方の数だけ、見える風景が増える。

「俳句の良さが、少しわかる気がしました」

私が言うと、立花さんはまた少しだけ口角を上げた。

ここのところ、あまり喋っていない。いや、店頭で喋ってはいるけど「おしゃべり」をしていない。

なので、バックヤードで声をかけてみた。

「あの、もしよかったら甘いものでも食べに行きませんか」

けれど立花さんは、首を横に振る。

「ありがとう。でもちょっとここのところ仕事で忙しくて」

そう言われると、どうしようもない。立花さんはみつ屋の正社員だし、お店以外の仕事だってあるだろう。

「残念。じゃあ時間ができたら」

「はい、ぜひ」

で終了。心の中でうなだれながらバックヤードのドアノブに手をかけると、「そういえば」と声が追いかけてきた。

「来月の頭、お店を空けることになってるんだ」

「他店への応援とかですか？」

振り返ってたずねると、「ううん」と小さく答える。

「ちょっと、遠いところに行くんだ」

遠いところ。もしかしてまた、金沢の時のように傷心の旅に出てしまうんだろうか。

（私が話を聞くくらいじゃダメだったのかな）

励ましたい。でも突っ込んで無理やり聞き出したくはない。だから。

「そうなんですね」

当たり障りのない笑顔を返すことしかできなくて。

*

立花さんのことが気になる。かといって食欲が落ちるわけじゃない。だってこれは恋の悩みとかじゃないから。

次の日のお昼には社員食堂で『今が旬！』と書かれたブリの竜田揚げ丼をもりもり食べたし、午後の休憩には『K』のガリッとキャラメリゼされたパイをばりばり頬張った。

もちろん接客は笑顔。でも、たまに包装紙で指先を傷つけてしまう。見えない程度にうっすらと指の皮が切れている。血は出ないから包装に支障はないけど、手を洗うと石鹸がしみる。

遠いところってどこだろう。それは距離？　それとも心の離れ方？　乙女的な感傷ならそれはそれでいいけど、もしそうじゃなかったら？

そんなことを考えながら紙箱を組み立てていると、藤代店長から声をかけられた。

「梅本さん」

「はい」

「ちょっとお話ししてもいいですか？」

店長は桜井さんが休憩から戻ったのを確認すると、私をバックヤードに呼んだ。パイプ椅子を出して、勧めてくれる。

なんだろう。この少しかしこまった感じ。

（まさか、アルバイトが足りていますとか言われる？）

いや。急にクビにされるようなことはしていないし、会社側に事情があってそうなるにせよ、藤代店長はこんな風に切り出す人じゃない。

（じゃあ、なんだろう？）

「前にも少しだけお話ししたかもしれませんが」

言いながらクリアファイルから書類を取り出す。

「梅本さんは、みつ屋の正社員になるというお気持ちはありませんか？」

「――――え？」

「前の店長の椿さんからもうかがっていた通り、梅本さんはよく働いてくれています。なのでもし梅本さんさえよければ、現店長の私から推薦を出したいと思うのですが」

正社員。なんとなく頭のどこかにはあったけど、実際にそうなる気がしなかった。

「あ――ええと」

「もちろん嫌なら断ってもかまいません。ただ、今働いている店の店長の推薦だと入社試験のペーパーテストなどが免除になるので」

書類を渡されて、目を落とす。雇用契約書に、保険の書類もある。

アルバイトをするときにはなかったものを見て、ちょっと緊張した。

（すごい「社会」って感じ……）

「どうでしょう」

「あの、嫌ではないです。むしろありがとうございます」

私は座ったまま頭を下げる。実際、こうして声をかけてもらえることはすごく嬉しいのだ。ただ。

ただ、決めかねている。それだけだ。

一度の決断が未来を決める。決めたらここから先の人生は会社員だ。

ふと、周りを見回したい気持ちになる。狭いバックヤードで、見えるのは商品棚や伝達事項の張り紙だけなのに。

ねえ、みんな未来ってどうやって決めてるの？

やりたい勉強がある人や、なりたいものが決まっている人はいい。でも特に何もない人は、どうやって大学や職場を選ぶんだろう。サチとよりちゃんは何て言っていたっけ。少し気になる科目があったから？　勉強そのものをしたかったから？

立花さんは和菓子職人に憧れて師匠に弟子入りした。柏木さんは家業を継ごうとした後に自分の道を見つけた。椿店長は販売に誇りを持っていて、それはたぶん桜井さんも。

――「何もない人」なんて私以外にいないのかな？

（食べることは好きだし、お菓子を売ることも好き。そしてもちろん、このお店の人たちはみんな好き）

そして実家に住んでお母さんのご飯を食べて、友達も近くにいて。つまり、現状にまったく不満がない。さらにアルバイトという立場は絶妙に気楽で。

（このままで――このままが――）

いい、ような。でも、なんだかやっぱりよくないような。

言葉に詰まった私に、藤代店長は言った。

「梅本さん」

「はい」

「悩まれているなら、私は一度正社員になってみることをおすすめします。いつでも辞められますし」

「え？」

いつでも辞められる、って雇う側の人が言っちゃっていいんだろうか。そんな私の表情を見て、藤代店長は笑った。

「本当ですよ。アルバイトでも正社員でも、辞めたくなった人が辞めるのは当然の権利ですから」

会社って、そんなすぐに「辞めます」ってできるものなんだろうか。漫画とかだと「辞めます！」って辞表を叩きつけて出て行く場面はあるけど。

答えを決めかねている私に、藤代店長はぽつりと言った。

「——以前、私が介護職からスーパーマーケットの販売職になったお話はしましたよね」

「あ、はい」

「でもその直接的な理由はお話ししていなかったと思います」

私はこくりとうなずく。

「私は基本的に人と関わったりお世話をするのが好きです。なので最初はこの体格を生かすことができると思い、介護職を選びました」

なるほど。確かに藤代店長からは大きな犬のような「人が好きです！」という雰囲気を感じる。

「仕事は私に合っていました。そしてそこで妻となる人と出会い、結婚して子供ができました」

わあ、素敵。そう思って聞いていたら、話が予想外の方向にねじれた。

「けれど子供ができて、その先を考えたら介護職ではやっていけないことがわかったんです」

「え？」

子供ができてやっていけない、ってどういう意味だろう。忙しすぎたとか？　私がたずねると、藤代店長は首を横に振った。

「お金の問題です。介護職のお給料が安すぎたんです」

初めて聞いた。でも、介護って人の命に関わるし、確か資格もあったような。

「専門性の高いお仕事なのに？」

私の言葉に藤代店長は「はい。残念ながら」と答える。

「一人暮らしであればなんとかなります。けれど妊娠や出産で妻は休職、さらにその後の子育て費用や将来のための貯金をすることなどを考えたら、難しかったんです」

「だから、スーパーマーケットに転職を」

「はい。そこは大手だったので基本的に年収は上がりましたし、ボーナスや福利厚生もしっかりしていました。そしてそこでの経験を積んでから、さらにこちらへ転職したわけです」

すごい。というか初めて聞くことが満載で、なんて返したらいいかわからない。

「で、まあ。こんな話をしたのは、私がそういった経験をしてきたので、働く人――特に若い人には適正な賃金が支払われてほしいと思っているからなんです」

「適正な賃金――」

私は最初に書いてあった通りの賃金をもらっているし、適正だと思うんだけど。すると藤代店長はふっと息を吐く。

「みつ屋はブラックな企業ではありません。けれど完璧でもありません。販売職でありがちと言ってしまえばそれまでですが、アルバイトである梅本さんに社員と同じくらい働いてもらってしまっています。それはあまりいいことではありません」

「そうなんですか」

そんなこと、考えたこともなかった。

「なので私は、梅本さんに適正な賃金をもらってほしいんです」

そう言って藤代店長は正社員になった場合、ボーナスと福利厚生があること、お休みにしても有給休暇があることなどを説明してくれた。

「――私は誰かを安く使い潰したくないし、潰れてほしくもないんです」

その言葉ではっとした。ニュースで聞いたことがある。介護職の他には保育士さんや学校の先生のお給料と労働時間が釣り合っていないとか、若者や外国の人が不当なほど安いお給料で働かされていることとか。

(私は、すごく恵まれてるんだ)

だって自分が選べば、進学も就職もできる。その「選べる」贅沢さに気がついていなかった。

「お返事は、今すぐでなくてかまいません。ただ書類の都合もあるので、一週間から十日くらいの間でお願いできますか」

私は「はい」とうなずきながら、目の前の藤代店長を見る。大きな体を折るようにして小さなパイプ椅子に座っている。ものすごく年下のアルバイトに向かって、自分の経験を丁寧な言葉で噛み砕いて話してくれている。

私はあらためて、自分がどれだけ子供っぽいかを知る。

*

すごく、誰かと話したくなった。

ロッカールームで着替えを済ませ、顔見知りの店員さんや入り口のおばさんに頭を下げて外に出る。寒い。そう言えば夜には雪が降るかもって天気予報で言っていた気がする。

歩く。駅まで。電車の中でスマホを取り出して、ＬＩＮＥのアイコンに指を伸ばす。何か違う気がして画面を閉じる。家のある駅に着く。

雪が降ってきた。

歩く。歩き始めてすぐ、いつもの道から外れる。歩き続けるために。

家に帰ってあたたかいご飯を食べたらさらりと流れてしまいそうな何かが今、自分の中にある。それはいいものなのかよくないものなのかわからないけど、見つめなきゃいけない気がして。

希望の光とか意志の強さとか、そういう前向きな感じじゃなくて、かちんと固まった小さい石のようなもの。それが胸、というか胃のあたりにいる。

（胃に石、って病気じゃないんだから）

自分で自分に突っ込んでしまう。ゆっくりだけど、足は止めない。歩き続ける。

雪はほぼ粉雪で、地面に落ちるやいなや溶けていく。それはまるで私の弱い意志のよう。決めきれない。選べない。

ふわふわふらふらとした、粉雪のままでいたいのに。

歩く。商店街から外れた住宅街をてくてく歩く。たまに出てくるコンビニが明るくて、避難所みたいだなと思う。いつもだったらここで「あったかいミルクティーでも」なんてお店に入っているところだけど、あえて目を背ける。今は、今だけは甘いものに慰められちゃいけない気がした。

悲しいんじゃない。切ないんじゃない。強いて言うなら怒ってる、が近い。

ただ、自分って何だ、という気持ち。

何がしたいのか。どういう生活を目指したいのか。

「将来の夢は?」って聞かれたら答えられないけど、「将来、どういう生活を送りたい?」って聞かれたら、少しは答えることができそうだった。たとえばちゃんとお休みを取ることのできる仕事について、たまに友達と会ってお茶したり、旅行に出かけたりすることができる生活。それを叶えるためには、どうしたらいいのか。

資格なし。学歴なし。得意なのは食べることと太ること。それが私の基本スペック。

でもみつ屋で働き始めてから、そこに少しずつ情報が追加されていった。食べるのも好きだけど、食べ物のこと自体を知るのも好き。そしてそのことをお客さまや同僚と話すのも好き。でもそのことについて勉強するために大学に行きたいかというと、そうでもない。なぜなら「それ以外」のやるべきことが多すぎるから。

作ることは、そもそも問題外。私は料理も嫌いじゃないけど、あえて作りたいとも思わないから。『つぼみ』を家で作ってみたときにも、それは思った。

歩く。折り畳み傘は持っているけど、粉雪なのでささずに歩く。

お店で人から褒められたのは、おいしそうに食べること。そしてそれをおいしそうに説明すること。

お店で感じたのは、売ることの楽しさ。そしておすすめしたもので喜んでもらえたときの嬉しさ。

鼻先に、睫毛の先に、雪の粒が当たる。ちょっとくすぐったい。

(うん)

たぶんだけど、私は、作る人と買う人の間にいるのが一番好きな気がする。

*

家に帰って、あたたかいご飯をお母さんが出してくれた。

当たり前のように思っていたけど、これってすごくありがたいことなんだよね。家にアルバイト代も入れてはいるけど、お母さんがやってくれることにお給料はない。でもこれって仕事だと考えたら、かなり大変だと思う。だからせめて私の入れたお金くらいは、お母さんの娯楽費用に当ててほしいな。

　ほかほかのご飯に、白菜とあぶらげのお味噌汁。おかずは鮭の醬油バター焼きにちぢみほうれん草がそえてある。このくしゃっとしたほうれん草はお母さんの好物だ。

「う～ん、この甘みがいいのよねえ」

　お箸でつまみながら私はうなずく。しゃきしゃきして甘くて、いつものくたっとしたほうれん草とは全然違う。

「そんなに好きなら、もっとしょっちゅう出せばいいのに」

　私が言うと、お母さんはため息をつく。

「そうしたいのは山々なんだけど、ちぢみほうれん草って旬が短いのよ」

「冬っていうのは知ってたけど、そんなに？」

「なんかねえ、たぶん数ヶ月はあると思うんだけど、時期が年末年始に被ってるせいか買い逃してたりすることが多くて」

　そっか。年末年始はおせちやお正月のご馳走を揃えるので忙しいから、ほうれん草を見逃しやすいんだ。

「だから『あ、食べなきゃ！』って思うのが一月後半になりがちなのよ。なのに二月後半には終わっちゃう」

「イベントのせいで旬が短くなっちゃってるわけかあ」

「そうそう。はしりを逃して、なごりを食べがち」

「はしりとなごり——」

「ほら、旬の前後のことよ。出始めが『はしり』で旬は『さかり』。出盛りの『さかり』ね。そして終わりそうな時が『なごり』。果物だとはしりは青くて固くて、なごりは味が薄くなるイメージだけど、でもそれでもどっちも魅力的なのよね。はしりを見かけるとわくわくするし、なごりはまた会えますようにって思いながら食べるの」

そういえば、スーパーのポップとかでその言葉を見ていた気がする。でも『今が旬です！』ばかり記憶に残ってしまい、はしりとなごりは忘れてしまっていた。

「なごりって、なごり惜しいとかそういう方でばっかり覚えてた」

「まあ、意味としては同じだものね。季節の味をなごり惜しく思うってことで」

お母さんはお皿に残ったちぢみほうれん草を大切そうにお箸でつまむ。

私もそれに倣って、濃い緑色の葉っぱを口に運んだ。バターの塩気とほうれん草の甘みが合わさって、とってもおいしい。

そしてもうすぐ食べられなくなると思うと、さらにおいしいというか——愛おしい気がした。

＊

数日後。平日のお昼頃に再び男子二人がやってきた。上着は前と同じだからわかりやすい。二人は店内をさっと見回し、他にお客さまがいないことを確かめるとカウンターに近づいてきた。

「いらっしゃいませ。またご来店いただいてありがとうございます」

私が頭を下げると、二人も生真面目にぺこりと会釈してくれる。

「こちらこそ、こないだは長話しちゃってすいませんでした。で、あの——和風なことにめっちゃ詳しいお兄さんは」

「あ、申し訳ありません。立花は今日はお休みの日で」

「そうなんですね」

あからさまに、がっかりした感じ。それはまあそうだよね。打てば響くように答えてくれる人がいた方がいいもんね。

ちらりと背後を見ると、桜井さんが「どうした?」と、目線で聞いてくれる。私が「大丈夫です」の意味を込めてうなずくと、うなずき返してから近づいてきた。これはたぶん、暇だからだろう。

「いらっしゃいませ」

「桜井さん、こちらは先日申し送りでお伝えした、俳句の会へ持っていくお菓子を探されていたお客さまです」

「ああ、『今・月のお菓子』の。それで、お菓子はいかがだったんでしょうか」

桜井さんの質問に、ダウンの彼が「それが——」と話しだす。

「お菓子自体は良かったんです。『紅梅』に決めた理由を話したら、向こうの結社の人たちはすごく面白いって言ってくれて。で、前にあのお兄さんが言ってた連句っていうのを教えてもらったんですよ」

「連句――」

「今風にいうと、ラップの持ち回りみたいな感じで、順番に句を作って大きな一つの詩みたいなのを作る方式です。ゲストの位置や詠むべきスタイルも決まってて、面白いんですよ」

俳句の会って、てっきりそれぞれが詠んだ句を発表するものだと思ってた。でも皆で一つの作品を作るみたいなものもあるんだな。

「句を連ねるから、連句なんですね」

桜井さんが興味深そうな表情でうなずく。それにパーカーの彼が応えるように続けた。

「そうなんです。で、これもこないだ教えてもらった『連句では月と花は特別』っていうのもあったじゃないですか」

今度は私がうなずく。

「そしたら、連句ではそもそも月と花の句を詠む場所が定められてたんですよ。『月の定座』と『花の定座』って言うんだそうです」

「定位置、ということでしょうか」

桜井さんが言うと、ダウンの彼が「はい」と返した。

「定座はさらに細分化してて、特に花の方は『匂いの花』、『名残りの花』なんて名前がついてるんです」

「なんだか――ルールがとても難しそうですね」

聞いていて、ちょっと腰が引けてしまった。だって俳句って、もっと自由な感じだと思ってたから。イメージとしては、松尾芭蕉が旅をしながら『奥の細道』を詠んだような。

けれどパーカーの彼は嬉しそうにうなずいた。

「そうなんです。ルールがめっちゃあってめんどくさいんですけど、それが『お約束』好きな俺らにはぴったりで」

「そうそう。『お約束』が多いとテンション上がるんです。うわすげえ、って」

ダウンの彼も笑顔で言う。それを見て、私は心から感心した。この前も少し思ったけど、ルールが多くて面倒な方が好きな人もいるんだ。

（でも、そうか）

料理でも、簡単ですぐにできるものが好きな人と、手間のかかるものに挑戦するのが好きな人がいる。好みは、様々だ。

「ただ、なんかちょっとどうしたらいいのかわからないとこもあって」

ダウンの彼が少しうつむく。

「どうされたんですか？」

桜井さんが、ちらりと通路を見る。大丈夫。まだランチタイムだからこちらに来るお客さまは少ない。

「実は今日来たのは、そのことについてお兄さんに聞きたかったからなんです」

あ、もちろんお菓子も買います！　慌ててそうつけ足すパーカーの彼を前にして、桜井さんと私は顔を見合わせる。

「――立花がお店に出るのは明日の昼頃からなのですが。もしよかったらお話だけうかがってお伝えしましょうか」

桜井さんがさらりとたずねると、二人は「だな」「うん」とうなずきあう。

「定座の話を聞いてた時なんですけど」

ダウンの彼が話し出す。

「向こうの人が言ったんですよ。『ああ、俺たちはもう、名残りの座に着いてしまったんだなあ』って」

名残りの座。名残りが終わりかけだとするなら、人生の終盤に来てしまったということ。それは美しい表現だけど、悲しくもある。

「これ、なんて返せばいいんでしょうね」

そうですね、とは言えない。でもまだ若いですよ、もどこか違う。何かもっと文学的な返し方があれば。私が悩んでいると、桜井さんが質問する。

「ちょっとおうかがいしたいのですが。先方は年上の方が多いとお聞きしていました。それは変わりませんか？」

桜井さんの言葉にパーカーの彼が「そうなんです」と答える。

「全体的に高齢者――おじいちゃんとおばあちゃんがメインで、一人中年の人がいるって感じの構成です」

「なるほど。ちなみに他にお二人が返事に困るような発言はありましたか」

「そうですね……あ、『来年の花を君たちと一緒に見られればいいけど、どうだろうなあ』とも言ってました」

それを聞いた桜井さんの眉がふっと寄せられた。あれ。この表情って正木さまのときにも見たような。そして桜井さんは軽くため息をつくと、「大丈夫ですよ」と言った。

「え？」

「立花に伝えるまでもありません。これは簡単な問題です」

二人は驚いたような表情で桜井さんを見つめる。まさか、ここにも和風の文化に詳しい人が⁉

というような感じ。

「あの、それってどういう」

「嬉しかっただけだと思いますよ」

ん？　私は心の中で首をかしげる。

「年配の方々は、句会に若い方が来られたのが嬉しくて、ちょっとよしよしされたくなった。お二人は精神的な接待を求められた。それだけですよ」

精神的な接待。そのあまりな表現に二人は呆然としている。

「えっと、じゃあ返事は――」

「『見られますよ』でしょうね。サービスするなら『みなさんお若いですから』も」

それでいいんかーい。私はそれこそどういう表情を浮かべていいのかわからず、視線をさまよわせてしまう。何か、何か言えることは。

「あ、あの。なごりといえば、食べ物にもなごりがあるんですよ」

「あ、はい。そうなんですか」

動揺したらしいダウンの彼が私の発言に飛びつく。

「旬の前後に、はしりとなごりがあるんです。新しい季節を迎えるのがはしりで、なごりはすぎる季節を愛おしむもの。そういう言い方をすれば、少しは――」

ですねですね、とうなずく二人。すると桜井さんが「ああ」と声を上げる。

「彼女の言葉の方が正解です。うまい返しは『旬』ですね」

「えっ」

今度は何が飛び出すのかと身構える。けれど桜井さんの言葉は、予想外に優しいものだった。

「今はなごりではなくて旬だとお伝えするんです。みなさんが出会い、句会を開かれたその瞬間がとても楽しいものであったなら、それはまさしく『旬』だと思いませんか」

「――なるほど」

二人が納得したようにうなずく。

関係における旬というのは、確かに感じることがある。友達になりたてで盛り上がってるときとか、アルバイト先で慣れて楽しくなってきたときとか。

(だとしたら)

関係におけるなごりは、どんなときだろう。慣れすぎてもういいかなって思ってるくらいの関係？　それとも、もう次に行こうとしている相手を見ているとき？

次に行く。その言葉が喉から落ちていって、自分の中のかちんとしたものに当たる。次に行くのは誰？　それともどこ？

「あーあ」

パーカーの彼の声で私は我に返る。

「綺麗に解決しちゃったな」

その言葉にダウンの彼がうなずいた。

「お兄さんに会いに来る理由がなくなった」

桜井さんと私は、再び顔を見合わせる。

「お二人は、立花のことが気に入られたんですね」

ええと、それって。

桜井さんがズバリと聞くと、パーカーの彼が照れ臭そうに笑う。

「だってあのお兄さん、めっちゃクールじゃないですか。ああいう人、憧れなんですよね。さらっと難しい受け答えができたり、知識すごかったりって」

「そうそう。俺たちもあんな感じ目指したいなって話してたんです」

「あんな感じ……」

桜井さんが死んだ目でつぶやく。わかる。わかるけど今は我慢だ。だってその一面も嘘じゃないし。

「あ、でも」

ダウンの彼が私たちを見て頭を下げる。

「今日もすごい楽しかったです。急に来たのに、一緒に考えてくれてありがとうございました」

「いえ、そんな」

「和風の文化に詳しい人たちと謎解きみたいに話すの、すごく楽しいです」

あと、今日はこれ買ってこうって決めてたんです。そう言いながらパーカーの彼がみたらし団子を指差す。

「これは文化っていうより、ただ食べたいだけなんですけど」


お二人が帰った後、桜井さんはこそりとつぶやく。

「乙女、めっちゃやなつかれてファンできてるじゃん」

「ですよね」

「あんな感じに、なりたいんだねえ」

乙女に……なりたいかどうかは、わからないけど。

＊

休み明けの立花さんにことの顚末(てんまつ)を伝えると、彼はバックヤードで小さな悲鳴を上げる。

「嘘でしょ。そんな風に思っていただいてたなんて――！」

「すごく褒めてましたし、仲良くなりたそうでしたよ。立花さんみたいな人に憧れてるって」

「アンちゃん、もう言わないでっ。自分が恥ずかしい……！」

両手で顔を覆って、身体を折る。耳が真っ赤。でもなんで、そんなに恥ずかしいんだろう？

たずねると、立花さんは指の間からうめき声のような返事をする。

「――だって、だって僕は心の中では冷たい対応をしちゃってたからっ」

「そうなんですか？」

いつもの立花さんにしか見えませんでしたけど。そう言うと、少しだけ指の隙間が広くなった。

「ホント？　そう見えてたならよかったけど」

「はい。普通の対応でしたよ」

「もちろん、失礼のないように表面上はいつも通りを心がけてたんだ。でも僕は、ちょっとだけ嫉妬しちゃったんだよ」

「嫉妬？」

誰がどこに？　私は首をかしげる。すると立花さんは「あそこにいた全員に」と答えた。

「アンちゃんとあのお二人は同世代でしょ。僕だけ歳が離れてて、三人が楽しそうにお話ししてたから、輪の中に入りにくいな、とか勝手に思っちゃって」

ああもう、販売員失格だよ！　しゃがみこむ立花さんを見て、私は桜井さんと同じ表情を浮かべる。だってなんかむしろそれがクール、みたいに受け取られてたし。

「失格じゃありませんよ。お店に出ますよ」

「えぇー⁉」

「ほら、時間です」

壁の時計を指差すと、立花さんの背すじがすっと伸びた。

顔から手を離し、真面目な表情に戻ると私に向かって頭を下げる。

「──ごめんね。業務時間内にこんなこと言わせて」

「気にしないでください。友達なんですから」

私が笑いながら言うと、立花さんは「うん」とほんの少しだけ笑った。

その笑顔を見て、私はなぜか『名残りの花』という言葉を思い出す。

*

お昼休憩に入る前に、私は藤代店長に声をかけた。

「あの。正社員のお話ですが」

「はい」

「お受けしたいと思います」

どうぞよろしくお願いします。私は深く身体を折って頭を下げる。すると藤代店長が慌てたように「いやいや！　こちらこそです！」と笑ってくれた。

「じゃあ改めて書類を渡しますから、書いて持ってきてくださいね」

「はい！」

私は両手で、書類の入っている封筒を受け取る。

ちょっと、卒業証書を貰うときに似ていた。


桜井さんにバックヤードでそのことを報告すると、ものすごく喜んでくれた。そして喜びながらも「藤代店長、やるなあ」と笑う。

「何がですか？」

「だってほら、人を確保するタイミングが絶妙なんだよ。私は就活が始まってるから」

「え、もうですか？」

今って大学三年の三月ですよね。そう聞くと「就活って三月からなんだよ」と教えてくれた。

「まあ、いつ始めるにしてもアルバイトは今年中に辞めると思うし」

そうか。椿店長に続いて桜井さんもいなくなってしまうんだ。寂しいな。そう思ってうつむいていると、桜井さんに背中を叩かれる。

「大丈夫だよ。梅本さんはもう、バイトリーダーレベルだから」

「ありがとう」

言いながら、ちょっとうるっとしてしまう。まだ早いのに。

「ところで、乙女はどんな反応だった？」

「あ、はい。喜んでくれました」

「ならよかった。ちょっと心配してたんだよね。私なき後のこの店のこと」

「なき後、って」

私が笑うと、桜井さんは真面目な顔で言う。

「辞めるのはまだ先だけどさ、先に言っとくね」

「なんでしょう」

「梅本さん」

「はい」

「好きだよ」

「え?」

腕を回されて、ぎゅっと抱きしめられる。

「ええ?」

「ああ……ほわほわ」

「ちょっと」

「気持ちよくて、大好き」

「あのう」

嬉しいんだけど、それってものすごく物理的な「好き」なのでは。

＊

藤代店長に書類を提出した翌日には、椿店長からメールが届いた。タイトルは『就職おめでとう！』。

情報が伝わるのが早くて驚いたけど、椿店長からのメールは嬉しい。さっそく開くと、そこにはお祝いの言葉とともに不思議なことが書かれていた。

『梅本さん、書類が処理されて正社員になったら、私と一緒に出張に行きませんか？』

出張。それってお仕事で遠くへ行くってことだよね。でもなんで椿店長が？

『みつ屋の社員が出席しなきゃいけないイベントがあるんだけど、私の他にもう一人誰か連れて行っていいことになってるの。二泊三日程度の旅行よ。藤代店長に聞いたら、その週は比較的暇で、他店からの応援も頼みやすいから梅本さんが出張に出てもいいそうよ』

でももし他に予定があったら遠慮なく断ってね。椿店長らしい気遣いのある言葉に自然と顔がほころぶ。

『行き先は和歌山県で、交通費と宿泊費は会社の負担です』

「ホントですか⁉」

思わずメールに声で返事してしまう。

椿店長と旅行に行けるだけでも嬉しいお誘いなのに、お金がほとんどかからないなんて。

（断る理由が、一個もない！）
私は返信のメールを立ち上げると、うきうきとお返事を打ち込んだ。

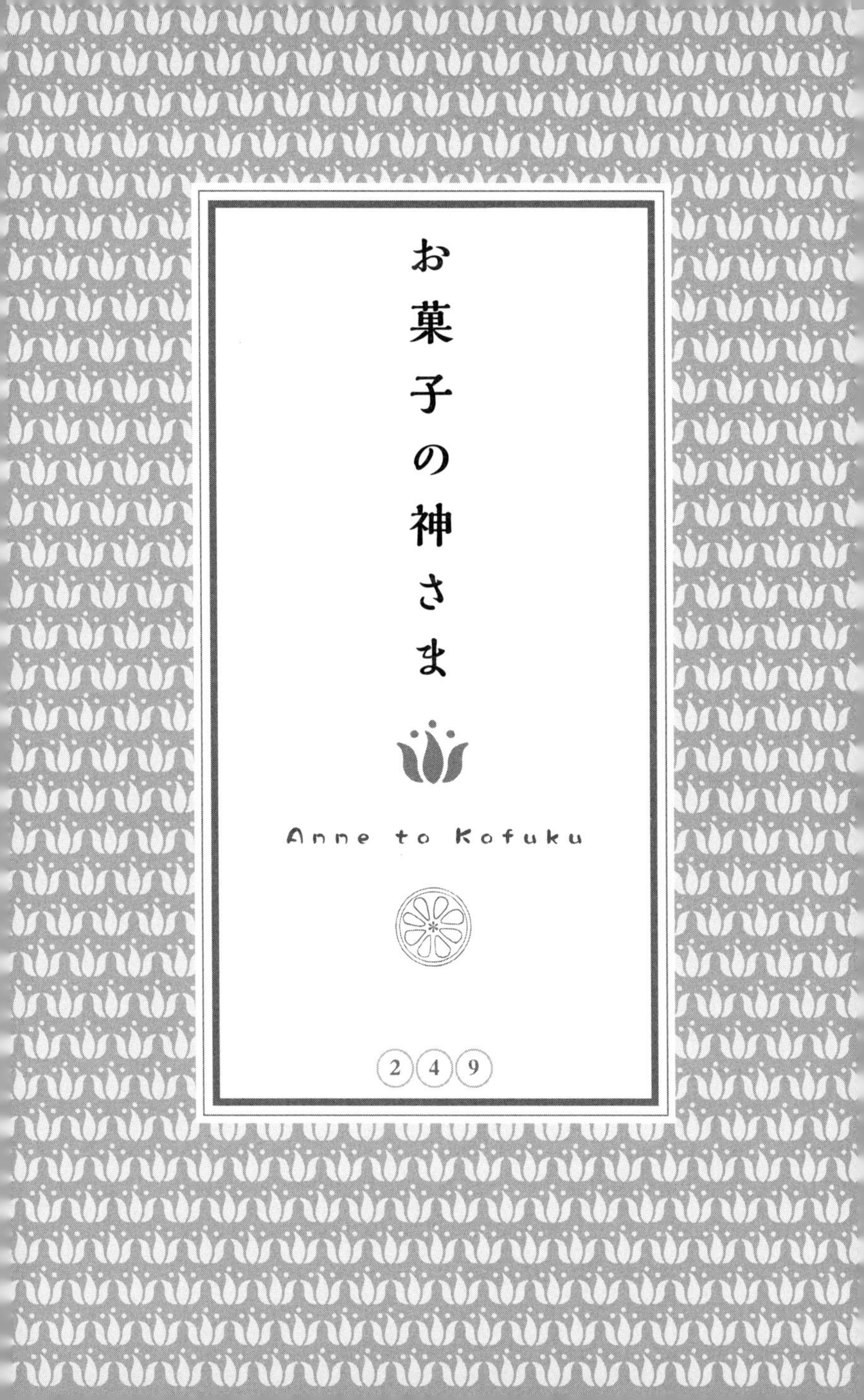
お菓子の神さま
Anne to Kofuku
249

目の前に、大きな丸がある。その中に見えるのは、黄色い錦糸卵や花形に抜いた人参。それと私の大好きな、甘く煮たしいたけとレースみたいな飾り切りをされたレンコン。そしてそしてあ、今日に限ってはそこに超豪華追加コンテンツがある。それは角切りにされたお刺身と、きらきら光るいくらやとびっこのトッピングだ。

(宝石箱、ってこのことだよね)

桶に入ったちらし寿司。大好物だけど、手間がかかるから登場回数が少なく、普段は滅多に食べられない貴重なメニュー。それがひな祭りでもないのに、目の前に。

「――いいの?」

思わずつぶやくと、お父さんがしゃもじを持ったまま「もちろん」とうなずく。その隣でお兄ちゃんが全員のグラスに梅酒ソーダを注いでいる。普通はこういうときビールとか開けるんだろうけど、私はまだ苦いビールが得意ではないので甘いお酒をリクエストしたのだ。一応、成人したわけだし。

「はい、お吸い物もできたわよ」

お母さんが持ってきてくれたのは、こちらも滅多に登場しない蓋つきのお椀。いつもの味噌汁椀より小ぶりで、いかにも上品な形だ。熱さでぴたりとくっついた蓋をそっと捻るようにして開けると、中にはカラフルな手毬(てまり)を模したお麩(ふ)が浮いている。

「わ、可愛い」

立ち上る湯気には、三つ葉の爽やかな香り。お出汁の香りを胸一杯に吸い込むと、私はとてつもなく幸せな気分になる。

「ほら、今日の主役」

そう言いながらお父さんはちらし寿司のお皿を、お兄ちゃんは梅酒ソーダのグラスを私に差し出してくれた。

「杏子、就職おめでとう!」

お母さんが言うと、お父さんとお兄ちゃんがパチパチと拍手をしてくれる。ちょっと気恥ずかしいけど、嬉しい。

「いいのに、そんな。通う場所が変わるわけでもないし」

照れ隠しに言うと、お父さんは首を横に振った。

「いやいや、初めての就職は人生で一回しかないんだから。祝っておかないと」

「そうよ。お兄ちゃんの時だってやったでしょ」

「ま、俺は最初の会社、すぐやめて転職しちゃったけどな」

お兄ちゃんの言葉に全員が苦笑いを浮かべる。ちなみに二回めの就職が今の会社で、それが決まったときはなぜかお兄ちゃんは自分でフライドチキンを山盛り買ってきたんだった。

(会社員としてのお給料が入ったら、私もみんなにご馳走しよう)

そう思いながら、梅酒ソーダで乾杯する。薄めに作ってくれているから、ほぼジュースみたいな味だ。それでも、喉のあたりがぽわっとあったかくなる。

そしていよいよ、お吸い物を一口。お母さんが頑張ったのがわかる、ちゃんとしたお出汁の味がたまらなくおいしい。そしてきらきらでぴかぴかのちらし寿司。マグロ、サーモン、イカ、エビ、どこから食べてもおいしいに決まってるオールスターズ。でもあえて、地味な濃い茶色のしいたけのところから。

甘い。こっくり甘い。すっごくおいしいけど、これがなんでご飯に合うのかいまだによくわからない。ケンタくんのお母さんが言ってた煮豆と同じ方向の甘さなのに、これはなぜだか箸休めじゃなくて「おかずだな」って舌が認識する。

次は、お刺身部分。マグロは旨味(うまみ)たっぷりで、サーモンはほんのりと脂っ気があっておいしい。イカはねっとりして、茹(ゆ)でたエビは塩味が最高。そこに錦糸卵のほわっとした優しいこくと、魚卵のプチプチ感。ああもう、口の中が宝石箱っていうか、もはやこれはカーニバル。

「やっぱりうちのちらし寿司って、最高——!」

そう声を上げると、お母さんが「作った甲斐(かい)があるわね」と笑った。

＊

「え。就職と同時に出張？」

桜井さんはバックヤードの鏡の前で、三角布を整えながら首をかしげる。

「そうなんです。というのも椿店長のお誘いで」

「あー、それで来週のシフトが不思議なことになってたのかあ」

壁のシフト表には、いつもとは違って応援の社員さんの名前がたくさん記入されている。というのも、私と同じ時期に立花さんもお店を休むことになっているからだ。

「すみません、ご迷惑おかけして」

「いや、それは会社から言われたことだし梅本さんが謝ることじゃないっしょ。むしろ私は乙女の方が気になるけど」

「それは――そうですね」

「だってなんかずっとおかしかったよね。最近、ちょっと持ち直したかと思ってたんだけど、この時期に休み取るからさ」

「この時期？」

「会社的にはさ、人事異動とか年度が変わるときじゃん。私の就活もそうだしさ」

人事異動。聞きなれないけど、意味はわかる。会社に言われて部署とか働く場所が変わることだよね。

「じゃあ、もしかして会社の都合で」

「うん。あるいは転職活動とか」

「転職」

それを聞いて、私は軽いショックを受けた。悩んでいたのはわかっていたのに、どうしてそっちの可能性を考えなかったんだろう。だってもともと、立花さんは職人さんになりたかった人だ。そんな彼に、たとえば今よりお菓子から遠のく仕事を会社がさせようとしていたら——。

(いや、考えなかったんじゃない)

本当はずっとわかっていた。立花さんが、一人で悩んでいるとわかった時点から。心の奥底に「そうかも?」って言葉があった。でもそれを直視するのが怖くて、私は気づかないフリをしていた。だって口に出してしまったら、たずねてしまったら、それが本当になってしまいそうな気がしていたから。

転機なんて、案外簡単に訪れる。それはつい最近、私にもあったことだ。だからこそ、誰かの一言で、小さなきっかけで道が変わることを知ってしまった。

知ってしまったから、言えなかった。

『遠いところって、どこなんですか?』

もし、もしそれで「そういう」答えが返ってきてしまったら。悩んで決めかねているところに、最後の一押しをしてしまったら。

(――私は、ずるい)

立花さんが「友達の話」としてしてくれたのが、立花さん自身のことだっていうのはわかっていた。そしてその内容が「隠し事をされたらどうする?」で、それはつまり立花さんが私に対して何か言えない、言いにくいことを抱えているということ。

(あれは多分、SOSだった)

言いにくいことを聞いてほしい。背中を押してほしい。そういう言葉だった。なのに私はそれを聞くのが怖くて、わざとわからないフリをしてしまった。ただ、嘘とかじゃない。隠し事をしなければいけない人のことは心配で、その気持ちは本当だ。

そして私が逃げたせいか、それ以降の立花さんは「普通なフリ」をするようになった。でもシールが斜めになったり、お客さまに(本人的には)冷たい対応をしてしまったりと、心が揺れているのは端(はた)から見ても明らかだった。

それを、放っておいてしまった。

(――友達の、することじゃない)

喉の奥に、熱いものがこみ上げてきそうになる。それをぐっと飲み下して、目をしばたたかせた。ここはお店で、私はこれからお客さまの前に出るのだから。

そんな私を見て、桜井さんが心配そうな表情を浮かべる。

「なんか、あった？」

「ある――ような。いえ、あります。私が、ちゃんと聞かなかったんです」

「ん？　それってどういうこと？」

そう聞かれて、私はその「ちょっと、遠いところに行くんだ」という発言を伝えた。すると桜井さんは「えー!?」と勢いよく声を上げる。

「なにそのかまってちゃんな発言！」

「かまってちゃん……」

「だってそうでしょ。ツッコミ待ちっていうか、梅本さんに『どうしたんですか？』って聞いてもらいたい感じがめちゃくちゃするんだけど」

やっぱり。それを聞いてさらに私は確信した。立花さんは、聞いて欲しかったんだ。

そしてその瞬間、熱いものが飲み下せない大きさに膨れ上がる。必死に抑えようとしても、涙が目尻に滲(にじ)んでしまう。

「ええ？　どした!?　ちゃんと言って？　何があっても私がなんとかするから！」

慌てた桜井さんが、少女漫画のヒーローみたいな台詞を口にする。

「桜井さん、カッコ良すぎますよ」

少し笑うことができたおかげで、こみ上げてきたものが落ち着く。私はポケットからティッシュを出すと、目を軽く押さえた。

「──私、その『かまって』なサインを無視してしまったんです」

「うん」

「で、たぶんですけど。立花さんはずっとそのサインを出してたような」

ほら、シールとか。そう言うと桜井さんは「ああ〜!」とうなずく。

「でも私、それを聞くのが怖くて」

「うん」

「だから──」

目元を強く拭こうとして、その手を桜井さんに止められる。

「こすったら、腫れちゃうから」

もう、本当にヒーローっぽい。ていうか、最強彼氏?

ありがとうございます。そう言って私はもう一度目を押さえる。

「あのさ、乙女の真意はわからないけど、梅本さんが責任を感じる必要は一ミリもないと思うよ」

「そう、でしょうか……」

「あったりまえじゃん。あっちのが社会経験長いんだし、悩みを梅本さんに察してもらおうなんて、甘えが過ぎるでしょ」

つか『遠いところ』ってなんだよ。乙女かよ。あ、乙女か。ぶつぶつと文句を言う桜井さんを見ていると、また少し気持ちが楽になる。

「売り場の乙女は尊敬してるけど、心のバックヤードがぐだぐだっていうかさ。特に梅本さんに対しては――」

「私？」

思わず聞き返すと、桜井さんははっとしたように文句のトーンを落とす。

「いや。なんていうか――その、トモダチなんだよね？」

「はい」

「にしてもさ、親しき中にも礼儀ありっていうか、うん」

なんだろう。さっきまでとは打って変わって、煮え切らない感じ。

「まあ要するに、私なき後が心配なんだよ」

心配してくれるのはありがたい。でも最強彼氏から一転、時代劇の武将っぽく聞こえてしまうのはなぜだろう。

「休むのは、乙女が一日早いけど、戻るのは同じ日だね」

シフト表をにらみつけながら、桜井さんが言った。立花さんは今日からお休みで、四日間。私は明日から三日間だ。

「あ、はい」

「帰ってきたら、シメようか」

「え？」

「いや私もさ。立つ鳥跡を濁さずっていうか、遺恨を残すのもあれだから」

だから、どうして武将っぽいのか。

「いいですよ、そんな」

私が言うと、桜井さんはふと動きを止めた。

「あ――そうか。そうだね。もう、私が出ない方がいいか」

「え？」

「これからは梅本さんが一人でやってかなきゃいけないわけだからさ。とりあえず今回はまだギリ私もいるし、出張が終わったら失敗してもいいからぶつかってみたら？」

一人でやっていく。その言葉が、心に重くのしかかった。椿店長がいなくなり、今度は桜井さんがお店を去る。アルバイト一年生だった私を優しく守りながら育ててくれた人たち。椿店長とは同じ会社になったわけだし、桜井さんとはＬＩＮＥだけじゃなくて住所まで交換したから会おうと思えばいつでも会える。だから寂しがることなんてないはずなんだけど。でも、それでも。

「え、なに？　ちょっと厳しかった？」

もう一度涙が滲んでしまった私を見て、桜井さんが慌てる。

「違うんです。そっちじゃなくて、桜井さんとのことで」

「私？」

「はい。寂しいっていうか――お名残惜しゅうございます、みたいな気持ちで」

「なにそれ。時代劇？」

はい。ちょっと真似てみました。

＊

立花さんのことも悩ましいけど、それよりも先に考えなきゃいけないことがある。

初めての出張に、何を着て何を持って行けばいいのか。

お風呂に行く直前のお兄ちゃんをつかまえて聞いてみる。

「え？　出張？　仕事の資料以外の持ち物なんて、替えの下着兼パジャマのTシャツとパンツと靴下。以上だな」

「ああ――ありがと」

お礼を言いながらも、表情が立花さんの能面みたいになってしまう。そもそも、出張の荷物についてお兄ちゃんに聞くべきじゃなかった。ていうか男性と女性じゃ持ち物が違いすぎてたぶん聞いても意味がない。

とりあえず自分の部屋に戻ると、タイミングよく椿店長から詳しい情報がメールで届いた。さっそく開いて、内容を確認する。

（ええと、移動中の服装は自由。式典に出席するので、そのときだけはスーツかジャケットに白いシャツ、それに黒か紺のボトムス。パンツも可）

よかった。スーツなら、ちょうど数日前に就職祝いでお母さんが買ってくれたものがある。もちろん私の場合、サイズが豊富なスーツ系の量販店で買ったものだ。あ、でもスーツっぽい服だと靴がスニーカーじゃダメかな。靴をもう一足持っていくのも荷物が多そうだし、売り場で履いている黒のローファーで行けばいいのかも。で、移動中はそのローファーに合わせた服にしよう。ゆったり系のワイドパンツなら、動きやすいかな。あああ、でもトップスはどうしよう。上にはスプリングコートを羽織ればいいとして、中は？　いつも友達と遊びに行くような服しかないんだけど、とりあえず襟のついたものならＯＫ？

（……ちょっと落ち着こう）

私服に指定がないということは、たぶん何を着てもいいということ。私はそこまで派手な服も持っていないし、ひどくだらしないとかじゃなければ大丈夫だろう。

ちなみに日程は二泊三日で、行き先は和歌山。一泊目は海南という場所で、二泊目は白浜という場所らしい。和歌山といえばみかんのイメージがあるせいか、なんとなくほのぼのとした気分になる。地名にも海とか南とか浜とついているし、リゾート感が高まる。それにこの間から南の方に行きたい気分もあったので、ちょっと嬉しい。

「……温泉とかないかなあ」

思わずつぶやいてしまう。

（いやいや、メインはお仕事ですから！）

私は両手で頰をぺちぺちと叩く。気を抜くと、すぐ「椿店長と楽しい旅行！」みたいな気分になってしまう。だって椿店長と会うのも久しぶりだし、お店以外の場所に一緒に行くなんて初めてだし、もう楽しくならない理由がないのだ。

現場で何をするかはまだよくわからないけど、椿店長の指示に従って頑張ろう。みつ屋が参加するイベントとしか聞いていなかったけど、和菓子の品評会みたいなものでもあるんだろうか。そんなことを考えながら、出張の流れが書かれた部分を読む。

一日目はほぼ移動。まずは東京駅から新幹線に乗って新大阪へ。そこでお昼を食べてから在来線の特急に乗り換えて海南着。早い時間に着くけど、打ち合わせとかあるのかもしれない。そして翌日がメインイベント。朝一番からお手伝いに入る。

（で、どんなイベントなんだろう）

画面をスクロールすると、そこには意外な単語が並んでいた。

「――神社？」

その正式名称は橘本神社。海南にある神社らしい。そこで行われる『全国銘菓奉献祭』、別名を『菓子祭』という行事にみつ屋が参加するのだという。

「菓子祭……」

わあ、なんだかすごく楽しそう。お店がたくさん出て、食べ歩きとかできるんだろうか。そんなことを考えながら神社の名前で検索をかけると、すごく真面目なサイトが出てきた。

（――なんか、ごめんなさい……）

イベントっていう言い方よりもっとずっと真面目な雰囲気がする。たぶんこれは、お店とか出ないタイプのきちんとした行事だ。そしてその神社が祀っている人物の名前を見て、私はふと首をかしげる。どこかで、聞いたような。

橘本神社に祀られている人物の名前は田道間守命。彼は垂仁天皇の時代、天皇のために不老不死の秘薬であるとされる『非時香菓』を見つけに中国へ渡ったけれど、それをようやく持ち帰った頃には天皇は亡くなられていた。彼はそのことに衝撃を受け、あまりの悲しみに自身も亡くなってしまった。そしてそんな彼の持ち帰った種から生えた木を「たぢまもりの花」「たぢの花」「たちばな」と呼んだ。

(橘――!)

ここまで読んで、私はようやく思い出した。そうだ。これは和菓子が仏教だけのものではないという話をしていたとき、立花さんが教えてくれたことだ。橘はみかんのご先祖さまで、果物が水菓子と呼ばれたことから橘本神社はお菓子の神様がいる神社とされた。そして田道間守命が持ち帰った種から生えた橘のうちの六本が、この橘本神社にあるのだという。

(すごい)

そこに行くことができるんだ。そう思うと、どきどきしてきた。

だってだって、会いに行くんだ。神様に。

それもお菓子の神様に。

荷造りをしていて、また一つ疑問が浮かび上がってきた。そういえば私は、ビジネスホテルに泊まったことがない。

(家族旅行も、サチやよりちゃんとの旅行も、ホテルか旅館か民宿――)

ビジネスっていうくらいだから、きっとシンプルで狭い感じなんだろうな。パジャマはあるのかな。ドライヤーは?

そう思って、今度は椿店長のメールに添付された宿泊場所のＵＲＬをクリックする。

「ん?」

おかしい。クリックする場所を間違ったかな。もう一度。また同じサイトが出てきた。

(何これ……?)

そこに映し出されているのは、まるでどこかヨーロッパのリゾートみたいなお洒落な建物。しかもホテルのすぐ近くは海で、そこにこれまた外国みたいな雰囲気でヨットが並んでいる。

(いやいやいや)

まさか会社の出張で、しかも新入社員を連れてこんな宿に泊まるはずがない。これは後で椿店長に確認しないと。そう思いつつ、次の宿のＵＲＬをクリックする。すると今度は落ち着いた旅館のサイトが出てきて納得した。出張には豪勢かもしれないけど、旅館のサイトには銘菓の名前も載っているし、みつ屋と近い感じもする。

けれど何より嬉しかったのは、二軒目の旅館に「温泉」の文字があったこと。

(温泉、行けるんだ!)

旅程と宿の情報をリビングにあるプリンターに飛ばして、印刷したものをお母さんたちのところへ持っていく。するとお母さんが私と同じことを言った。

「あら。温泉、行けるのね!」

それを聞いたお父さんが紙を覗きこむ。

「出張にしては豪勢だなあ。一泊目なんてリゾートホテルじゃないか」

「やっぱりそう思う?」

するとお風呂から出たてのお兄ちゃんが、自分のスマホを見ながら言った。

「でもこの海南って、他にあんまり宿がないな。だとしたら関係者が皆そこに泊まるってことになってるんじゃないか?」

「あ、そういうことかあ」

私は少しほっとしてうなずく。

「それにしても神社の奉納のお手伝いって、楽しそうね」

だよね。私がお母さんの言葉にうなずくと、お父さんが「でもな」とつけ加える。

「どんなに楽しそうでも、上司の人が優しくても、これは仕事なんだってことを忘れないようにしないとな」

「うん、わかってるよ」

「にしても杏子が出張なんて、イメージわかないなあ」

自分でも思っていることをお兄ちゃんに言われて、私はちょっと頰をふくらませた。

「わかなくても、社員なんですから」

「はいはい」

そう言いながらお兄ちゃんはビールのタブをぷしゅっと開けた。

旅行、じゃなくて出張の前日は藤代店長と桜井さんにそれぞれ申し送りをした。

「気をつけて行ってきてください」

「お店のことは気にしないで、楽しんで勉強してくるんだよ！」

二人にそう言ってもらって、勇気百倍。とまではいかないけど、お手伝いする気持ちだけは満杯にして私は新幹線を待つホームに立った。空は少し曇っていたけど、関西の予報は晴れだったからよしとしよう。

＊

椿店長とは、新幹線の席で待ち合わせ。そういうやり方も大人、というか「社会人！」って感じがして嬉しい。でも、予約された時間に号車の列に並んでいても、椿店長の姿が見えない。

（あれ？　この新幹線って東京が始発じゃなかったっけ？　なのにこの列にいないっておかしくない？）

もしかして私、時間とかホームを間違えたんだろうか。慌ててチケットを確認すると、合っている。だとしたら、椿店長が遅刻――？

（どうしよう、会えなかったら）

四月の一週目。朝はまだ寒さを残している。私はスプリングコートの前をきゅっと合わせた。

少し不安になった私の前に、新幹線が滑り込んでくる。ホームドアがゆっくりと開く。そして本体のドアが開く。乗ってしまっていいんだろうか。列が動き出し、前の人が歩き出した。足がすくむ。そんなとき、後ろの方から声がした。

「梅本さん！」

振り返ると、そこには両手にビニール袋を提げた椿店長がいる。相変わらずすらりとしたスタイル。前を開けたままのトレンチコートがとても似合っている。の、だけど——。

首元に巻かれた唐草模様のスカーフと、それに合わせたらしい和柄の大きなバッグがあまりに強烈で目が離せない。

（……なぜ、お城と錦鯉(にしきごい)）

とどめとばかりに桜の花びらまで舞ってるし。日本に観光に来た外国の人が、浅草(あさくさ)あたりで「うっかり」買ってしまいそうなデザイン。そんなことを考えた瞬間、確信する。椿店長はきっと、忍者装束のセットも持っているに違いない。

本人の素敵さと真逆の方向にふれたファッション。同じ列に並んでいる人々も、「えっ？」という表情を浮かべている。相変わらずだ。相変わらずすぎて、すごくほっとする。

「遅くなってごめんなさいね。先に席に座ってて」

椿店長は私に声をかけると、列の最後尾に並び直した。

安心して席に着くと、通路を歩いてきた椿店長が私に向かって片方のビニール袋を差し出す。なにやらあたたかい。

「はい。これ朝のおやつ」

「朝の、おやつ?」

なんだかわからないけど、ほかほかあたたかいものを渡されるのは嬉しい。

「ありがとうございます!」

「湯気でふにゃっとしちゃうから、さっそく開けてもらってもいいかしら」

「はい」

なんだろう。焼きたてのパンとかかな。うきうきしながら袋を開けると、なんだか和風な匂いがする。透明パックの中には、茶色のお団子のようなものが並んでいて。

「——たこやき?」

思わず口に出すと、荷物を棚に上げながら椿店長が微笑んだ。

「そうよ。朝から焼きたてを売ってたから、つい買っちゃった。半分こしない? 四粒ずつなら、お腹も一杯にならないでしょ」

「あ、はい——」

「車内だから匂いがしないよう、マヨポン味にしてみたわ。あと歯につくと困るだろうから、青のりも省いておいたの」

……そこまでの気遣いができるのに、なぜ。なぜこれから行く場所の名物を。

「あの」

「うん?」

「お昼、大阪で食べるんですよね」

私が言うと、椿店長はちょっと恥ずかしそうな表情を浮かべて笑った。

「気分が盛り上がるかな、って思って」

可愛い。それにたこ焼きはおいしそうだし、問題はないよね。そう思っていると、もう一つのビニール袋から椿店長はプラカップ入りの飲み物を取り出した。

「だからほら、こっちはミックスジュース」

「ああ――」

こてこて。あるいは天丼って言うんだっけ。重ねまくったお笑いのような波状攻撃に、私は降参した。だってほら、これって。

「すっごく、おいしそうです！」

＊

ケースの中で蒸されたたこ焼きはほにゃほにゃのふわふわ。そこにまろやかなマヨネーズとポン酢の酸味が加わって、もうこれは飲み物だ。

（カレーは飲み物、よりもっと飲める気がする――！）

あ、でもタコはいるよね。くにゃっとした歯ごたえを感じつつ、私は眼を細める。おいしい。

朝にお出汁のきいたたこ焼きって、お腹があたたかくなってすごくいい。

ちなみにミックスジュースは『ミックスジュース！』みたいなものではなくて、生ジュースのスタンドで買ってきたものだそうだ。

「バナナが入ったフルーツミックスなら、それらしいかと思ったのよね」

朝のおやつをおいしくいただいたあと、椿店長は「さて」と私に向き直る。

「梅本さん。今回は急なお願いにつきあってくれてありがとうございます」

いきなり頭を下げられて、私は慌てた。

「そんな。私こそ、社員になったばかりなのに誘っていただけて嬉しいです」

「前にも軽く話したけど、みつ屋は毎回、橘本神社の祭祀に参加しているの」

「はい」

「でね、その祭祀ってすごく有名なお菓子屋さんが全国から集まるのよ。で、集まる人は各社、挨拶役の重役とその写真を撮る広報の人、みたいな組み合わせが多かったんだけど」

まあ、言ったらおじさんとおじいちゃん率高めなのよね。椿店長の言い方に私はつい笑ってしまう。

「現場の人は忙しいっていうのもあるだろうけど、とにかく若い人が少ないの。その中でみつ屋は比較的新しい会社だから、参加する人の年齢が若めなのよ」

なるほど。確かにみつ屋は老舗というよりは今時の和菓子屋さんという感じがする。

「だからっていうわけじゃないけど、うちはその現場で作業的なお手伝いをすることが多いの」

「ああ、だから――」

アルバイトで慣れた私を誘ってくれたのか。それを聞いて私はようやくここ最近の謎が解けた気がした。

「メールには細かすぎて書かなかったけど、たとえば奉納品のお菓子を運んだり、会場の椅子を並べるお手伝いをしたり、内容自体は簡単なことよ。それに老舗のお店の皆さんも私たちだけを働かせているわけじゃなくて、他のスタッフを呼んだりしているから安心してね」

「そうなんですね」

「まあ、年配の役員さんが神主さんと顔見知りとか、横のつきあいで毎年出なきゃとか、同じ顔ぶれになってしまう理由もあるらしいんだけど」

やることの内容を教えてもらったおかげで、緊張がかなりやわらいだ。これは要するに、催事のお手伝いと同じ感じだろう。商品の搬入、設営、片付け。それならなんとかなりそうだ。

「みつ屋はさっきも言ったけど歴史の浅い会社だから、毎回行く人が決まってるわけじゃないらしいの。だから私も初めてなのよ」

「え？　そうなんですか？」

「いろいろな人に体験してもらいたいということで、むしろ毎回違う人が行くことになってるみたい」

ま、労働力として期待されてるから毎年若者を入れてるって話もあるけど。椿店長は小さく笑いながらミックスジュースのストローをつまんだ。

新大阪までは二時間半。朝の新幹線の車内は静かで、やはりビジネスっぽいスーツの人が目立っ。

「ところで、最近お店で何か面白い話はあった？」

そう聞かれて、瞬間的に立花さんのことを思い出す。そういえば今頃、立花さんはどこにいるんだろう。やっぱりお菓子のおいしい京都とかに行ってるんだろうか。あるいは転職先を探しに？

「梅本さん？」

椿店長が心配そうな表情を浮かべて私の方を見ている。

「あ、ごめんなさい。お腹がいっぱいで少し眠くなってました」

「だったら寝ましょうか」

優しい申し出だけど、ここで静かに考え込んでしまうと、また悲しい気持ちになってしまいそうで怖い。

「いえ。眠気覚ましに話させてください」

そこで私は、ケンタくんの「ごはんかお菓子か」という話をした。すると椿店長は「その着眼点はいいわね！」ととても喜んでくれた。

「実際、食事のお皿に載って出てくる甘いものって各国にあるものね。肉料理にフルーツのソテーが添えられてるとか、カレーにチャツネが添えてあるとか」

「チャツネ、ってどんなものでしたっけ」

「ペースト状の調味料みたいなものなんだけど、食べるたびに『あなた、もしかしてジャムなんじゃ――?』と思っちゃうのよね。まあこれは私が偶然甘い系のチャツネにばかり出会ってるせいだと思うけど」

甘い調味料かあ。そういえば、中華にもそういうものがあった気がする。

「あ、甜麺醬(テンメンジャン)もそうですね。私、ジャージャー麺を食べたときに甘くて驚きました」

「まさに甘味噌よね。北京ダックにも使われるけど、中国料理は甘みの使いわけがすごいわよね」

甘みの使い分け? 私が首をかしげると、椿店長が片手の指を折りながら言う。

「まず種類としては上白糖にグラニュー糖、黒砂糖、それから氷砂糖に水飴。あ、蜂蜜も入るわね。で、たとえば北京ダックなんかは生の状態のアヒルの表面に、水飴を塗って乾燥させるのよ」

「生の肉に、水飴ですか?」

「そうなのよ。それが乾燥すると、焼いたときに弾(はじ)けるような食感が出やすいんですって」

ほら、北京ダックってパリパリの皮が身上だから。そう言われて、私は驚いた。

「――世界は、まだまだ知らないことだらけですねえ」

私の言葉に、椿店長は微笑む。

「あ、でもそもそも私、ちゃんとした北京ダックを食べたことがないです」

「『ちゃんとした』?」

「はい。二百円で食べられる『なんちゃって北京ダック』なら食べたことはあるんですけど」

あれ、明らかに鶏皮でしたし、パリパリもしてませんでした。そうつぶやくと、椿店長は静かな車内で体を震わせる。

「もう、相変わらず梅本さんたら……！」

やっぱりあなたと来てよかったわ。こらえきれない笑いをもらしつつ、椿店長が言った。

＊

新幹線は何事もなく新大阪に着いた。お昼には早い時間だったけど、これからまた特急で一時間ちょっと移動しなければいけないので駅構内で食べていく予定になっている。

で、やっぱりというかなんというか。

「たこ焼きとお好み焼き、どっちがいいかしら？」

うきうきとこちらを振り返る椿店長に、私は「ソースと青のりは、避けた方がいいのでは……」と言ってみる。すると椿店長はあっさり「あ、そうだったわね」とうなずいてくれた。

「今日はそこまで人前に出ないけど、出張中はそういう心構えでいることは大切ね」

というわけで、大阪らしさもあって、かつ匂いがつきにくいものを探すことになった。

そして今、私の前にいるものは。

「いただきます！　あら、梅本さんどうしたの？」

「あ、いえ。ちょっと見とれてました」

目の前には、きつね色の衣に包まれてからりと揚がったお肉。よくトンカツ屋さんでみる光景だけど、そこに載っているのは、豚ではなく牛。

「ビフカツって初めてだったので」

カットされた間からは、綺麗なピンク色が見える。中心がほのかにレアで、これは豚だったら絶対にできないことだ。一切れとって、口に運ぶ。衣のさくっとした感触の後に、牛肉の旨味がじわじわと広がる。

(——おいしい!)

ソースはデミグラスソースで洋食っぽさもあるけど、ご飯にも合う。へええ、うんうん。こういう味なのかあと感心しながらぺろりと食べてしまった。

「そういえばデザートを忘れてたわ」

「え?」

「せっかく大阪に来たんだから、せめて名物の和菓子を食べないとね」

椿店長は立ち上がると、駅構内にある和菓子屋さんに向かった。そしてそこでみたらし団子を購入する。

「あとで電車の中で食べましょ」

ちょっと食べ過ぎでは。と思ったけれど、ショーケースの中を見て急に興味が湧いた。お団子の形が、変わっている。普通のお団子みたいに丸じゃなくて、円筒形。指くらいの太さの棒をちょんちょんと切ったような形のものが串に刺さっている。何も知らずに遠目で見たら、ネギだけの串ものだと思ってしまうかも。

「みたらしは焼き目が美味しいから、焼き目がつきやすいようにわざとこういう形にしたらしいわ」

「面白いですねえ！」

「じゃあこれを持って特急に乗り換えて、いよいよ海南ね」

「はい」

「私もここから先は初めてだから、楽しみだわ」


新幹線の駅構内を出て、在来線のホームへ。乗るのは特急くろしおという電車。白とブルーで、いかにも「これから海に行きます！」という雰囲気が可愛い。車内は二人がけの座席が左右にあるタイプで、新幹線の後に乗るとそれも可愛らしいサイズに感じた。

ただ、走り始めてしばらくはまったく海の感じはしなかった。それは当然といえば当然で、電車は新大阪から大阪という都会、さらにはその周辺のベッドタウンを走っていたからだ。

(東京から新横浜へ向かう感じに似てるかも)

あれは東海道線だっけ。家族旅行で箱根や熱海に行くときに見た景色と似ている気がする。そういえばあれも海へ向かう路線だ。

「そろそろ食べないと着いてしまうわね」

そう言いながら椿店長はみたらし団子を取り出した。細長いお団子をしげしげと眺めながらかぶりつくと、本当に香ばしい。焼き目は焦げる一歩手前の濃さで、ぎりぎりを攻めているのがプロの技という感じだ。

「これ――『K』と同じですね」

ちょっと甘苦い、カラメルのようなフレーバー。それがもっちりとしたお団子にとろりと絡んで、たまらない。

「ん？　どういうことかしら」

「『K』の焼き菓子って、焦げる一歩手前まで攻めて焼いてるんです。だから粉の香ばしさと焦がしバターの味が引き出されていて、すごくおいしくって。それと同じものを、このお団子からも感じます」

すると椿店長は「なるほど」とうなずく。

「焦げる一歩手前のおいしさは、洋の東西を問わないのね」

お団子を頬張りながら椿店長はにこにこと笑った。


耳慣れない駅名がいくつか過ぎ、郊外の景色と自然が増えてきたなと思ったら、もう和歌山駅。そしてその次が海南だ。

「結構早かったわね」

椿店長の言葉にうなずきながら、私は心の中で首をかしげる。窓の外は、全然海っぽくなかった。そして降り立った駅のホームからも、見えるのは市街地と少し遠くに山。海っぽさゼロだ。

そして、ほとんど人がいない。

「平日だから静かなんでしょうか」

「そうでしょうね。ホテルのあるマリーナも週末がメインでしょうし」

改札を出ると、地元の名産品を並べたマーケットスペースがあった。工芸品と並んで梅や柑橘類の加工品が目につく。そういえば和歌山の古い地名は紀州(きしゅう)。紀州といえば梅だ。

(朝ごはんとかで食べられるといいなあ)

そこの壁に、菓子祭のポスターが貼ってある。でもわりとこう——地味かも。だってお祭りは明日だよね？　なのにたくさん貼ってあるわけでもなく、大々的に宣伝はしていない。

やっぱり真面目なお祭りだからかな。


タクシー乗り場を見つけて、二人で乗り込む。

「十五分くらいで着きますよ」

運転手さんの言葉にうなずきながら、私は窓の外の景色を眺める。最初は市街地だったけれど、幅の広い川が見えてからは風景が変わった。海の匂いがする。

大きな橋を渡ると、その川が海へと注いでいるのがわかった。

「こちらですね」

ドアが開いて、椿店長が精算している間に私は外に出る。そして混乱した。いや、ホテルはある。あるんだけど、そのすぐ近くの駐車場の向こうに、予想外のものが見える。

「椿店長、あれって……」

車から出てきた椿店長にたずねると、「ああ」とうなずく。

「遊園地ね」


遊園地。の中、というか真隣に立っているホテル。レジャー感百パーセント。出張感はゼロ。

でもお兄ちゃんはこの近くに他にあまり宿はないと言ってたし。

「――このホテルに、関係者が集まってるんですよね？」

「え？　集まってないわよ。まあ、いるかもしれないけど」

ほとんどの人は大阪か和歌山に泊まるんじゃないかしら。そう言われて、私は混乱する。確かに特急の停車駅の一つ前は和歌山駅で、県庁所在地だしそこそこ大きな街で、つまりはホテルもたくさんあるはず。

「あの、じゃあなんで私たちはここに」

そうたずねると、椿店長は唐草模様のスカーフを海風になびかせながら微笑んだ。

「なんでって、楽しそうだったから」

「楽しそう――」

「橘本神社に最寄りだから、会社的には不自然じゃないし、なのに遊園地の敷地内にあるなんて楽しそうじゃない？　ついでに温泉施設もあるみたいだし」

「え？」

ここにも温泉が？　つい嬉しくなって私も笑顔になってしまう。

「明日は朝から働くことだし、今日は少し休んだら温泉でゆっくりしましょう。あ、もちろん元気なら遊園地に行ってもいいわよ？」

「いいえ、それはさすがに」

元気の無駄遣いな気がします。そう言うと、椿店長はふふふと笑った。


ホテルの名前は和歌山マリーナシティホテル。黄色い壁が青い海に映えていて、なんかもうここは南フランス？　みたいな風景が広がっている。そして中に入ったら入ったで、白い壁と大きな窓の向こうにはプールや芝生（しばふ）のガーデンが広がっていて。

（ここは——どこ？）

美しすぎて、ちょっと身の置き所がないくらいだ。

椿店長がチェックインの手続きをしてくれて、部屋の鍵を渡される。

「本当は違うフロアの方が気が休まるかもしれないんだけど、初めての出張だから一応隣同士にしておいたわ。気になるようなら言ってね。変えてもらえるから」

「全然気になりません！」

逆にフロアが違っていたら不安だったと思う。

「じゃ、夕方まで少し休憩ね。温泉のあとに夕食を食べるなら、六時くらいに出ればいいかしら」

今は三時半すぎ。二時間ちょっと休めるなんて嬉しい。

「なにかあったらいつでも電話かLINEしてね」

「はい」

「それじゃ、六時に廊下に出るってことで」

椿店長はそう言うと、自分の部屋に入った。そして私も、おそるおそる渡された鍵で開けてみる。

(――え?)

この出張に出てから何度目の「え?」だろう。だってだって、お部屋が広すぎる。ベッドが二つある。

(えええええ?)

何気なくお風呂のドアを開けたら、いきなり海が見えた。真っ白なバスタブと大きな窓。なにこれカンヌの映画祭とかに出てくるホテルみたいなんですけど?

(ていうかこのお風呂があるのに温泉って……)

どっちも魅力的だけど、このバスタブだけで十分な気もする。思わず部屋の写真を撮りまくって、家族のLINEグループに投稿してしまう。するとすぐにお兄ちゃんから返信があった。

『慌てるな。リゾートホテルにはシングルルームが存在しないことが多い。だからツインルームなんだろ』

あ、そっか。お仕事目的の場所じゃないもんね。

『ついでに言うと、そのバスタブはいい製品だから入っといた方がいいぞ』

建築業界にいる人らしい意見にちょっと笑う。私は『ありがとう・OK！』のスタンプを送った。

さて二時間ちょっと、何をしよう。

遊園地ってほどじゃないけど、ずっと部屋にいるほど疲れてもいない。だったらこれはもう、するしかないでしょう。探検を。

荷物を軽く解いてから、私は部屋を出た。廊下の壁も白くて、本当にヨーロッパみたい。フロントの近くから芝生の庭に出て、改めてこのホテルのサイトを開いてみた。すると私の部屋が安くはないことがわかった。なぜなら、一番低い価格帯の部屋はユニットバスで、あんな豪勢なバスタブがなかったからだ。

（そのお部屋が偶然埋まってた、とは考えにくい――）

そのことをＬＩＮＥに投稿すると、お兄ちゃんから『じゃあそれは、杏子の上司の人がそこに泊まりたかっただけじゃないのか？』と返ってきた。

『たまにいるよ。予算内のホテルじゃなくて、せっかく現地にいいホテルがあるなら差額を自腹で払っても泊まりたいって人』

そうなんだ。でも、だとしたら私の分まで払ってくれているということだろうか。

『まあ、そこは杏子が気にすることないんじゃね』

そう言われても、ちょっとは気になるよ。駅もそうだけど、このホテルもそこまで人は多くなかった。なら、これは初めての出張を楽しませてあげようという椿店長の優しさなのかもしれない。

そんなことを考えながら庭を歩いていたら、小さな橋がかかっていた。ここにも海へ続く川がある。

（綺麗だな）

橋のたもとで海と空を眺めていたら、対岸を歩く人の姿が見えた。若い男性っぽいけど、西日がまぶしくてぼんやりとしか見えない。すらりと背が高いことはわかる。そして歩き方が、妙に綺麗だ。背筋が伸びていて、ゆっくりと歩いているのに芯がぶれない。

（そういえば）

考えないようにしていたことが頭に浮かびかけたけど、深く考える前に対岸の人は屋内に入ってしまった。

部屋に戻って一息ついていると、突然地響きのような音が聞こえてきた。

うおおおお。

私はびくりと体をすくませる。

（なに？　津波警報とか？）

でも体に感じるような地震はなかったと思うし、じゃあ火災とか？

理由がわからなかったので、とりあえず部屋のキーとスマホを持って廊下に出てみる。他に人はいない。

(まさか、逃げ遅れた?)

いや、その場合は椿店長が連絡をくれるはず。そう思って手に持ったスマホを見ても、何の着信もない。当然、警報の通知もなし。

廊下に窓があったので下の庭を見てみたら、人が普通に散歩している。ということは、多分大丈夫。

(なんだったんだろう)

疑問に思いながら部屋に戻ろうとしたところで、もう一度音が聞こえた。

(ん?)

音っていうより声? そしてその音は、廊下にいるとそこまで大きくは聞こえない。

(ということは——)

もしかして。私は部屋に戻ると、壁の近くに寄ってみた。

ぬおおおお。

(やっぱり)

この音は、椿店長の部屋から聞こえている。

そして私は思い出す。椿店長の、趣味と癖を。

異音の発生からしばらくして、椿店長から連絡があった。散歩がてら件の温泉施設に行き、ついでに夕食もそこで食べようという提案だ。タオルは借りられるとのことなので、私はビニールバッグにシャンプーや着替えなどを用意する。

「よく休めた？」

廊下に出てきた椿店長は、温泉用にリラックスウエアに着替えていた。スタイルがいいのでジャージ系の服でもおしゃれに見える――はずなのだが。またしても柄が。

（なぜ、全身水玉――）

この場合、上下セットで売っていたんだから服としては正解なはずだ。でもその水玉が大きいため、かなりインパクトがある。そしてそこへ持ってきての、鯉の滝登りバッグ。

（うん――）

今朝会ったときからそうだったけど、椿店長はちっとも変わらない。だからつい聞いてしまう。

「あの、さっき株式情報で何かあったんですか？」

「え？　やだ、聞こえてた？」

椿店長は恥ずかしそうに片手を頬に当てた。

「はい。でも廊下にはあんまり聞こえてませんでした」

「よかった。実は四月だからって家電系の銘柄を狙っていたら、半導体の方が伸びていたのよ。新生活で家電を買う人も多いけど、学校や会社でパソコンやスマホみたいな電子機器を買う人も多かったのね。それで自分の読み間違えが悔しくって、つい」

つい、雄叫びを。

そう。忘れかけていたけど、椿店長は株を趣味にしている。本人いわく、たまに興味のある銘柄を少額で売り買いしているだけとのことだけど、それにしては株の上下に感情が翻弄されまくっている。とはいえ、それを売り場に持ち越さないので問題はないのだけど。

外に出ると、いつの間にか夕焼けが始まっている。

ホテルの敷地を出て、椿店長と二人で大きな道路沿いを歩いた。潮の匂いがする風が吹いている。海がすぐ近くにあるはずなのに、ここから見えるのはアスファルトの道路と遊園地のヨーロッパ風な建物だけ。それがなんとも不思議だ。このあたりに来る人は基本的に車移動なのか、歩いている人は私たち以外にほとんどいない。そして遊園地も早々に閉じてしまっているため、風景がどこかがらんとしている。

「新生活といえば、梅本さんも新入社員ね」

歩きながら椿店長が言った。

「あ、そうでした」

新卒の時期とはちょっとずれているけど、確かに私もみつ屋の新入社員ではある。

「新しい生活はどう？　って聞いても変わらないかしら」

「そうですね。通う場所も一緒に働く人も、今はまだ変わらないので実感は薄いかもしれません」

今はまだ。口に出してから、その先の寂しさに気づいてしまう。

今はまだ、桜井さんがいる。立花さんもいる。でもこの先は——。

歩いていると、大きな橋に差しかかった。下を流れる川は、海に続いているんだろう。進む道のずっと先は薄暗くて見えないけど、たぶん海の手前で行き止まりになるはず。

「それにしても、藤代店長には感謝してもしきれないわ」

「え？」

急に藤代店長の名前が出て私は驚く。

「だって藤代店長は、私がずっと望んでいたけどできなかったことをしてくれたのよ」

「それって――」

椿店長の時になくて、今あるもの。それは例の椅子とテーブルだけど、もしかしたら椿店長もお店をゆったりとした場所にしたかったんだろうか。その話をすると、椿店長は笑って首を横に振った。

「違うわ。私にできなくて、藤代店長にはできたこと。それはね、梅本さんを正社員にすることよ」

「あ――」

そういえば、椿店長も前からその話はそれとなく伝えてくれていた。それは桜井さんもそうだ。でも、最終的に背中を押してくれたのは藤代店長で。

「すみません」

「ううん。梅本さんは悪くないんだから謝らないで。ただ私が、ちょっと嫉妬しちゃったのよ。私の方が梅本さんとおつきあいが長いのに！　って」

ふふふと笑いながら、椿店長は言った。

「だからね、この出張はちょっとだけ私の意趣返しなの。梅本さんを独り占めできるでしょう?」

なんだろう。褒められて嬉しいんだけど、ちょっと照れくさい。だって私、そんないいものでもないですから。

「あ、あれね」

椿店長の声に顔を上げると、温泉施設の看板が見えた。喋りながら歩いていたら、あっという間に到着だ。本当に近い。

「『紀州黒潮温泉』ですって」

外見は、なんだか普通の綺麗なビル。でも中に入ってみたら、入り口にお土産コーナーがあるし、和歌山県産のみかんジュースが冷えてるし、もう思いっきり観光地で温泉だった。そして人もそこそこいる。

ホテルの宿泊に温泉のチケットがついていたから、受付でそれを出してロッカーのキーを受け取る。

「温泉なんて、久しぶりだわ」

「私もです!」

ロッカールームでバスタオルと手ぬぐいを借りて、割り振られた番号のロッカーに向かった。

そこまで混んでいないおかげか、椿店長と私はほどよく離れた場所になっている。椿店長はちらりと時計を見ると、「じゃあ四十分くらいを目安にしましょうか」と言う。

「え？」

「お風呂って自分のペースがあるでしょう？　だから好きなように入った方がいいかなと思って」

あ、もちろん一緒に入るなら入るでそれは大歓迎よ？　椿店長の気づかいに、私は感動した。だって、実はちょっと気が引けていたのだ。こんな素敵な椿店長の隣に、よりにもよって裸で並ぶなんて。

私がうなずくと「じゃあ、適当な感じで入りましょう」と言って椿店長は笑った。


温泉。ああ温泉。

服を脱いで洗い場に行くまでは恥ずかしかったけど、洗い場の先に大きなガラス戸があって、そこに『露天』の文字が見えた瞬間、恥ずかしさよりも嬉しさが勝ってしまった。

（そっか、階段上ったのってこのためかあ！）

うきうきしながら体や髪を洗い、手ぬぐいで前を隠しながらガラス戸を開けた。するとそこには、石造りの小さな池のようなお風呂があった。先に何人か入っていたので、邪魔にならない位置からそっと入る。熱すぎず、じわっとあったかい。

（うわあ――……！）

気持ちいい。家のお風呂とは違って、足が伸ばせて、手も伸ばせる。身体中があったかいお湯に包まれて、ほわほわとした気分になる。そして頬には海風。目を外に向けると、ピンクと紫に染まった海が見える。

(綺麗すぎない――?)

なんだか、今ここにいるのが嘘のような気分だ。一度目を閉じて次に開けたら、自分の部屋で目が覚めたりして。

そういえば椿店長はどうしているんだろう。辺りを見回すと、なんとガラス戸の向こうにある水風呂にどっぷりと浸かっていた。豪快。

私はくすりと笑うと、海を見ながら大きく深呼吸をした。

温泉を出た後は一階にあるレストランで和歌山名物の梅干しが入った麺を食べ、さらにはみかんソフトまで食べてしまった。昼から色々食べすぎてる感じがするけど、旅先だし歩いてるからよしとしよう。

「明日なんだけど、朝ごはんは一緒に行くのとそれぞれ自由にするのとどっちがいいかしら?」

食後のお茶を飲みながら椿店長が言った。ここでも気づかってくれて、本当にありがたい。でもこればかりは力強く言ってしまう。

「――一緒がいいです!」

ビュッフェ形式と書いてあったから、本当は一人でも大丈夫かもしれない。でもやっぱり、初めてのところでのご飯は誰かと一緒に食べたい。

（こういうとき大人の人同士だったら、さくっと「じゃあチェックアウトの時に」とか言うんだろうな）

でもまだまだビビリな私は、ためらってしまう。なんかもう、ホントに子供だ。

ただ、椿店長が「よかった。私も一緒に食べたいと思ってたの」と言ってくれたのでちょっと嬉しかった。

*

結論から言うと、一緒に行ってよかった。なぜなら食品フロアで働く者として、面白いことが多かったから。

「梅本さん、これ見て！」

ビュッフェ会場でトレーを手にしたところで、椿店長に控えめな声で呼ばれる。行くと、そこには色々な種類の梅干しがずらりと並んでいた。

「これが全部、紀州南高梅（なんこううめ）ですって」

「わあ、すごい！」

昨日の麺に入っていた梅干しもおいしかったけど、こっちのも全部おいしそう。甘めのはちみつ漬けから紫蘇（しそ）漬け、減塩タイプに昔ながらのしょっぱいものまで、どれを取ろうか悩んでしまう。

「梅干しといったらご飯ですよね」

それをよそいながら楽しく悩もう。なんて考えていたら、ご飯の近くにすごいものを発見してしまった。

「椿店長！」

こんどは私が小さな声で呼んでしまう。

「どうしたの？」

「これ、すごいです」

そこにあったのは、複数のお醬油の瓶。和歌山県の湯浅というところは醬油発祥の地だということで、様々な会社のお醬油が並んでいる。

「醬油発祥の地で、梅干しが名産で、しかも見て、釜揚げしらすも名産ですって。どれだけご飯のお供が豊富な土地なのかしら」

「本当ですよね」

しかも海鮮コーナーにはたくさんのお刺身も並んでいて、解説を読むと和歌山県沖では黒潮の影響でマグロが獲れるのだという。

「『なのでこちらでは冷凍ではない、生のマグロをお楽しみいただけます』――」

思わず読み上げると、隣で同じように覗き込んでいたおじいさんがにこりと笑った。

「朝から生マグロが食べられるなんて贅沢だよね」

「そうですよね」

にこにことうなずき合っていると、一度離れた椿店長がお皿の載りまくったトレーを持って戻ってくる。

「梅本さん大変！　梅で育った鶏の卵と、卵かけご飯用のお醤油もあるんですって」

「えー！」

それはもうぜひとも試したい。しらすとお醤油のご飯も食べたいし、もうご飯を何杯食べればいいのやら。

（――和歌山、恐ろしい子！）

ちなみにその後私たちは、醤油ベースの和歌山ラーメンまで発見してしまい、お腹がさらに膨れることになった。そしてそれをさっぱりさせようと飲んだ梅シロップと有田（ありだ）みかんのジュースが最高においしくて、つまりは――。

お腹いっぱい。

ああ。お菓子の神様がいる土地は、なんて豊かなんだろう。


出発の時間は八時半。でも朝ごはんを早めにしたので、まだ四十分くらい時間があった。なので私は腹ごなしにと、お兄ちゃんおすすめのバスタブに浸かってみることにした。とはいえ髪や体は昨日の温泉で洗っているから、ただざっと浸かるだけ。

真っ白で広くて、真横に大きな窓がついていて、でもその向こうは海だから誰かに見られる心配もなくて。

（――最高！）

五分で出ようと思っていたけど、ついゆったりしてしまう。窓から見えるのは海と、その手前の芝生の庭。ぼんやり眺めていると、そこを歩く人がいた。

（あれ）

この人、昨日見た人かもしれない。なんとなくそう思ったのは、その人の背筋がすっと伸びていたから。そして歩き方が、どことなく優雅だったから。

（でも、なんだか――）

よく見ると、その人は少しだけうつむいている。歩きながら、手をたまに目のところに当てたりもしている。

（泣いてる？）

降りていって、なぐさめてあげたい。そんなことを思ったけど、もしかしたらこれは私の勝手な思い込みかもしれない。ただ日差しがまぶしいとか、コンタクトレンズが痛いとか、そんな理由の方がありがちなわけで。

（ただ――）

この人が妙に目についてしまうのは、似ているからだ。

一人で歩きながら、静かに涙をこぼしていそうなあのひとに。

＊

ホテルをチェックアウトして、タクシーに乗り込む。幸運なことに、今日は快晴。この青空の下なら、きっと素敵なお祭りになるだろう。

「橘本神社までお願いします」

椿店長が告げると、運転手さんが「え？　どこですか？」と首をかしげる。

「あの、今日お祭りがあるという橘本神社なんですけど」

戸惑いながら椿店長がスマホの画面を見せると、運転手さんはしばらく考えてから「あ、あそこか」とうなずいた。

「すいませんね。めったに行かない場所だから」

「そうなんですか」

言われてみれば、駅の菓子祭のポスターも目立たなかったし、ここからアクセスする人は少ないのかもしれない。

タクシーは海南駅の方向に進み、そこから山のある方に曲がった。そして高速道路に乗り、五分。景色があっという間に山の中になった。

（左右全部、みどりだ）

さっきまで海の近くにいたのに、なんだか不思議。そして海沿いにはなかったから気がつかなかったけど、山のあちこちにぽつぽつと桜が咲いている。

高速道路はすごく立派で、でもあとは全部自然。そんな中を、車はぐんぐん進んでいく。なんとなく、ＳＦの世界に入り込んでしまったような気分。

（本当に、この先に神社があるのかな）

運転手さんを疑うわけじゃないけど、あまりにも周囲に建物がない。ていうか、山しかない。

「なんだか不思議な気分ね」

椿店長の言葉に、私はうなずく。

「このあたりはねえ、ちょうど山に挟まれた集落と集落の境目なんですよ。だから何もなくて。別ルートで加茂郷（かもごう）って駅から来れば、もうちょっと色々あるんですけど」

「そういう立地でしたか」

椿店長はスマホの地図を見ながらつぶやいた。

「でももうすぐ着きますよ」

運転手さんがハンドルを切って、高速道路から一般道へと降りる。すると一気に道が狭くなり、小さな川を渡った向こうに石垣のようなものが見えてきた。人の気配がする。

「ほら、ここです」

示された方向を見ると、石でできた鳥居と石段があった。

「ここが――」

椿店長が精算をしている間、私は周囲を見渡す。住宅はある。でもお店は一軒もない。人も歩いていない。つまり、お祭りっぽさがほとんど感じられない。

（本当に、今日？　本当に、ここ？）

　そう思うのは何度目だろう。でもタクシーから降りたとき、ちょうど道路の反対側からこちらにやってくる車が見えた。

「あ、道路が狭いから行きますね。帰りも必要だったらここに電話してください」

　運転手さんはそう言って、タクシーの電話番号が書いてあるカードを椿店長に渡した。

「じゃあ、行きましょうか。まずは宮司さんにご挨拶をしないと」

「はい」

　二十段もない石段を登ると、すぐに小さい踊り場のような場所に出た。左側には事務所のような近代的な建物があって、そこに『菓子祭』と書かれたのぼりが立てられている。

「ここがお祭りの後に直会（なおらい）をするところよ」

「なおらい――？」

「神社で神事を行った後に、お供えしたものを皆で分けて飲んだり食べたりすること。今風の言葉で言えば、イベント後の打ち上げって感じかしら」

「あ、そのお手伝いもするんですよね」

「そうそう」

　そこからさらに上に続く石段を登りはじめると、左右に『田道間守命』や『熊野坐大神（くまぬにますおおかみ）』と書かれたのぼりが現れた。今度はそこそこ長い石段を登りきると、ようやく神社の神殿が見えてくる。

「わあ――……！」

急勾配の上にあるせいか、青空を背にした神殿はとても綺麗に見えた。そこに大きな桜の木が、満開の花で色を添えている。

（『春』ってタイトルで描いた絵みたい）

その風景に見とれていると、椿店長に「梅本さん、これ」と呼ばれた。見ると、参道の脇に柵で囲まれた木があり、そこに『橘』と書かれている。

「これが橘の木！」

「私も実物を見たのは初めてよ」

みかんのご先祖様と聞いていたけど、私が知っているみかんの木より葉っぱがわさわさしていて背が高いような。思わずスマホを出して写真を撮ってしまう。だってこれが、お菓子の神様が持って帰ってきた木なんでしょう？　それってもはや神話の世界というか。

（すごい！）

じっくり見ていると椿店長が「御手水（おちょうず）で手と口を清めましょう」と声をかけてくれた。慌ててそちらへ向かうと、手水鉢の横に『所坂王子（ところざかおうじ）』と書かれた提灯（ちょうちん）が下がっている。

「ここは、田道間守命を祀っているんですよね」

だとするとこれは別名でしょうか。そうたずねると、椿店長が「ここは神社の統廃合によって、複数の神様が祀られてるそうよ」と教えてくれた。面白い。

さっそく手を清めようと手水鉢に目を移したところで、私は驚いた。手水鉢の縁に、石でできた細工が飾ってある。

「椿店長――これ」

「橘の実ね」

柄杓をかけるところは橘の葉で、その上にはころんと丸い実が載っていてなんとも可愛らしい。

「これ――写真に撮ってもいいでしょうか」

「大丈夫だと思うわよ」

できるだけ丁寧に手と口をゆすいで、私は「失礼します」と頭を下げつつ手水鉢の写真を撮った。だってこれ、可愛すぎる。こういうの、乙女が見たらさぞかし。

(――そうじゃなくて)

そうなんだけど、そうじゃない。というか、今はお仕事の時間だから。そう思いながらきゅっと顔を上げると、神殿の屋根が見えた。ん？　あそこにも何か丸いものが。

(ひとつは橘で、上がつんと尖ってるのは――桃？)

屋根の上に橘と桃の実が、ぽこぽこと載っている。うわあ、こっちも可愛い。私は再びスマホで撮影してしまう。

「じゃあご挨拶に行きましょうか」

「あ、はい」

椿店長の言葉にスマホをしまい、歩き出す。

「あ、ちょうど外に出ていらっしゃるわ」

椿店長が神殿の前の広場で立ち話をしている着物姿の男性に声をかける。

「ああ、みつ屋さんの方ですか。今年もお世話になります」

宮司さんは、眼鏡をかけた優しそうなおじさんだった。

「こちらこそよろしくお願いいたします。私は椿、こちらは梅本です」

「どうぞよろしくお願いします！」

深く頭を下げると、宮司さんは「いいお祭りにしましょうね」と笑ってくれた。そして宮司さんとお話ししていたスーツ姿の男性は関西の菓子組合から来た人で、毎年来ているからわからないことがあったら聞いてくださいと言ってくれた。

「じゃあまずは奥に荷物を置いて。あ、お財布などの貴重品だけはご自身で管理をお願いします」

あ、これ今日のスケジュール表です。渡された紙を見ると、お祭りの開始は十一時で終わるのは十三時。今は九時ちょうどだから、二時間で用意をしなければいけないということだ。

「直会のお料理とかお茶なんかはこちらの方が手配してくださってるんで、私たちは日よけと席の準備、それに奉納品のチェックが午前中の仕事です。十二時には餅投げがあるので、式典が終わったらすぐにその手伝いに入っていただけますか」

菓子組合の人の言葉に、私たちはうなずく。案内された和室に荷物を置いて、お財布とスマホの入ったポシェットをかけて用意はＯＫ。

「そしたらね、ここに届いてる箱を開けて、お菓子を三宝——あ、三宝っていうのはそこのお膳みたいな台のことね。そこに山になるように綺麗に盛り付けて、会社名の書いてある札を添えてどんどん並べていってください」

　菓子祭りは又の名を全国銘菓奉献祭、あるいは菓子奉納祭ともいう。つまりお菓子の神様にお菓子を奉納したいという会社が、参列する会社とは別に全国からここにお菓子を送ってきているわけだ。なので、その箱の数たるや。

「部屋、埋まってますね——」

　私の言葉に菓子組合の人がうなずく。

「そうなんですよ。これはもうね、宮司さんたちだけじゃ無理でしょ？　だから毎年、私たちがお手伝いしてるんです」

　あ、椅子とか日よけとかの力仕事は違うチームがやるんで、みつ屋さんはとにかくこれを開けてください。そう言われて、椿店長と私はうなずく。

「盛り付けた三宝は神殿の方にどんどん運んでください。箱入りとか日持ちのするお菓子はあとで学校や施設にお配りするんで、できるだけ最小限の開封で」

「はい！」

　そこからはもう、怒濤だった。お借りしたカッターで中を傷つけないように、でもできるだけ早く開けて、品物を出して盛りつけて、箱の送り状と札を照らし合わせて確認して、神殿へ運ぶ。

どんどん開けると、足元がすぐ箱と三宝で埋まってしまうから、どんどん潰してどんどん運ぶ。

それにしても、有名なお菓子屋さんから小さなところまで幅広い。送り主の住所も日本全国あちこちから来ているし、このお祭りは本当に有名なんだな。タクシーの運転手さんや私が知らなかっただけで、お菓子業界的には当たり前のことなんだろうか。

（——見えてる世界を、もう一枚めくった感じがする）

これは何かと何かが繋がったときの「ぱかん」とは違って、なんていうか静かな感じだ。薄いカーテンがめくれて、するりとその向こう側に入ったような。

（あの大学生のお客さまが言ってたのは、こういう感じだったのかな）

和風の『お約束』を知るたびに、もう一つの世界の扉が開かれる。その気持ちが、よくわかる気がする。

（私、お菓子の世界に入れたのかな）

はじっこだけど。でも、なんか嬉しい。この忙しさに入れてもらって、戦力としてもらえているのも楽しい。

「お疲れ様ですー」

「お手伝いに来ましたー」

途中から違うお菓子会社の人たちも加わって、みんなで作業。開けて開けて開けて、盛りつけて盛りつけて、たまに最初から山型にシーリングされているお菓子を見つけると、ありがたすぎてみんなで拝んだ。

（お中元とお歳暮、それに催事が全部一緒になった感じ――！）

色々な忙しさを経験しておいてよかった。私は手を動かしながら、忙しかった日のことを思い出す。桜井さんと二人で大量の段ボール箱にかかと落としを決めたこと。桐生さんの千手観音みたいな接客。椿店長の適材適所な人員配置。そして立花さんの、どんなに忙しくてもぴっと角の揃った包装。

（綺麗だったな）

のしつきの包装をするとき、指でしゅっと折り目をつける動き。包装紙を転がすようにして巻くときも、一つずつの動作が丁寧で。

（――じゃなくて）

今がマックスなんだってば！　自分にそう言い聞かせながら、手を動かす。でも単純作業の側面もあるので、すぐにまた色々なことを考えてしまう。

（それもこれも、ホテルにいたあの人のせいだ）

似ていたから、思い出してしまった。考えてしまう。

（助けて。お菓子の神様）

私にお菓子のことだけ考えさせて。

「すみません、そこのお嬢さん！」

誰かが声を上げた。すると椿店長が「梅本さん」と私を呼ぶ。

「はい、なんでしょう」

「なんでしょう、って呼ばれてるじゃない」

「え?」

「お嬢さん、なんて年齢の人はここじゃあなた一人よ」

神殿の方にはいらっしゃるけど。そう言われて、はっと顔を上げる。

「すみません! なんでしょう?」

「生っぽいのが出たから、これを先に神殿に持っていってくれるかな。それで一番前の見えやすい場所に並べておいてください」

「わかりました」

言いながら振り返った瞬間、私はフリーズした。

「生……ケーキ?」

声をかけてくれた方が示した三宝に載っていたのは、大きなみかん——じゃなくて橘を模した大きくてまんまるなケーキだった。しかも上に、ぴょんと葉っぱが挿さっている。冷蔵ではないからアイシングかマジパンで外側を覆っているのだと思うけど、すごく可愛い。可愛いけどサイズが大きすぎて、なんだか笑えてしまう。そしてそれは示している男性も同じようで。

「ケーキ、ですね」

くくく、と笑いを堪(こら)えている。

「巨大橘——」

私がつぶやくと、椿店長が「の逆襲」と言った。そして次の瞬間、和室にいた全員が笑い声をあげる。

「でかすぎでしょ」

「いやめでたいわ」

「もはやお笑い――不謹慎失礼！」

たぶん、忙しすぎて全員が変なテンションになっていた。げらげら笑いながら、それでも素早く作業を進めていく。

（そういえば、ここにいるのってみんなお菓子の関係者なんだな）

そう思うと、仲間って感じもする。私はケーキの載った三宝をそうっと持ち上げると、神殿に運んだ。

＊

一時間ぶりくらいに外に出たら、いきなり人が増えていた。

神殿前の広場にはパイプ椅子がずらりと並び、あちこちで談笑する人々。椿店長の言っていた通り、おじさんとおじいちゃん率が高めだ。若い人や女性も混じってはいるけど、そういう人は私と同じように働いているから目につきにくい。

広場の端には紅白の幕がぐるりと張ってあり、来たときとは打って変わって周囲は式典のムードにあふれていた。

「あ、おっきい！」

子供の声に振り返ると、そこには巫女さんっぽい着物姿の女の子がいた。小学校の高学年くらいだろうか。お花のついたかんざしがとてもよく似合っている。

「大きいよね。神様も、喜んでくれるんじゃないかなあ」

私が言うと、女の子はうなずいてくれた。その動きに連れてかんざしがしゃらんと揺れる。

「今日ね、舞をやるんだけど」

「うん」

「ちょっと緊張してたの。でもおっきいお菓子見たら元気出た！」

「よかった。きっとお菓子の神様も応援してくれてるよ」

女の子は「うん」と笑うと広場の方に歩いていった。私は神殿に入り、一番前の列に大きな橘のケーキを置く。

（私も緊張したー！）

ケーキを壊さずに運ぶことができて、ほっとする。急いで元の部屋に戻ると、箱はあらかた片付いてきていた。

「そろそろ時間だから、皆さん外に出ましょう」

その号令でみんな腰を上げ、それぞれ手を洗ったり身なりを整えたりしてから広場に出た。

「こちらにおかけください」

パイプ椅子の一番後ろの列に、椿店長と二人で座る。

「お席用意していただけるなんて思わなかったわ」

「ですよね」

そんな話をしているうちに定刻になり、神殿の前にしずしずと宮司さんが現れた。さっきのにこやかな雰囲気とは打って変わって、厳かな表情をされている。

境内はしんと静まりかえり、桜の花びらだけが音もなくひらひらと舞い落ちていく。

（――綺麗）

そして挨拶のあとに祝詞(のりと)が始まり、榊の葉に白い紙をつけた「玉串(たまぐし)」というものを神様に捧げる玉串奉奠(ほうてん)の儀が行われた。

「次は舞の奉納です」

アナウンスとともに雅楽のような音が流れ始め、さっきお喋りした女の子が出てくる。片手にしゃらんと鳴る鈴を持って、真剣な表情。がんばって、と思っていたけど彼女の静かでゆったりとした動きを見ていたら、いつの間にか舞の世界に引き込まれてしまった。

手に持った鈴につけられた、五色の布がひらりと舞う。青い空。

しゃん。

その音でまた惹きつけられて、翻(ひるがえ)る袖に目を奪われる。

しゃらん。

何かを指し示すように、こちら側に腕が伸ばされる。その先に何があるのか。目で追いながら何気なく後ろを振り返る。まさか。

ああ、神様。

＊

桜の花びらが舞う。紅白の幕が揺れる。その幕の前に立っている。乙女のように、両手を握り合わせたその人は。

幻かと思って、一回は前を向いた。そしてもう一度、そろりと振り向く。

目が合った。

間違いじゃない。スーツを着ているから普段とは印象が違うけど、この近距離で間違うはずなんてない。

（なんで？）

私は立ち上がりたい気持ちをぐっとこらえて、前を向いた。ちょうどそのタイミングで音楽が止み、奉納の舞が終わった。

「梅本さん、どうかした？」

そのタイミングで、椿店長が小さな声で聞いてくれる。

「あの――」

伝えるべきなのかどうなのか。混乱したまま私が口ごもりながら後ろを見ると、椿店長も同じように振り向いた。

「あら、立花くん！」

驚く椿店長を見て、立花さんはすっと頭を下げる。

それから地元の小学生が出てきて、田道間守命の歌を合唱で聞かせてくれる。こちらもすごく可愛くて素敵だったのだけど、私はどうにも集中できなかった。

「皆様、ありがとうございました。今年も良いお菓子で良い笑顔が溢れる一年になりますようお祈りいたします」

拍手とともに、式典が終わる。もう一度振り返ったら消えているんじゃないかと思ったけど、立花さんはまだそこにいた。

（なんて話しかける？　心配してたんだよ？　それとも、ただびっくりしたって言うだけにするべき？　ていうかそもそもなんで？）

ぐるぐる考えていると、「では、これより下の広場にて餅投げを行います」というアナウンスが流れる。ん？　餅投げ？　そういえば今日のスケジュール表にそんなことが書いてあったような。

（でも餅投げって、なんだっけ。本物のお餅を投げるの？）

すると椿店長をはじめ、周囲の人が一斉に立ち上がった。見ると、さっき部屋にいたメンバーだ。

「行くわよ、梅本さん」

「えっ？」

「餅投げこそ、人手がいるときじゃない。ほら立花さんも急いで！」

「え？　私は――」

戸惑う立花さんに、椿店長は「いいから早く！」と告げて早足で歩き出す。


下の広場に降りると、そこはいつの間にか人で溢れかえっていた。それもスーツ姿のおじさんやおじいちゃんじゃなくて、子供と普段着の人々。袋を手にスタンバイ状態の人もいて、午前中の人気（ひとけ）のなさが嘘のようにお祭り感が増している。

私たちは直会をする建物の二階に上がると、菓子協会の人の指示に従って『餅投げ用』と書かれた箱を開けはじめた。中には、小分けにされた袋菓子と一つずつパッケージされたお餅が入っている。

「もうね、とにかくここにあるのはじゃんじゃん開けて、ベランダにいる投げ手の人に渡して！」

「はい！」

積み上がった箱の前で、再びチーム結集、みたいな雰囲気になった。しかし強引に連れてこられた立花さんだけは、そのテンションについていけていない。

「立花くん、ほら、お手伝いに来たんでしょ？　頑張って！」

そんな立花さんに椿店長が声をかける。

（あ、そうか。椿店長は知らないんだ）

同じお店じゃないから、立花さんが休暇中なことを知らない。だからみつ屋として、あるいは別業務で寄ったと考えている。そして当然、立花さんが悩んでいることも知らない。

だから、じゃんじゃん箱を渡している。

「はいこれ開けて。次こっち」

「あ、はい。次、はい」

立花さんは戸惑いつつも手を動かし、段ボール箱に入ったお菓子やお餅をベランダへ運ぶ。途中、ベランダの人につかまって「あんたも投げなよ」とお菓子の山を手渡されていた。

「いえ、私は」

断ろうとする立花さんに、その人は「ご祝儀だと思って！」とか「いろんな人が投げた方が楽しいから！」とか言いながらお餅も大量に渡している。

「あ、じゃあ――」

おずおずとお菓子を投げる立花さんを見て、今度は違う人が「もっと遠くに投げてやんなよ。ほら、あのへんの子供とか拾えてないよ」と指示を出す。

（――なんか面白い）

いつもはすっと背筋が伸びていて、手順通りに落ち着いた仕事をする立花さん。そんな人が、周りじゅうの人にわいわい言われながらおろおろとお菓子を投げている。

（もっとやれ、なんてね）

最近ふさぎこみがちだった立花さんが、賑わいの中で少しずつ生き生きしてきていた。それを見ながら箱を開けていると、椿店長と私も「ほら、お姉さんもお嬢さんも投げにおいで！」と呼ばれる。

「え、私もですか？」

「みんな一回はやらないと！」

そう言われたら、やるしかない。ベランダから下を見ると、小学生の子供がすごく楽しそうに「こっちこっちー」とか「大きいお菓子投げて！」なんて言ってる。

よし、任せて！　お菓子をその辺りにめがけて投げると、うまい具合に子供達がキャッチしてくれた。

「ありがとー！」

子供達の声に、こっちまで嬉しくなる。

「次、行くよー！」

大きめの袋菓子を摑んでは、子供の方に投げる。隣では椿店長が「行きますよー!!」と叫びながら野球のピッチャーのように振りかぶって投げていた。これなら、端の人にまで届くだろう。

青空に舞うお菓子。笑う子供。大人もみんなにこにこしていて、なんだかとっても幸せだ。

お菓子の神様のお仕事は、やっぱりこれだよね。

＊

餅投げが終わったときは、全員がマラソンを走った後のように肩で息をしていた。そんな中、「椿さん？」と声をかけてきた人がいる。声の主は椿店長と同じくらいの歳の男性で、やはりスーツを着ていた。

「あら、あなたも来るなんて聞いてなかった」

「うん。昨日突然に決まったんだよ。来る予定の専務がぎっくり腰になっちゃって」

「それは大変だったわね」

ごく自然な感じで話す二人。ええと、もしかしてなんだけど、私、この人を一回見ているような。立花さんをちらりと見ると「そうなの？」みたいな表情を浮かべている。なので私はうなずく。

「あの、椿店長。こちらの方は」

一応、確認のため会話の切れ目で声をかけてみる。

「あ、ごめんなさい。紹介がまだだったわね。こちらは『和菓子　竹静堂』の竹田さん。以前話した、おつきあいさせていただいてる方よ」

「初めまして、竹田です。よろしくお願いします」

そう言って頭を下げた竹田さんは、すごく優しそうな人だった。背が高いけど、目元が下がってて、黙っていても笑顔のような印象がある。

「こちらは梅本さんと立花さん」

椿店長の紹介を聞いた途端、竹田さんの表情ががらりと変わった。

「あ、彼女がアンちゃん⁉」

「え？　あ、はい——」

「そして君が立花さん！」

「はい？」

「お二人とも、お噂はかねがねうかがってます！　うわあ、本物に会えるなんて思ってもみなかった。光栄です！」

ええと、意味がよくわからないのですが。椿店長を見ると、ちょっとバツの悪そうな笑顔を浮かべている。

「ごめんなさい。私、東京デパート店を去ってからみんなのことが恋しくって、竹田さんにたくさんお話ししちゃってたの」

「じゃあ桜井さんのことも？」

「もちろんですよ！　カッコいい彼女にも、いつかぜひお会いしたいです」

立花さんと私は、じろりと椿店長を見る。だってたぶんだけど、あんなことやこんなこともバレていそうな感じがして。するとそれを察知した椿店長が「大丈夫よ！」と声を上げた。

「二人のその——言わなくてもいい部分はお話ししてないから！」

「椿店長、それはフォローになっていません」

立花さんがため息をつきながら言うと、椿店長は苦笑する。

「そういえば立花くん。あなた、今日の宿はどちら？」

「え？　あ、私は白浜の方に」

「やっぱり！　それって白良浜（しららはま）の近くかしら？」

「はい。目の前の宿です」

立花さんの答えを聞くと、椿店長は「渡りに船ね」とうなずく。

「それはどういう意味でしょうか」

「私はお祭りの後片づけまで残るから、立花くんは梅本さんを連れて、先に白良浜の宿まで行ってくれないかしら」

「はい？」

立花さんが理解できないと言うように首をかしげる。

「私たちの宿も、白良浜の目の前なのよ。違う宿かもしれないけど、梅本さんを連れて行くのはできるでしょう？」

「それは――できますが」

「私、このお祭りの流れをできるだけ最後まで経験したいと思ってしまって。できたら直会で他社さんと名刺交換もしたいし。

でもそれだと、宿に着くのがすごく遅くなってしまうかもしれないの。だからできれば梅本さんには先に移動しておいてほしいと思ってたのよ。でも、初めての出張で一人にもさせたくなくって」

だから、お願い。そう言って椿店長は両手を合わせた。

「あの。でもそれだと椿店長は遅い時間に一人で移動になるんですよね」

私はそこがちょっと心配なので聞いてみると、竹田さんが「そういうことなら私が送るという手もあります」と答えた。

「レンタカーで来ていますし、駅まででも、白浜でも大丈夫ですから」

「ありがとう。でも特急券を買ってあるから駅までお願いできるかしら」

「それならよかったです」

私がうなずくと、二人は顔を見合わせてからにっこりと笑う。

「ね？　梅本さんってこういう子なのよ」

「すごくよくわかりました。本当に、椿さんの言っていた通りだ」

なんだかわからないけど、褒めてくださっている感じ。そしてそんな二人はとても自然で、とてもお似合いだ。

(よかった)

そういえば、お菓子の神様である田道間守命は大好きな天皇様が亡くなって嘆き死んだのだと聞いた。そして椿店長もまた、大好きな人を亡くしている。

(生きていてくれて、本当によかった)

椿店長におつきあいされている方がいると知ったとき、私は勝手に嫉妬して勝手に泣いた。そんな私を、立花さんはきちんと叱ってくれた。あれがなければ、私はこの二人に気持ちよく会うことなんてできなかっただろう。

(立花さんに、感謝しないと)

そしてこの二人に会わせてくれた、お菓子の神様にも。

今の幸せそうな二人を、きちんと喜ぶことができて本当によかった。

*

帰る前に皆さんに挨拶をしたら、お菓子をたくさんいただいてしまった。

「お昼ほとんど食べてないでしょ」

「直会にも出ないなら、これ食べなさい」

「ああ、おいなりさん詰めてあげるから待ってて」

「ペットボトルのお茶もあるから」

朝から一緒に戦った仲間の皆さんが、あれこれ持たせてくれる。そしてスマホでタクシーを呼んでもらって、立花さんと一緒に乗り込む。

「夕食には間に合うようにするわ。もし何かあったらすぐに連絡してね」

「はい」

椿店長に見送られて、タクシーは出発した。集落を抜け、車が再び山の中に入ったところで私はどうにも気まずい気分になる。何を話そうか悩んでいると、立花さんが先に口を開いた。

「お祭り、楽しかったですね」

「あ、はい」

「先ほどは、驚きました」

「はい。私も」

話が弾まない。立花さんが敬語のまま喋っているからだろうか。それともタクシーという密室の中にいるからだろうか。あるいは立花さんがいつもとは違うスーツ姿でいるから？

（すごく年上っぽく感じる――）

なんとなくぎくしゃくしたまま駅に着き、ホームに滑り込んできた特急に乗り込んだ。

「空いてますね」

「ですね」

がらがらの指定席車両を見て、二人でちょっと笑う。

「やっぱりこちらの方は、車移動が多いんでしょうね」

私の言葉に立花さんはうなずく。そして指定した席まで行くと、生真面目にその席に腰を下ろした。二人並びの、右側。私は左側。

「ここまで空いているなら、許されるでしょう」

立花さんはそう言って、前の座席についているテーブルを下ろした。そこにお土産にいただいたおいなりさんやのりまきを置いて食べることにする。

食べ始めると、少しだけ空気がゆるんだ気がした。なので聞いてみる。

「あの、立花さんはなんで今日、ここにいらしたんですか」

すると立花さんはぎょっとしたような表情を浮かべた。やはり聞いてはいけなかったんだろうか。

「そうですね——まず、菓子の奉献祭に一度は行ってみたかったというのがあります」

「立花さんも初めてだったんですね。意外です」

「ちょうどお休みを取ることのできるタイミングというのが中々なくて。あと」

「あと?」

「梅本さんはずっと気づかれていたと思いますが。最近、少し思うところがあって」

そうして、またほんのりと悲しそうな顔をする。

「はい」

「それを神さまに打ち明けてみたかった——というかお伺いを立ててみたかったというのもありました」

それを聞いた瞬間、心の中に何かがぽちゃんと落ちた。

(同じだ)

お菓子の神様に助けを求めたのは、私も同じ。

波紋が広がる。

小さな円がするすると広がって、その裾が――届きそうになる。

「行って良かったですか」

そうたずねると。立花さんは小さくうなずいた。


「――ずっと考えていたんですが」

不意に真剣な声で言われて、どきりとする。ついに立花さんは自分のゆく道を決めてしまったんだろうか。

「俳句に関するお客様の質問を受けたとき、『花といえば桜』というお話をしたのを覚えていますか」

あ、そっちか。構えてがっかりしたような、安心したような。

「はい」

「あの論に関しては個人的にはちょっと違和感というか、納得できないものがあったんです」

「どういうことでしょう?」

「桜が至高、という気持ちは理解できます。ただ唯一無二と言われると違うように思うんです。『概念の花＝桜』だというならまだわかりますが、現実には桜以外の花もたくさん存在しています。なのに、なぜ桜だけが『花』を名乗るのか」

「それ、私もずっと思ってました!」

思わず身を乗り出してしまう。だってあの話を聞いたときから、心のどこかがもやもやしていたのだ。「そういうものだ」と言われても、「でもなんか違うんじゃない?」と思うくらいに。

「これは私の印象に過ぎませんが、桜よりも梅の方が古い物語や歌に出てきているように思えました。おめでたいものを表す『松竹梅』という言葉もありますし」

「ああ、確かに桜が一番ならそこに組み込まれていそうですもんね」

「それでちょっと調べてみました」

立花さんはスマホを取り出し、ブックマークをしておいたサイトを開いて見せてくれた。それはまさに、『松竹梅』について解説している酒屋さんのサイトだった。

「ここに『今でこそ花といえば桜ですが、平安初期までは梅の方が主役で位も上でした』とあります」

平安初期。言われてみればその時代のイメージには梅や桃がよく似合う。画面をスクロールすると、さらに詳しい説明があった。

『その証拠が、天皇様がおられた京都御所です。ここの紫宸殿(ししんでん)の南庭(だんてい)には左近の桜・右近の橘が植えられていますが、最初は左近の梅でした』

読んですぐには意味がわからなかった。でも立花さんが「お雛様の左右の」と教えてくれたとき、頭の中で繋がるものがあった。

(京都に行ったとき、見たあれだ――!)

「あの木が、桜じゃなくて梅だったんですか」

「はい、そうらしいです」

立花さんはそう言いながら下の文を指さす。

『しかしながら左近の梅は承和年間（八三四〜八四八年）に枯失してしまいます。その代わりに植えられたのが、桜の木です』

「これは私も図書館で確認したのですが、桜を植えたのは仁明天皇で、これが桜の人気が出る転換点だったのではないかと言われているそうです」

「——そういうことだったんですか」

左近の梅に、右近の橘。私はふと今の私たちを見て笑ってしまう。

「立花さん。今、私たち右と左で合ってます」

「あ、本当ですね」

そこでようやく、立花さんが笑った。

「そういえば、連句の中の『匂いの花』も、私にとっては梅としか思えないんですよ」

「どうしてですか？」

「梅の別名の一つに『匂い草』というものがあるからです」

「本当に色々な名前がついているんですねえ」

「はい。それこそが花として広く愛されていた証だと思います。そして桜は、現実ではあまり匂いを感じません。けれど梅は、姿が見えずとも匂いで花の存在がわかるほどに香ります」

だから『匂いの花』にふさわしいと。私はうなずきながらおいなりさんをぱくりと頬張った。

あまじょっぱくて、たまらなくおいしい。

「名前といえば『花の兄』というものもありますよ。梅はどの花よりも早く春の訪れを告げる花とされていましたから」

「『梅つ五月』もそうですけど、アレンジしすぎるとちょっとわかりにくくなりますね」

「直接的な名前だと、百花に先駆けて咲くことから『百花魁(ひゃっかさきがけ)』、あるいは『花魁(はなのさきがけ)』というのもあります」

「先がけ、は格好いいですね」

窓の外を見ると、綺麗な海岸線が広がっている。さっきまで山の中で桜の下にいたのに、なんだか不思議な気分だ。今日は、海と山を行ったり来たりしている。

駅をいくつか過ぎて、おやつも食べ終わった頃に白浜についた。駅前に停車していたタクシーに乗ると、立花さんが私にたずねる。

「今日の宿の名前はなんでしたっけ」

そこで私はスマホを取り出し、椿店長が送ってくれた予定表を見る。

「あ、『ホテル三楽荘(さんらくそう)』っていうところです」

それを聞いた運転手さんはうなずき、車は走り出す。

「立花さんはどちらに泊まる予定なんですか?」

「私はそのすぐ近くのホテルです」

「あ、もう着きますよ」

運転手さんの言葉で外を見ると、ちょうど海沿いの道路に出るところだった。真っ白な浜に、真っ青な海。

「――すごく綺麗！」

「ここは白良浜っていって、夕暮れはもっと綺麗ですよ。ぜひお散歩してみてください」

運転手さんの言葉にうなずくと同時に、車が宿に着いた。立花さんはチェックインの手続きが済むまでいてくれて、私がお部屋の鍵を受け取るところを見届けてくれる。

「では、私はこれで」

もし困ったことがあったら、連絡してください。そう言って軽く頭を下げた。

「あの」

「はい」

声をかけてから、何を言えばいいのかわからなくなった。でもせっかく会えたんだし、もうちょっと話したい。

「お散歩――お散歩しませんか」

そう告げると、立花さんはちょっと困ったような表情になる。もしかしたら、行きたい場所とかあったんだろうか。

「あ、ごめんなさい。時間がなかったら大丈夫です。私一人で行ってきます」

すると立花さんは「いえ、行きます」と答える。

「ホテルに荷物を置いてきたいので、三十分――いえ四十分後にここに来ます」

「ありがとうございます」

立花さんは固い表情のままうなずく。さっきは楽しかったのに、また少し落ち込んでいるようにも見える。

やっぱり、迷惑だったんだろうか。

*

「うわあ――」

お部屋に入った瞬間、声が出てしまった。三楽荘はホテルと旅館の中間みたいな宿で、まさにお部屋もそんな感じ。畳敷きにベッドという和洋室は、ものすごく和む、というかほっとする。しかも窓からは白良浜が一望できるし、机の上にはお茶セットがあって、地元のお菓子が置いてある。

(うわー、これこれ！)

和歌山のお菓子ってどんなものだろう。菓子盆を覗くと、そこには小ぶりな最中が入っている。

「『柚もなか』――」

どんな味なんだろう？ さっそく手に取ったところで我に返る。これからお散歩に行くんだし、せっかくなら持っていって浜辺で食べよう。私はポシェットにお菓子を入れると、ロビーに降りた。

　時間きっかりに、立花さんはロビーに入ってくる。スーツの上着とネクタイは置いてきたらしく、白いシャツと黒いパンツ姿で、なんとなくいつもの売り場の立花さんっぽくなっている。若いというか、「知らない大人のひと」じゃなくなった感じ。

「——お待たせ」

　口調も戻っていて嬉しいけど、まだ緊張している感じはある。

「行こうか」

「はい」

　ロビーを出て、前の道路を渡ったらすぐに浜辺の遊歩道が見えた。本当に海の目の前だ。白い砂がさりさりとはみ出た石造りの道は、堤防のように浜辺から一段高くなっている。そのぶん眺めもいい。ゆるく弧を描いた湾岸を、遠くまで見渡すことができる。

　しばらく無言で歩いた。波の音が、聞こえる。

「——なんか、ずっとごめんね」

　立花さんがぽつりと言った。

「ずっと、態度悪かったでしょ。それでみんなに迷惑かけちゃった」

「いえ。落ち込んでるのはわかりましたけど、迷惑なんて」

「雰囲気悪くするのは、接客業失格だよ」

　悲しそうに笑う。

「私こそ、謝りたかったんです。立花さんがずっと悩んでるの、わかってたのに」

「え？　そんな、アンちゃんが謝ることじゃないよ」

「でも、友達が悩んでるのを放っておくなんて。それこそ友達失格です」

「友達――」

　立花さんが、ふと思い出したように言った。

「そう、友達の悩みを聞いてたんだよ」

「それって、どんな悩みなんですか」

たずねると、口ごもる。その横顔が寂しそうで、私もなんだか寂しくなる。そしてそのとき、わかった気がした。そうだ。立花さんはずっと寂しそうだったんだ。

不機嫌じゃなくて、唇を噛みしめて何かを我慢しているような姿。あれは怒りじゃない。悲しみでもない。ただ寂しそうだったんだ。

（でも、どうして？）

そう思って話しかけても、あとじさりして遠ざかるような態度だった。しかもそれは、私に対してのことが多かった。

（藤代店長や桜井さんと、私は何が違う？）

年齢、経験、知り合ってからの時間、そのどれもがバラバラでよくわからない。

（じゃあ、私に対して寂しさを感じるっていうのはどういうこと？）

やっぱり、それは転職だろうか。でも友達だし、寂しくても応援できると思う。椿店長のときとは違って、私も大人になったんだし。

（大人――）

そういえば、俳句の二人組がいらっしゃっていたときに、立花さんは「冷たい対応をしてしまった」と言っていた。あのお客さま方は大学生で、私と歳が近い。歳だけでいうなら桜井さんも同じなんだけど、なんとなく社会人っぽいというか別枠な感じがする。

私とあのお客さま方の共通項はなんだろう。学生っぽさ？　でも私は学生じゃないから、なんだろう。幼さとか？

（そうか）

私が立花さんを「大人」と感じるように、立花さんも私を「子供」と思っていたのかもしれない。だとすると、説明できる部分がある。

子供は、相談相手にならない。


遠くで、子供の遊ぶ声が聞こえる。

（私は、立花さんにとって子供なんだろうな）

子供だから優しくしてもらえて、子供だからこうしてついてきて面倒を見てくれる。でも子供だからこそ深刻な相談はしないし、本音を明かしたりはしない。

（――「友達の話」なんかは、そういうことなんだろう）

でもきっと、仲が良くなったのは嘘じゃない、と思いたい。だからこそ、子供の私につらい本音が言えず、申し訳なく思って、離れようとあとじさっているんだと。

(寂しそうなのは、わかってもらえないだろうと思っていたから?)

そういえば、正木さまが来られていたときも態度が微妙だった。あれはもしかすると、正木さまが年下の部下のことをわかっていなかったことに自分を重ね合わせてしまったのかも。だって、立花さんは私の上司だし。

上司と部下。大人と子供。縮まりようのない距離を感じてくやしいような、悲しいような、今度は私が言いようのない感情に襲われる。

だって、どうしたらいい? 今すぐ大人になりたいけど、そんなの無理だし。でも立花さんの助けになりたいし、友達でいたい。

「立花さん――」

それでも、言うしかない。思っていることを、ぶつけることしかできない。

「はい」

「立花さんは、私に対してずっと――年上であることで線を引いていませんでしたか」

それを聞いた瞬間、立花さんの顔がさっと青ざめた。

(当たってるんだ)

心に、ずしんと重いものが落とされたような気持ち。

「それは……」

「わかりますよ。正木さまのときも、俳句のお客さま方のときも、同じでしたよね」

「――うん」

「私、友達になれたんだと、勝手に思っていました。でもそんなに頼りなかったですか」

「え？」

ああ、これは言ってはいけない。そう思いながらも、口が止まらなかった。泣きたくないのに、目の端がじわりと滲む。

「私、子供で頼りないですよね。だからなんでも話してもらえるとまでは、思ってません。でも、もうちょっと、助けになりたかった――！」

絞り出すように言うと、立花さんが「ちょっと待って」と慌てたように言う。

「子供で頼りないなんて、思ってないから」

「じゃあ、なんで年上だからって線を引いたんですか」

私の問いに、立花さんはつらそうな表情を浮かべる。

「それは――余計な口出しをしてアンちゃんの人生を阻害しちゃいけないと思ったから」

「阻害？」

「だって今、アンちゃんは人生の大切なときにいるでしょう。そういうときに、僕なんかの影響で道が変わってしまったらと思うと……」

同じだ。人生の転機なんて、ほんの少しのきっかけで訪れる。そう思っていた私と、同じことを立花さんも考えていたんだ。

「つまり――私のことを考えて、引いてくれていたってことですか」

「うん」

よかった。嫌われたわけじゃなかった。嬉しさが込み上げてくるけど、それと同時に小さな怒りもこみ上げてきた。だって、だってどれほど心配したことか。

「馬鹿にしないでください」

「馬鹿になんか――」

「友達の影響で人生の方向が変わるなら、私はそれをいい影響だと思います」

私は顔を上げて立花さんを見る。

「だから、友達と思ってくれているなら、気にしないでなんでも言ってください」


いつの間にか、空の遠くがオレンジ色になってきている。

「ああ、神さま」

立花さんが片手で目の辺りを覆いながら天を仰ぐ。

「眩しすぎます――」

絞り出すように言った。

「もう、悩まないでなんでも言ってください。何を言われたって、私は大丈夫ですから」

すると立花さんは、私をすごくつらそうな表情で見つめる。

「ごめん」

「え?」

「ごめんね。僕はアンちゃんの友達じゃいられない」

「そんな……」

子供っぽくて、対等には見られないということだろうか。今度こそ本当に泣きたくなってきた。

私は泣かないよう、唇をぎゅっと嚙みしめる。すると立花さんが慌てて「違うんだ」と言った。

「何が違うんですか」

そう聞くと、立花さんも泣きそうな笑顔を浮かべる。

「友達に値しないんだ。だって僕は——アンちゃんのことを、羨ましい——ううん、妬ましいとすら思ってしまったから」


えっ？

「えっ」

心の声が、口から出ていた。

「私が——妬ましい？」

こんな何も持たない、食べるだけが得意な私のことを、知識も経験も豊富な立花さんが羨む？

（いやいやいや。ないないない）

意味がわからない。だって立花さんは椿店長と一緒で、ずっとずっと先を走っている人だし、追いつこうなんて思うことすらしないくらいに、プロフェッショナルな『和菓子の人』なんだから。

けれど立花さんはゆっくりとうなずく。

「うん。羨ましくて、妬ましいとすら思っちゃった。そんなことを思うなんて、友達失格だよね」

頬に、一筋涙がこぼれる。それが夕日に照らされてすごく綺麗で。

「だからもう——友達じゃいられない」

「本気で言ってるんですか」

「ごめんね、いきなりこんなこと言われても困るよね」

「いえ、そんな……」

羨ましがられる覚えが一つもないので、困るどころか理解が追いつかない。

「僕はね、普段は——お店では出さないようにしているけど、実はすごく心が狭くて、嫉妬深い、醜い人間なんだ。ほら、前にも柏木さんの件でアンちゃんにも迷惑かけたでしょ」

それを聞いて、私ははっとする。そういえばあのときも立花さんは柏木さんを羨み、自分を「醜い」と言って嘆いていた。

(確かに柏木さんに対しては、少し冷たかったけど——)

それは言われなければわからない程度だったし、「醜い」と言うほどのことをしたわけじゃなかった。職人になりたくて時間がかかった自分と、すぐに職人になることができる環境にいたのに、店を転々とした柏木さん。羨む気持ちは、生まれて当然だった。

けれど自分に厳しい立花さんは、そんな自分を許すことができない。だからそんな気持ちに押しつぶされそうになって、ひとり旅に出たのだ。

「――アンちゃんは椿店長がいなくなってから、すごくしっかりしてきたよね。そして色々なことを吸収して、どんどん先へ、新しい道へ進んで行こうとしてる」

いや、そんなことは全然ないし今も不安まみれなんだけど。

「それって、友達だったら喜ぶべきことだよね。なのに僕は、そんなアンちゃんを見て――置いていかれるような気持ちになっちゃった」

「置いていかれる――？」

ふっと海風が頰を撫でる。立花さんの前髪が少し乱れる。

「頑張ってて可愛いなって思ってた女の子が、いつの間にか成長して、僕より先に行こうとしてる。それを素直に喜ぶことができないなんて、僕は――自分がほとほと嫌になったんだ」

（それで今回も――）

思いつめて、お菓子の神様に会いにきた。

そういうことだったのか。


理由がわかって、私は少しだけほっとした。

（でも、こんな気持ちって誰にでもあるよね？）

私が桐生さんを羨んだように、大学に進学した友達を「いいな」と思ったように。口には出さないだけで、すごく当たり前の感情。なのに立花さんは、いつもそこでつまずいてしまう。

しかも今回は、その原因が私だなんて。

そう考えると、ちょっと腹が立ってきた。羨むことなんて一つもないのに、また勝手に落ち込んで、一人で悲しくなって。子供じゃないって思ってるなら、もうちょっと頼りにしてほしかった。

「立花さん」

私は顔を上げて、立花さんの顔を見つめる。

「うん」

「醜くなんかないです。私、前にも言いました」

「……わかってる。そう言ってくれたことも、覚えてる」

「じゃあ、なんでそこまで悩むんですか」

私の言葉に、立花さんはつらそうな表情を浮かべた。

「だって今回は――前のときとは僕の立ち位置が違うから」

「立ち位置?」

「柏木さんは違うお店の人だし、男性とはいえ、僕よりは年齢が近かったでしょ」

違うお店の人だから仕事に影響がないというのはわかる。でも男性であることになんの意味が?

「さっき、年上だからって線を引いているんじゃないかって言ったでしょう? あれ、半分当たってるんだ。だって僕は正木さまの困りごとの理由がわかったとき、改めて自分の立ち位置を自覚したから」

正木さまの困りごとの理由。それは自分の立場を考えずに断りにくい好意を押しつけていたことだった。

「でも、私たちの間で年上ということが問題になるでしょうか」

私の質問に立花さんは「うん」とうなずく。

「アンちゃんに友達って言ってもらえて嬉しかったけど、客観的に見れば僕はアンちゃんにとって年上の男性で、しかも上司なんだよ」

「あ……」

そういえばあのとき、立花さんは正木さまに「部下であり女性である立場の人からは断りづらい」という話をしていたような気がする。それは自分に言い聞かせるためだったのか。

「ずっと楽しくお茶やご飯をしてきたけど、僕から誘ったらアンちゃんは断りづらいってこと、考えたこともなかったんだ。本当に恥ずかしい」

「でも私、嫌じゃなかったし、断れますよ」

言いながら、心のどこかが「本当にそう?」と囁いた。私は立花さんのことが友達として好きだし、一緒にいて楽しいから自然にそうしていたけど、もしその相手が立花さんじゃなかったら、どうだったんだろう? たとえばアルバイトに入ってすぐの頃に、男性の上司からご飯に誘われたら、本当に断ることができたんだろうか?

(――わからない)

もしもの話すぎてわからない。でも、立花さんがそういうことに気がつくことはいいことだと思う。ただ、自責の念が強すぎるだけで。

「そういう色々なことに気がついてしまってから、すごくつらかったんだ。特に最近は、アンちゃんが前に進む姿が眩しかったから」

「眩しい……？」

言われたことのない単語すぎて、頭に届かない。鼻やおでこなら、よく皮脂で光ってるかもなんだけど。

「だから寂しくなって、妬んだんだ。ああ、この子は僕を置いてどこまで行ってしまうんだろうって」

立花さんはさらに目に涙を溜めてつぶやく。

「あの、私なんにも進んでないですよ」

むしろその場で足踏みしかしてない感じですし。そう言うと、立花さんは首を横にふるふると振った。

「正社員になったでしょ。それはとても大きな前進だと思う。でもそれより驚いたのは、大学の講座を受けに行ったこと。知識を自分から手に入れに行くのって、すごいことだよ」

「そんな。ただちょっと興味があったから、一回行ってみただけですよ」

「回数じゃなくてね、『自分で』っていうところがすごいんだよ。僕は最近、自分の仕事にあぐらをかいて、そういうことをしてなかったから――」

風が、再び立花さんの前髪を揺らす。乱れた髪は、立花さんをいつもより若く見せる。まるで、大学生のように。

「そんな自分が嫌だったから、できるだけ個人の感情を外に出さないように、失礼なことをしないようにして過ごしてきたんだ」

だから態度が冷たいというか、ビジネスライクだったのか。

「でも正木さまの話を聞いて、わかっちゃったんだ。この気持ちって、そして今これをアンちゃんに伝えることって、それ自体がセクハラだしパワハラなんだ」

*

セクハラでパワハラ。言葉が強すぎて、自分たちのこととは思えない。ただ、私は確かに女性で部下ではある。でも。

「そんな――」

なんと言えばいいかわからず私が口ごもると、立花さんは悲しそうに笑った。

「だって、気持ち悪いでしょ？　一緒に働いてる上司から、『眩しい』とか言われて、そんな目で見られるなんて」

声が、震えている。

「あと俳句の質問をされたあのお二人に関しては、ただの嫉妬だよ。アンちゃんが同世代の男の子と楽しそうに話してるのを見たら、ああ、この子は本来こういう青春を送るはずの子なんだって思って」

嫉妬？　それって若さに対する嫉妬という意味だろうか。立花さんは正木さまほど歳をとっているわけじゃないのに、それでもそんな感情が湧くのかな。

「でもね、大丈夫。安心して」

立花さんは自分に言い聞かせるようにゆっくりと言った。

「僕ね、いつでもすぐにでも消えるから。なんなら明日から有給とってそのまま退職とかできるから」

「え？」

それはあまりにも急すぎない？　そう思った瞬間、またちょっと冷静さが戻ってくる。立花さんはどうにも極端なところがあるから、こっちがなんとかしてあげなきゃという気分になるのだ。

「できるかもしれないけど、それこそたくさんの人に迷惑がかかるんじゃないですか」

「それはそうなんだけど——でもとにかく、アンちゃんが怖いと感じることはしたくないから」

冷静になった私は、自分から立花さんの目を見る。綺麗で、ちょっと弱くて、でも芯はとても強いひと。

「決めつけないでください」

「え？」

「私を対等に思ってくれるなら、私の気持ちも決めつけないでください」

水平線から、あたたかな色の光がさしてくる。

「気持ち悪くなんかないし、いなくなってほしくありません」

「うそ……」

両手を口元に当てる。うん、このシチュエーションだと、それをするのは私の方だったような気がする。けど。

けど、そこが好きだ。


神様。お菓子の神様。私はこんなだけど、いいと思いますか。

このひとと、お菓子を分け合いたいと思っているんです。


「私、やっぱり立花さんと友達になりたいです」

*

異性だし歳も違うし上司と部下だし。でも、それでも。

「いろんな違いを乗り越えて、つきあっていきたい。――そう思ってるんですけど、だめですか?」

そう告げると、ついに乙女がわっと声を上げて泣き出す。

「アンちゃん——!!」

ありがとう、ありがとう。何度も言われて今度は私が恥ずかしくなる。だって私はなんにもしていないのに。

(ていうか今私、なんて言った?「つきあっていきたい」ってなに?)

交際の申し込みみたいなこと、胸張って言っちゃってるんですけど!?

頰に、ぐわっと血が上る。なんか急に熱出たかも? みたいな熱さ。

「……アンちゃん?」

黙り込んだ私を、立花さんが「大丈夫?」と覗き込んだ。そしたらその乱れた前髪がはらりと落ちて、なんかこう顔が近くて。

(——無理無理無理無理無理!!!)

心の中に、ジョジョが出てきてしまった。

駄目だ。このままじゃ私のどこかが破裂してしまう。

「あの」

今度は私が下を向いたままつぶやく。

「うん?」

「今度なにかあったら、一人で悩む前に相談してください」

「うん」

「絶対ですよ」

「うん」

「お茶もご飯も行きますよ。断るのは、お互い自由ってことで」

「うん」

「あとは……」

「あとは？」

「ちゃんと友達に！」とか偉そうに言い切ったくせに、なんだか芯が定まらない。きっと立花さんも呆れているだろう。そう思って、おそるおそる顔を上げる。すると。

満面の笑みで、私を見ている立花さんがいた。


（ん？）

ぼんやりしたことしか言ってないのに、なんでこんなに嬉しそうなんだろう。私が首を傾げていると、立花さんがふうーっと大きな息を吐く。

「あー、なんかすっごく安心した！」

「──はい？」

「だってほらさっき、ものすごいシリアスな急展開だったでしょ？　でもなんか、途中から自分でもどうしたらいいかわからなくなってたんだ」

「え……」

「だから、つきあっていきたいって言ってもらえて本当に嬉しかった」

あーほっとした。そう言いながら、立花さんは海の方を向いた。

「やっぱり無理だなって思ったら、いつでも遠慮なく言ってね。何度でも言うけど、僕、アンちゃんが嫌なことは絶対にしたくないから」

私はその綺麗な横顔を見ながら、「はい」と答える。ようやく、いつもの自分に戻った気がした。

「ね、本当にすごく綺麗！　この風景、一緒に見られて最高じゃない？」

私はほんの少し肩すかしをくらったような、でもどこかほっとしたような気分でうなずく。

「――ホント、最高ですね！」


私は熱くなった頬をあおいで冷やしながら、ハンカチを出そうとしてポシェットを探る。と、そこにお菓子を入れてきたのを思い出した。

「立花さん、これどうぞ」

小さなお菓子を差し出す。

「柚もなか……？」

「お部屋に置いてあったお菓子です。このあたりの銘菓なのかなって」

ありがと。微笑みながら、立花さんは小さな最中の包みを開ける。

「わ、小ぶりで薄くて可愛いね」

立花さんが言う通り、柚もなかは小さな長方形で、平たい。そして一口嚙むと、ぱあっと柚子の香りが広がる。

「さらっとした白あんがおいしいですね」

「うん、香りもいいし完成されたバランスのお菓子だね」

立花さんは飾り気のないつるんとした最中の皮を見て、ぽつりとつぶやく。

「やっぱり僕も、新しい世界を見に行かなくちゃいけないな」

「新しい世界？」

「うん。世の中には、知らないお菓子や知らないお店がまだまだたくさんあるでしょ？ そこから学ぶことは山ほどある。だからね、それも含めて自分の進むべき道のことも、お菓子の神さまに相談したんだ」

「そうだったんですか」

「それに他人を羨んでしまうのは、自分の歩む道に納得していないからだと思ったし」

私は最中をさくりと噛みながらうなずく。甘いだけじゃなくて、どこか少し、ほろ苦い風味もある。

「神様は、どんな答えをくれたんですか」

その答えを聞くのは、少し怖い。でも聞かなければいけない気がする。

すると立花さんは、右手をゆっくりと弧を描くように動かす。その優雅な雰囲気は、あの奉納の舞のようで。

その手が、私をぴたりと指して止まった。

「——え？」

「僕は神さまに『私のゆくべき道を示す光があったら、教えてください』って伝えたんだ。そうしたら、アンちゃんが振り向いた」

あの、タイミングで。

「自分の興味に対してまっすぐに進む、眩しいひとが」


頬がまだ熱いのは、最後の夕日が照らしているから。

「運命だと思った。だからこそ嘘はつきたくなくて、さっきみたいな話になっちゃった」

「そうなんですか」

「でも、ちゃんと話せてよかった。これで僕はアンちゃんの友達のまま、お店を出ることができるよ」

「——はい」

来たるべきものが来た。そしてこれはいいことなんだ。そう自分に言い聞かせても、勝手に鼻の奥がつんとしてくる。

「職人としてどこかのお店に入るか、みつ屋の工場に行くか、それともしばらくお休みをいただいてお菓子の文化をめぐる旅に出るか、まだ決めてはいないんだけど」

静かに話す立花さん。心が、決まってしまったんだな。そう思うと、急に色々な液体が顔から溢れてくる。

「ああ、ぞうだんでずね」

「アンちゃん⁉」

いきなり鼻声になった私を、立花さんが驚いた表情でのぞきこむ。

「だいじょぶです。あと、応援じでます！　どもだち代表として！」

言い切った瞬間、涙がぼとぼと落ちてくる。

「いや全然大丈夫じゃないよ？　え？」

さっき渡したハンカチで、立花さんが私の目の辺りをそっとおさえてくれる。その指先が触れた部分がまた切なくて、涙がさらに溢れ出る。

「ごめんね。色々重い話をしすぎちゃったもんね」

ああもう、これじゃまた子供扱いに逆戻りだ。でも、でも。

「いいんでず。私こそごべんなざい！」

あと少しだけ、その指先で慰めていてほしい。

今だけは。


子供のようにわんわん泣いて、鼻をちーんとかんだら、ようやく人心地がついた。

「――なんかすみません」

「気にしないで。でも、いつもと逆だね」

ふふふ、と立花さんが笑う。

「逆なら、私が優雅になってるはずなんですけど。なんでだろう、乙女感がゼロです」

ぶつぶつ文句を言うと、立花さんは「それがいいんじゃない」と言った。

「でも」

「匂いをつけたくなった、僕が愚かだったんだ」

「匂い?」

急に話題が変わって、私は首をかしげる。それって香料のことだろうか。でも確か、柚もなかに香料は使われていなかった気がするけど。

「そのままで充分だし、そのままで素晴らしいのに、ね」

私が首をかしげていると、立花さんは「なんでもないよ」と笑った。

「ね、あったかいお茶が飲みたくならない?」

そう言われて、私はうなずく。柚もなかの餡はとてもなめらかだけど、やはり皮の部分が口の中の水分を奪っていくから。

「ホテルの入り口に、自販機がありましたよ。緑茶もほうじ茶もあったような」

「さすがアンちゃん。柚もなかはやっぱり緑茶だろうねえ」

「ですよねえ」

長い一日の終わり。最後の光が水平線に消える頃、私たちは二人揃って歩き出した。

＊

『匂いをつける』

花の菓子の芯や、まんじゅうの一部に色をつけること。
またそのつける色を「匂い」とも言う。

湯気と幸福

Anne to Kofuku

立花さんと二人で宿に帰ると、フロントに椿店長が立っていた。

わあ、間に合ったんだ。心が瞬間的に子犬のように駆け出す。それと同時に歩み寄ろうとしたところで、ふと気づく。私、思いっきり泣いた後だった。

そこで私は立花さんを見上げて、小さな声でたずねる。

「あの」

「なに?」

「――私の顔、無事でしょうか」

それを聞いた立花さんは、いきなり噴き出した。

「あ、ごめんね? いやでも『無事』って、うん、無事だよ。無事なんだけど――」

「――大惨事になっていないか、という意味で聞いたんです」

「大惨事!」

それがさらに面白かったのか、立花さんは両手で口元を押さえながら前かがみになる。

言葉選びを間違ったのかもしれない。でも顔が無事なことは確認できたからいいかな。

だって、泣いた理由をどう説明していいかわからないし。

「あ、そういえば僕も無事かな」

ちょこっと泣いちゃったし。そう言って立花さんが「どう?」と顔を近づけてきた。

「無事無事無事!」

だから、どうしてまたジョジョが出てきちゃうの。でも軽く閉じたまぶたとまつげが見えて、なんかリアルっていうかほっぺたがまた熱いし。

「椿店長!」

頬の熱さを振り切るように声を出すと、手続き中の店長が振り向いた。

「あら、二人とも」

「お疲れ様です」

そう言って二人で頭を下げる。

「会えてよかった。ちょうど今、連絡しようと思ってたのよ。梅本さんのお部屋もわからないし」

「あ、そうですね。連絡を入れないで申し訳ありません」

私が頭を下げると、椿店長は「いいのよ、そんなの」と手を横に振った。

「それより、立花くんとも明日の打ち合わせがしたくって」

「明日の打ち合わせ?」

そういえば、明日の予定はこれといって書かれていなかった。電車の時間は午後一時過ぎだったはずだから、てっきり古い温泉地にあるお菓子屋さん巡りでもするのだと思っていた。

でも、白浜駅に着いたときに「あれ？」と思った。そしてほんのちょっと、期待した。

「そうよ。だって立花くんも絶対行くでしょう？　というか、こっちがメインと言っても過言じゃないんじゃやない？」

「え？」

立花さんがわかりやすく目を逸らす。ええと、ということはもしかして。

「そんな。メインはもちろん菓子奉献祭に決まってるじゃないですか」

「ふうん、それならそれでいいけど。ちなみに帰りの日はいつにしたの？」

「――明日です」

「あら、偶然私たちもそうなのよ。じゃあもしかして、十三時二十六分発の特急だったりして」

「……そうです」

「やっぱり？　東京に余裕を持って帰りたいけど、寄り道もしたい場合はあの時間がジャストだものね！」

なんだろう。椿店長がものすごく嬉しそう。でもって、立花さんがものすごく「やられた」っぽい表情を浮かべている。でもこの流れは、私もなんとなく椿店長に同調してしまう。

だってだって、多分私たちは同じところに行けるっぽくて。

「ということは、午前中行くのよね。アドベンチャーワールド」

「……ええ」

それを聞いた瞬間、つい「わあ!」と声を上げてしまう。だってだって、会えるんだ。あのとても可愛くて、もふもふで、ぬいぐるみみたいな。

パンダに。

*

白浜といえばパンダと温泉。このものすごく魅力的な組み合わせを知ったのは、海南へ向かう電車のホームに立ったときだった。

『特急くろしおに乗って、パンダに会いに行こう!』

『日本三大古湯のひとつ、白浜温泉へどうぞ』

(温泉はいいとして、パンダって——?)

あまりにも予想外の単語に、私はしばしぼんやりしてしまった。だって白浜って海沿いだよね? そしてパンダって中国の山の中とか寒そうなところにいる生き物だよね? それが、温泉地に?

パンダと海と温泉。その取り合わせが謎すぎる。暖かい地方で、温泉の熱を利用してそういう気候で生きる動物を、みたいなことならわかるんだけど。パンダは真逆っぽい。

(でも)

そんな疑問を吹き飛ばすほどの魅力が、パンダにはある。

（見たい、けど）

今回はお仕事での出張だし。白浜に泊まる予定にはなっているけど、それには別の理由があるんだと思ってた。

それがああ、本当に行けるなんて。

「夢みたいです……！」

夕食のお膳を前にして、私はうっとりとつぶやく。すると正面の椿店長が「本当ね」と微笑む。

「夢みたいにおいしいわ。このお造り！」

「え？」

パンダに気を取られていた私は、あらためてお料理を見た。

「さすがお魚のおいしいところは違うわね」

お刺身は、薄いピンク色のお魚とカツオ。どちらも角がぴっと立って、断面がつやつやと輝いている。カツオを何気なく食べたら。歯ごたえがもちっとしていて驚いた。きっと、冷凍じゃないんだろうな。

ピンク色の方は鯛だろうか。でも口に入れると、ちょっと違う気がした。もっとあっさりした味で、でもうまみがじわじわと広がる。テーブルに置かれたお品書きを読むと、どうやらこれはイサキという魚らしい。

「イサキって、初めて食べました」

「私も生では初めてよ」

おいしいのねえ、と言って椿店長が笑う。

「あ。こっちは、熊野牛のすき焼きだそうです」

旅館特有の、目の前で火にかけられた小さなお鍋。その中では、すき焼き用のお野菜がくつくつと煮え始めている。お肉は別添えになっていて、好きなタイミングで入れればいいらしい。

ちなみに私は、このお鍋のセットが大好きだ。家では絶対に出てこない特別感があるし、鍋料理のミニチュアというか、おままごとをしているような気分になるから。

「梅も柑橘もあるし、和歌山は食材が豊富な土地なのね」

私は甘く煮えたお野菜をつまみながら、ぶんぶんうなずく。だって和歌山は、橘の植えられた土地だけあって柑橘天国でもあるのだ。昨日のみかんジュースとごはんのお供もすごくおいしかったし、その上お魚もお肉もおいしいなんて。

「晩御飯に間に合って、本当に良かったわ」

椿店長はしみじみ言いながら、前菜に出された梅酒をくいっと飲んだ。

「あの――そういえば、竹田さんはどうされたんですか」

「ああ、彼は彼で知り合いの会社の人たちと帰ったわよ」

「そうなんですね」

「今日は偶然会ったから紹介できたけど、普段はお互い公私混同はしないようにって約束してるの」

確かに境内で会ったとき、二人はお互いが来ていることを知らなかった。

（大人のおつきあい、って感じだなあ）

お互いの立場をきちんと考えていて、素敵だと思う。そんなことを考えていたら、椿店長が「でもね」とつぶやく。

「公私混同は、したいものよ」

「え？」

「だって私、梅本さんや立花くんと一緒に、竹田さんも交えてきゃっきゃしたいもの！」

「ええ？」

椿店長らしからぬ発言に驚いて、私は顔を上げる。すると、いつの間にか椿店長は別に注文したらしい日本酒を飲んでいた。

（もしかして、酔ってる――？）

ほんのりと紅く染まった頬に、くだけた話し方。こんな椿店長は、初めて見る。

「楽しいことは、線引きなんかしないでわかちあいたいのよ。こうやって、梅本さんとごはんを食べるみたいに」

「あ、はい――」

嬉しい。そう言ってもらえて、すごく嬉しい。

「みんなで可愛いものを見て、おいしいものを食べて、お菓子の話とかして、盛り上がりたい！公私混同しまくって、このままもう一泊したいわ！」

「私もです！」

そう告げると、椿店長は急にがっくりとうつむいた。

「大丈夫ですか!?」

気分が悪くなったのかと思ってたずねると、椿店長は小さな声で「違うの」と答えた。

「違うの。『私も』って言ってもらえたのが嬉しくて――!」

「はい?」

「だって今回は、私のわがままで梅本さんに出張についてきてもらったようなものでしょ。藤代店長にもご迷惑をかけてるし、せめて楽しんでもらえていたらと思っていたの」

「そんな、誘っていただいて本当に嬉しかったですよ」

そう言うと、椿店長はぱっと顔を上げる。

「ありがとう。その言葉が一番嬉しいわ」

椿店長は微笑みながら、お猪口(ちょこ)を乾杯の高さに掲げた。

「じゃあせめて今晩は、公私混同しまくって楽しみましょ」

「はい!」

私は梅ジュースの入ったグラスを同じように掲げると、椿店長のお猪口にかちんと触れ合わせた。

「そういえば、ちょっと気になっていたことがあるんですけど」

公私混同ついでに聞いてみようと思ったことを口にしてみる。

「何かしら」

「椿店長は、なんで立花さんの予定がわかったんですか？　そもそも、橘本神社に来ていることも知らなかったのに」

そうたずねると、椿店長は「ああ」と笑った。

「それは簡単な話よ。そもそも、和歌山を調べようと思った時点で、ネットにもガイドブックにも、アドベンチャーワールドの名前とパンダの写真が出てくるもの。むしろ、パンダが出てこないものを探す方が難しいくらいで」

そういえば私は、初めてのお仕事での宿泊に緊張しまくって、ホテルのウェブサイトしか見ていなかった。三楽荘の方はスクロールすれば、下の方に思いっきり『アドベンチャーワールドのチケットつきプラン』があったのに、家にいるときには気がつかなかった。

「そうだったんですね」

「もうね、ガイドブックの表紙は『パンダと白浜の青い海』が基本ってくらいよ。もちろん中を開けば紀伊半島の熊野古道（くまのこどう）に高野山（こうやさん）、それに伊勢神宮（いせじんぐう）みたいな昔から有名な場所もたくさん載っているのだけど」

そうか。和歌山——というか紀伊半島は、古くから続く信仰の場所が多いんだ。しかも熊野古道とか高野山って、思いっきり山の中のイメージがある。そう考えると、橘本神社が山あいにあるのも納得というか。

「で、そんな情報を見ていたら当然私も行きたくなったし、立花くんが白浜に宿を取ったと聞いた時点で、『これは同じルートなんじゃない？』と思ったというわけ」

「なるほど」

「だってあの乙女が、パンダを素通りできると思う？」

「できませんね」

私は力強くうなずく。

「しかもね、アドベンチャーワールドには大規模なイルカショーもあれば、ペンギンがいっぱいいる場所もあるんですって」

イルカにペンギン。それはもう、乙女じゃなくても行きたくなる。

「明日がすごく楽しみになってきました」

「私もよ」

おかわりのお酒を注ぎながら、椿店長は上機嫌で笑う。

「楽しみすぎて、今夜は眠れそうにないわね！」


とは言ったものの、椿店長はその後、食後のデザートを食べ終えたところで眠りかけていた。

声をかけると、はっとしたように顔を上げる。

「あ、ごめんなさい。もうお部屋に行って休まないと。明日の朝、朝食の時間——七時に連絡するわね」

きっと、椿店長も疲れているんだろう。橘本神社は店長自身も初めてだと言っていたし。

「でも、残念。もっと梅本さんとお喋りしたかったのに」

酔ったせいか、頬をぷくっと膨らませる椿店長は子供のようでちょっと可愛い。

「またいつでも喋れますよ。あ、そうだ。よかったら次は桜井さんもお呼びして喋りませんか？」

そう提案すると、今度はぱっと顔を輝かせて、にこにこと笑う。

「あ、それは名案ね。すごく楽しみ！」

うわあ、可愛い。これは本当に可愛い。株の乱高下で雄叫びを上げているときとは違うギャップがあって、すごくいい。

出張とはいえ、旅。旅先でしか見ることのできない椿店長の表情に、私は少し、いやかなり嬉しくなった。

「私はお酒をいただいたから、温泉は酔いが覚めてからにするわ。梅本さんはゆっくり楽しんできてね」

ひらひらと手を振る椿店長がお部屋に入るのを見届けてから、私は自分の部屋に戻ってお風呂の準備をする。

＊

昨日も温泉で、しかも海と空の見える露天風呂だった。それにホテルのお風呂もオーシャンビユーで、お風呂に関してはパーフェクト。だから正直、これ以上驚くことはないと思っていた。

でも。

（なんかお風呂が、二つあるんだけど——？）

大浴場の入り口をくぐったところで、私は戸惑った。一つは檜っぽい木製の浴槽で、もう一つは流れるプールみたいなロの字型のお風呂。面白すぎる。どっちから入ろうか悩んでいると、壁に書かれた説明が目に入った。それによると、どうやらこの二つは違う温泉らしい。

（一つの旅館に、二種類の温泉があるって珍しいような）

それぞれに効能が違うので、順番に入りながらさらに説明を読む。すると白浜温泉は有馬、道後と並ぶ日本三大古湯のひとつで、千三百年を超える歴史があるのだという。

（せんさんびゃくねん……）

古い温泉地だというのは知っていたけど、あんまりにも昔すぎない？　だってその頃から今まで、ずっとお湯が湧き続けてるってことだよね？　それってすごくない？

さらに湧いている場所もたくさんあるらしく、白浜は徒歩で湯巡りができるらしい。

（昔の人も、色々入りくらべてたんだろうなあ）

想像もつかないほど昔からここに温泉があって、それに入る人がいて。当然私みたいに遠くから来る人もいて、飲んだり食べたりして、ずっとずっとここは続いていて。

（ああ——……）

あたたかいお湯の中で、体と心がほどけていく。どんどんほどけてお湯にとろけて、なんだか温泉の中に自分が溶け出していくような気さえする。

(うん)

なんかきっと大丈夫。だってお湯はこんなにもあったかくて、私の周りには大好きな人がたくさんいるんだから。

椿店長が違うお店に行っても大丈夫だった。むしろ今は、前より近づいた。だから。

(立花さんが違う場所に行っても——)

きっと、きっと大丈夫。

そう、思えた。

その瞬間、隣に入ってきた年上の女性が「はあ〜」という声をもらす。その声につい顔を向けると、女性は恥ずかしそうに会釈してくれた。なので私も「ですよね」みたいな笑顔で会釈を返す。

きっと昔の人もこんな風に「はあ〜」って言って笑いあってたよね、絶対。

＊

翌日、朝食の場に現れた椿店長はぱっと見、いつもの椿店長だった。でも、ずらりと並んだ料理を前にしたとたん、「あら!」と声を上げる。

「やだこれ、自分で作る海鮮丼ですって! え、釜揚げしらすもあるしでもやっぱり梅干しも食べたいし、梅本さん、どうする?」

なんかちょっと、きゃっきゃしてた。なので私も嬉しくなって「ここは二杯ですね」なんて腕組みをして答えてしまう。

「二杯! そうよね、ご飯をちょっとだけにしておかわりすればいいのよね! さすが梅本さん!」

食べることが好きだから、できる範囲内でとことん楽しむ工夫をしてしまう。

(まあ、食いしん坊の思想と言ってしまえばそれまでの話だけど……)

でも、朝食バイキングにおいてこの能力は有効なはず。私はたくさんの料理を鋭い視線でサーチしつつ、本日のメニューを組み立てる。うむ、一杯目は海鮮丼にして、二杯目は釜揚げしらすに梅干しと大根おろしを載せて地元産のお醤油をかけよう。もちろん熱々のおみそ汁は欠かせない。そしてデザートは旬の柑橘。これで完璧。


宣言通りご飯を二杯食べた後、荷造りをしてロビーに降りると立花さんが待っていた。

「おはようございます」

「あら、立花くん早かったわね」

椿店長がチェックアウトの手続きをする間、立花さんがこそりと話しかけてくる。

「よく眠れた?」

「はい」

「僕はね、なんか嬉しくて早く目が覚めちゃった」

「そうなんですね」

「だってだって、パンダだよ!? それにペンギンとかたくさんいるらしいし、イルカショーのところで売ってるソーダとかすっごい可愛いの!」

ほらこれ見て! 立花さんはスマホの画面を開いてこっちに向ける。うん、確かに可愛い。可愛いけど。

「お待たせ。じゃあ行きましょうか」

戻ってきた椿店長とともにタクシーのトランクに荷物を入れ、私たちはアドベンチャーワールドに向かった。


車は海岸から少し離れると、すぐに斜面を登り始める。

(そっか、白浜といっても海岸にパンダが住んでるわけじゃないんだな)

山というよりは、ひらけた丘のような景色を眺めながらそんなことを思う。

すると、あっという間に駐車場の入り口を示す看板が見えてきた。

「え? もう?」

まだ十分くらいしか乗っていないのに。思わず声を上げると、タクシーの運転手さんがはははと笑った。

「近いでしょう。白浜は、全部が近いんだよ。空港も特急の駅もビーチもパンダも、ぜんぶ車で十五分くらいで行けるんですよ」

「それはすごいですね」

立花さんが感心したように言う。

「あれじゃない？」

椿店長の声で窓の外を見ると、広い駐車場の奥に入場門があった。

「はい、着きましたよ」

運転手さんにお礼を言いつつお支払いをして、コインロッカーに荷物を預けて、いよいよ私たちはアドベンチャーワールドの門をくぐった。

「やっぱり、まずはパンダよね」

パンフレットを覗き込んで椿店長とうなずき合っていると、いきなり立花さんが小さな悲鳴を上げる。

「い、生きてるっ……！」

「何が？」

立花さんの指差す方向を見ると、メインストリートの中心に小さな噴水がある。そこにペンギンの人形が立っていたので、椿店長と私は笑った。

「お人形じゃない」

すると立花さんはふるふると首を横に振る。

「いや、そうじゃなくて。その下の池ですって」

「池?」

近寄ると、水の中を黒いものがすーっと横切った。え?

「ペンギン……?」

「本物?」

ペンギンの人形が飾られた池の中に、本物のペンギンがいた。しかもこの池は、柵やガラスで仕切られてもいない。

「えええ?」

「やだ、近い! 可愛すぎる!」

「でしょでしょー!?」

予想外すぎて、三人ではしゃぎまくって写真を撮りまくってしまう。

「——ちょっと待って。これじゃ時間内にパンダにたどり着けない!」

椿店長の言葉で私たちは我に返った。

「ですね。とにかくまずはパンダのところに行きましょう」

乙女がつかの間、売り場の顔に戻る。でもほんの数歩進んだところで、また悲鳴を上げた。

「立花くん、今度は何!?」

「レッサー……パンダがっ!」

「だから、違うパンダの方に行きましょうって」

わいわい言いながら、私たちはパンダのいる方向へ歩き出す。

＊

可愛いのなんてわかってたし、なんならちょっと「パンダパンダ言いすぎた？」くらいに思っていた。でも、でもでも、甘かった。

「――どうしよう⁉　可愛すぎるんだけど⁉」

パンダの柵の前で取り乱しつつ振り返る立花さんに、私も椿店長も突っ込めなかった。

だって、可愛さの破壊力がすごい。

なので二人して、ぶんぶんうなずくことしかできなかった。

「上野でも見てるはずなのに、なんでこんなに可愛く思えるのかしら……？」

椿店長がすごい勢いで写真を撮りながらつぶやく。

「たぶんですけど、このパンダのいる場所が広々としてて、幸福そうだからじゃないでしょうか」

私も同じようにスマホのデータを増やしまくりながら答えた。

「ああ、幸福そう！　確かに！」

そう。ここのパンダは、屋内の場所でも広いスペースにいるのだけど、外のスペースにいるときは広い緑の芝生の上をころころと転げ回って遊んでいるのだ。

青い空、白い雲、緑の芝生、そしてころころするパンダ。

「なんかこう、多幸感がすごいわ――！」

「ですよね」

「ていうか、さっきの中の施設だって、区切りが柵しかなくて、ガラスの向こうとかじゃないのが、なんか近くてすごくないです？」

興奮したままの立花さんの言葉に、再び椿店長と私はうなずく。すると立花さんが「あ」と我に返ったようにスマホを指差した。

「写真」

「え？」

今死ぬほど撮ってましたよね？　あ、それとも「パンダと私」を撮ろうということかな？　私が首を傾げていると、立花さんは「だから」と言って近づいてきた。

「記念写真、撮りましょう？　三人で」

あ。

私がぼうっとしていると、椿店長が通りかかった職員の人にさっと声をかけた。

「すみません、お手すきでしたら写真を撮っていただいても？」

大丈夫ですよ、とその人が微笑んでくれる。

「はい。じゃあ皆さん寄ってください。反対側にパンダを入れますからね」

そう言われて、椿店長と立花さんが私を挟むようにして立った。

「あ、椿店長が真ん中の方が」

「いいえ。梅本さんが真ん中の方がしっくりくるわ」

「そうそう。中心にはなごむ人がいた方がいいから」

二人に言われて、私は微妙な気分で中央に収まる。背の高い美男美女に挟まれるのって、なんかこう——。

「私、連行される宇宙人みたいになってませんか?」

そう聞くと、二人だけではなく職員さんまでもが笑った。

「大丈夫ですよ! お客様が中心だとバランスが取れてすごくいいです」

「すいません、ありがとうございます」

照れ笑いをしながら職員さんに会釈すると、「あ、そのままで」と言われる。

「みなさん、今すごくいい笑顔ですよ」

＊

パンダを見た後は、イルカショーを見つつ立花さんの検索していた可愛らしいドリンクを飲み、イルカの形のパンに挟まったこれまた可愛らしいホットドッグを食べた。

「うう、イルカも可愛すぎます……!」

まう。

「可愛いわね、しかも飼育員さんと気持ちが通じてるみたい！」

「健気で美しくて可愛くて——もう最高！」

もはや「可愛い」以外の言葉を失ってしまったかのように、私たちは「可愛い」を連呼してし

そして私のそれは、ペンギンのいるところで爆発した。

「あの！　なんか灰色の可愛い子がいっぱいいるんですけど！」

「ここで生まれたペンギンの雛みたいね。本当に可愛いわ」

椿店長が説明のパネルを見ながらうなずく。

「可愛い——もふもふで小さくて、よちよちしてて——可愛すぎますっ……!!」

私は水槽の前で、膝をつかんばかりにしゃがみこんでしまう。だってだって、なんかもう、この子たちは私の好みすぎるから。ほら、あそこの毛が半端に逆立ってる子とか、ぴよっとアンテナ立ってるみたいになってる子とか、もう、もう——！

「アンちゃ——梅本さん？」

立花さんの声で、私はよろよろと立ち上がる。

「あ、すみません。大丈夫です可愛い」

「え？」

「あ、可愛い」

灰色の姿が動いた瞬間、目が引き寄せられてしまう。

「梅本さんの急所は、この子たちだったのね」

椿店長に言われて、私はうなずく。

「自分でも知りませんでした……」

「人にはそれぞれ、急所がありますからね」

立花さんがしみじみと言う。乙女に言われると、ものすごい説得力がある。私はうなずきながら、いつかどこかでペンギンの雛のぬいぐるみを買おうと誓った。


帰りの列車の時間から逆算して、ゆっくり出口に向かおうかというとき、私たちは最後のトラップに引っかかる。

「え、ちょっと待って。あれ、食べずに帰れる⁉」

椿店長が示したのは売店の一角にあった『パンダまん』のポスター。しかもどうやらそれは甘いお饅頭ではなく、お肉の入った中華まんらしい。

「正直、イルカドッグだけじゃ足りなかったんですよね……」

私が言うと、立花さんが「え。無理。齧(かじ)れない」と両手を組み合わせた。すると椿店長は間髪いれずに「パンダまん三つ下さい！」と注文する。

「椿店長！」

悲鳴を上げる立花さんに向かって、椿店長はにっこりと微笑みかける。

「もしダメなら、私が食べるから」

「あ、私もいけます」

「あら、じゃあ半分に割りましょうか」

そんなことを言っていたら、乙女が「半割りはもっとダメ！」と叫んだ。なので結果、一人一つずつ、手の上にほかほかのパンダが載ることとなった。

「ああ可愛い。ああおいしい」

「皮もふかふかですね」

「うう、ごめんね……あ、ちゃんとおいしい」

お腹が満ち足りた私たちは、今度こそ出口へ向かって歩き出す。

（もっと、ここにいたかったな）

本当はサファリワールドも、カバの餌やりも、遊園地エリアにある園内一周のジェットコースターも体験したかった。でも半日じゃ、とても回りきれない。

（いつか、また来たい）

それまで待っててね。最後に再びパンダのコーナーを通りかかると、パンダは眠くなったのかこちらに背中を向けてころんと丸まっていた。それを見たら、さっき中華まんを食べたせいか大きなお饅頭に見えてしまう。

（ふふ。もふもふのおまんじゅうだ）

白と黒だから、なんとなく豆大福を想像した。不意に、桜井さんのことを思い出す。豆大福をペットとして飼おうとして、カビが生えたら「毛が生えた！」と喜んだ小さい頃の彼女。

（見せてあげたい）

そう思って、丸まっているパンダの写真を撮った。そしてそのまま、ＬＩＮＥを開いて『大きな大きな豆大福です』とメッセージをつけて送っておく。すると休憩時間だったのか、すぐに既読がついて返事がきた。

『大福が大きいって、幸福マシマシって感じで最高だね』

うん。私は前を歩く二人の背中を見つめながら小さくつぶやく。

幸福の、全部盛りです。

あとがき

あなたにとって幸福とはなんでしょうか。おいしいものを食べること？　大好きな人と会うこと？　それとも自然の中を歩くこと？

幸福の形は、人それぞれ。年齢も性別も関係ありませんし、その体験は一人でも数人でも大勢でも、なんでもありです。そして幸福はひとつとは限らない。たとえば私は一人で本やマンガを読むことが大好きですが、それについて誰かと感想を分かち合うことも大好きです。それは、どちらも同じくらい大切な幸福。さらに幸福は重ねることもできます。ええと、私の場合だとおいしいパフェを食べながらものすごく面白かった本の感想を語り合うとかですかね。あるいは、電車に乗って綺麗な景色を眺めながら駅弁を食べるとか。

ただ残念なことに、世の中や人生には不幸なこともあります。できれば出会わずに過ごしたいですが、そうもいかないとき、甘いものを口に入れるように自分だけの幸福を思い出せたらいいな、と思います。そしてそんなとき、この本が少しでも助けになることができれば嬉しいです。

余談ですが、和歌山は私にとってちょっとだけ運命的な場所です。最初は白浜の海と仔パンダ、それに遊園地のホテルを目的に訪れていたのですが、和菓子のアンシリーズを書いている途中で偶然橘本神社の存在を知ったのです。つまり私は、お菓子の神様の近くを知らないうちにうろうろしていたんですね。さらに大好きな観音山フルーツパーラーの本店も和歌山だと知り、嬉しさが増しました。あのパフェは、まさにひとつの幸福です。

左記の方々に感謝を捧げます。四作目にしてさらにおいしそうな装丁をして下さった石川絢士さん。作中の登場に関して、快く許可して下さった橘本神社の前山和範宮司。この本と合わせてお菓子を作って下さった本和菓衆の皆さんと、そのイベントに関わって下さった皆さん。この本の製作や営業、販売などで関わって下さった全ての方々。書籍担当の鈴木一人さんと藤野里佳さん、そして文庫担当の藤野哲雄さん。ダブル藤野さんの力を借りてこの本はできました。さらに光文社の『和菓子のアン』チームの皆さま。私の家族と友人。そして今、この本を読んでくれているあなたに。

ちなみにタイトルの『幸福』は『こうふく』と読みます。音が『大福』に似ているからです。『空腹』にも似ています。

この本に関わって下さった皆さんが、大きな福に包まれることを祈って。

取材時に撮影した、赤ちゃん時代のパンダの彩浜（さいひん）の写真を眺めながら

坂木司

〈参考文献〉

榎本好宏『季語成り立ち辞典』平凡社
今村規子『史料でみる　和菓子とくらし』淡交社
前川佳代・宍戸香美『古典がおいしい！　平安時代のスイーツ』かもがわ出版
山辺規子（編）『甘みの文化　食の文化フォーラム35』ドメス出版

〈初出〉

江戸と長崎　「ジャーロ」八十号（二〇二二年一月）、八十一号（二〇二二年三月）
秋ふかし　「ジャーロ」八十二号（二〇二二年五月）、八十三号（二〇二二年七月）
掌の上　「ジャーロ」八十四号（二〇二二年九月）、八十五号（二〇二二年十一月）
はしりとなごり　「ジャーロ」八十六号（二〇二三年一月）、八十七号（二〇二三年三月）
お菓子の神さま　「ジャーロ」八十八号（二〇二三年五月）、八十九号（二〇二三年七月）
湯気と幸福　書下ろし

この作品はフィクションです。
実在の人物・団体・事件などにはいっさい関係がありません。

坂木司（さかき・つかさ）

1969年、東京都生まれ。
2002年、『青空の卵』でデビュー。近著は『楽園ジューシー』『ショートケーキ。』。

アンと幸福（こうふく）

2023年10月30日　初版1刷発行
2023年12月15日　　　2刷発行

著　者　坂木司（さかきつかさ）
発行者　三宅貴久
発行所　株式会社 光文社
〒112-8011　東京都文京区音羽1-16-6
電話　編　集　部　03-5395-8254
　　　書籍販売部　03-5395-8116
　　　業　務　部　03-5395-8125
URL　光　文　社　https://www.kobunsha.com/

組　版　萩原印刷
印刷所　萩原印刷
製本所　ナショナル製本

落丁・乱丁本は業務部へご連絡くだされば、お取り替えいたします。

ISBN978-4-334-10093-3